WARRIORS

貓戰士

新預言

二部曲之II

新月危機

Moonrise

晨星出版

特別感謝基立・鮑德卓。

葉掌：琥珀色眼睛、白色腳掌、嬌小的淺褐色母虎斑貓。導師：煤皮。

蛛掌：琥珀色眼睛、四肢修長、肚子是棕色的黑色公貓。導師：鼠毛。

潑掌：琥珀色眼睛、嬌小的深棕色公貓。導師：刺爪。

白掌：綠眼睛的白色母貓。導師：蕨毛。

貓后 （正在懷孕或照顧幼貓的母貓）

金花：淡薑黃色的毛，也是最年長的貓后。

蕨雲：綠眼睛、身上有深色斑點的淺灰色母貓。

長老 （退休的戰士和退位的貓后）

霜毛：藍眼睛、漂亮的白色母貓。

花尾：年輕時很漂亮的母玳瑁貓，也是雷族最年長的母貓。

斑尾：灰白色的母虎斑貓。

長尾：蒼白帶有暗黑色條紋的公虎斑貓，因視力退化而提前從戰士退休。

本集各族成員

雷族 *Thunderclan*

族長　火星：有火焰般毛色的薑黃色公貓。

副手　灰紋：灰色的長毛公貓。

巫醫　煤皮：暗灰色的母貓。見習生：葉掌。

戰士　（公貓，以及沒有年幼子女的母貓）

鼠毛：嬌小的暗棕色母貓。見習生：蛛掌。

塵皮：黑棕色的公虎斑貓。見習生：鼠掌。

沙暴：淡薑黃色的母貓。

雲尾：白色的長毛公貓。

蕨毛：金棕色的公虎斑貓。見習生：白掌。

刺爪：金棕色的公虎斑貓。見習生：潑掌。

亮心：白色帶薑黃色斑點的母貓。

棘爪：琥珀色眼睛、暗棕色的公虎斑貓。

灰毛：深藍色眼睛、灰白色帶深色斑點的公貓。

雨鬚：藍眼睛的深灰色公貓。

黑毛：琥珀色眼睛、淺灰色的公貓。

栗尾：琥珀色眼睛、玳瑁色加白色的母貓。

見習生　（六個月大以上的貓，正在接受戰士訓練）

鼠掌：綠色眼睛、暗薑色的母貓。導師：塵皮。

風族 *Windclan*

族長　**高星**：尾巴很長的黑白花公貓。

副手　**泥爪**：雜毛的暗棕色公貓。見習生：鴉掌。

巫醫　**吠臉**：尾巴很短的棕色公貓。

戰士　（公貓，以及沒有年幼子女的母貓）

一鬚：棕色的公虎斑貓。

裂耳：公虎斑貓。

見習生　（六個月大以上的貓，正在接受戰士訓練）

鴉掌：藍眼睛的灰黑色公貓。導師：泥爪。

影族 *Shadowclan*

族長　**黑星**：白色大公貓，腳掌巨大黑亮。

副手　**枯毛**：暗薑黃色的母貓。

巫醫　**小雲**：非常嬌小的公虎斑貓。

戰士　（公貓，以及沒有年幼子女的母貓）

褐皮：綠色眼睛的母玳瑁貓。

雪松心：暗灰色公貓。

族外的貓 *cats outside clans*

大麥：黑白花色公貓，住在離森林很近的農場裡。

烏掌：烏亮的黑貓，和大麥一起住在農場裡。

波弟：年長的公虎斑貓，住在靠近海的樹林裡。

莎夏：黃褐色的母無賴貓。

其他動物 *other animals*

午夜：一隻懂占卜的母獾，住在海邊。

河族 *Riverclan*

族長　豹星：帶有少見斑點的金色母虎斑貓。

副手　霧足：藍眼睛的暗灰色母貓。

巫醫　泥毛：淺棕色的長毛公貓。見習生：蛾翅。

戰士　（公貓，以及沒有年幼子女的母貓）

黑爪：煙黑色的公貓。

暴毛：琥珀色眼睛的深灰色公貓。

羽尾：藍眼睛的淺灰色母貓。

鷹霜：肩膀很寬的深棕色公貓。

見習生　（六個月大以上的貓，正在接受戰士訓練）

蛾翅：琥珀色眼睛、漂亮的金色母虎斑貓。
導師：泥毛。

蘆葦掌：煤灰色的毛。

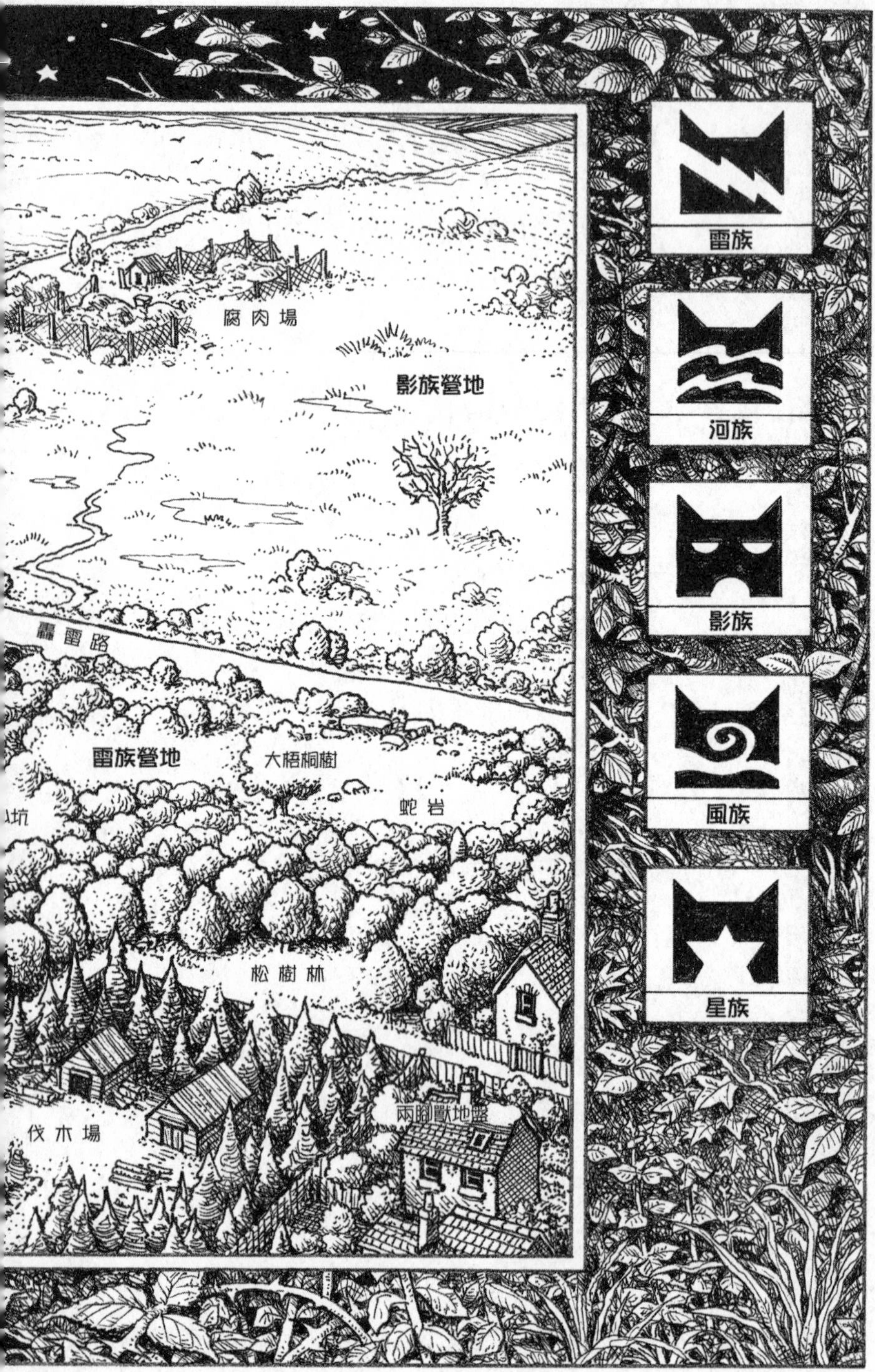
腐肉場
影族營地
轟雷路
雷族營地
大梧桐樹
蛇岩
松樹林
兩腳獸地盤
伐木場
雷族
河族
影族
風族
星族

高岩山
大麥的
農場
風族營地
四喬木
瀑布
貓頭鷹
樹
河流
陽光岩
河族營地

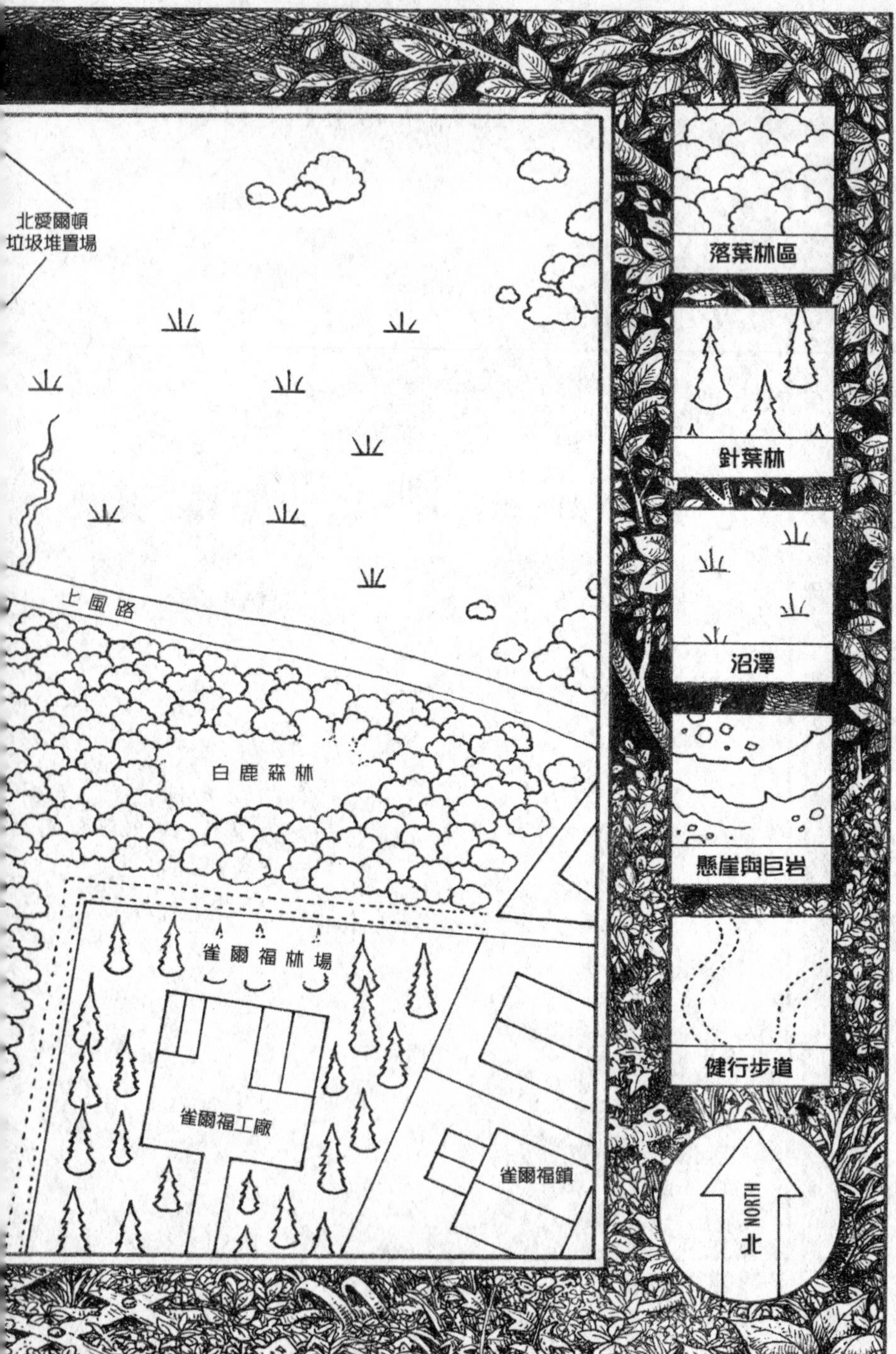

北愛爾頓
垃圾堆置場
上風路
白鹿森林
雀爾福林場
雀爾福工廠
雀爾福鎮
落葉林區
針葉林
沼澤
懸崖與巨岩
健行步道
NORTH
北

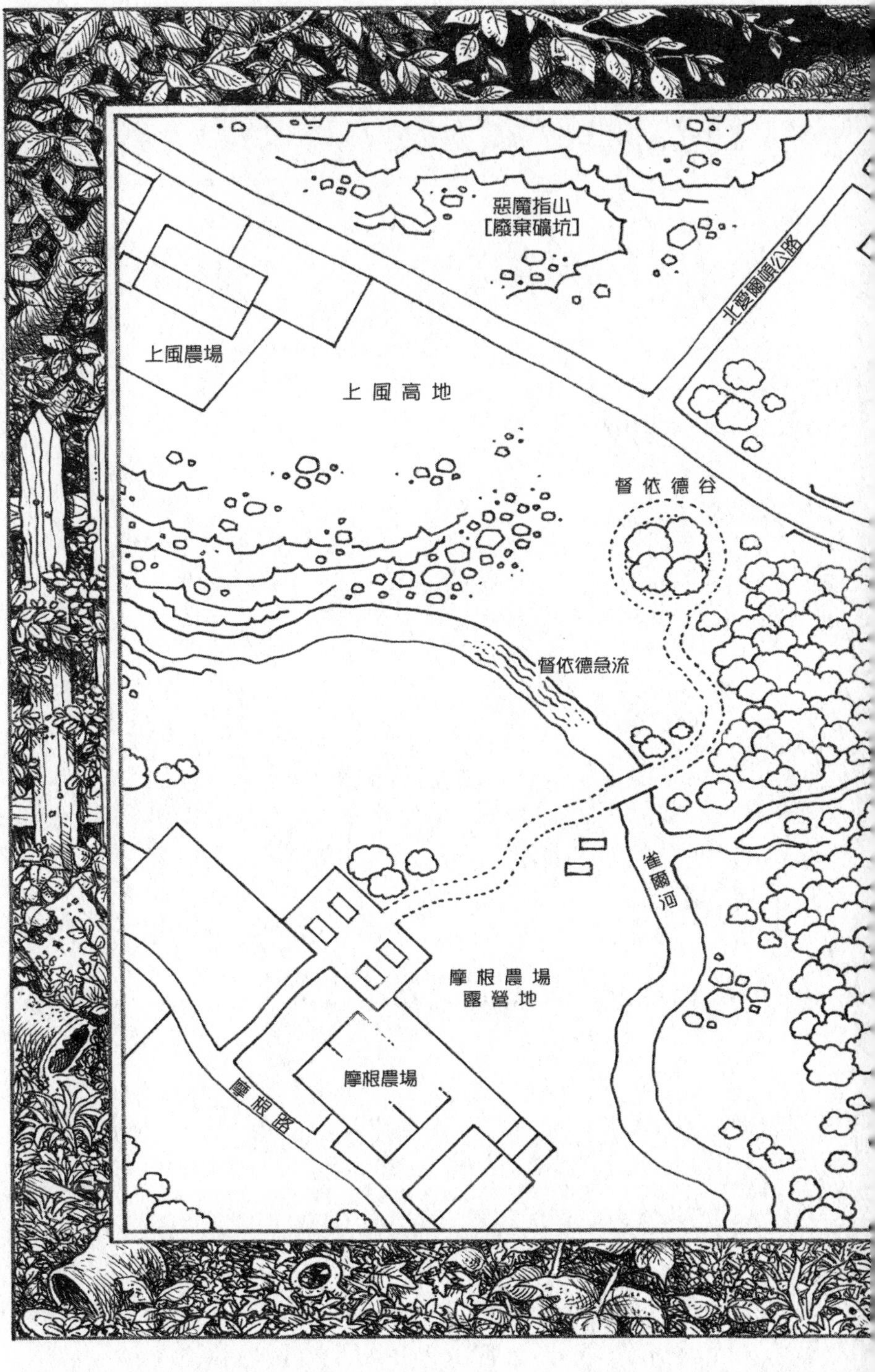

惡魔指山
[廢棄礦坑]
北愛爾頓公路
上風農場
上風高地
督依德谷
督依德急流
雀爾河
摩根農場
露營地
摩根農場
摩根路

〈名家推薦〉

擁有高貴品格的奇幻文學《貓戰士》

朱曙明（九歌劇團團長暨藝術總監）

如果你在找一本可幫助睡眠的書，那我不會推薦你看《貓戰士》。

如果你只想安安逸逸、一成不變的過一生，那我也不會推薦你讀《貓戰士》。

我一向愛奇幻文學類的故事，但自從十年前我看了瑞典作家阿絲特麗・林格倫的《強盜的女兒》後，直到《貓戰士》的出現，就再也沒有一個故事可以讓我迫不及待的「K」到天亮。

從事兒童戲劇創作的二十幾年經驗告訴我，當孩子在看戲或閱讀故事時，他會把自己投射在故事的主角身上，跟隨著主角一起經歷故事裡的起承轉合，從而得到品格或價值觀上，可能是正面或負面的影響。所以，**一個好故事的先決條件，就是要能建立起讀者腦中的情境畫面，並帶領讀者隨著角色倘伴在故事情境直到最後，得著品格、價值觀或心靈層面上的圓滿、救贖或找到希望的出口。**

《貓戰士》之所以能讓我想一口氣「K」完，正是因為我看得到文字中的畫面。書中人類的房舍、後院、森林、小徑、瀑布、轟雷道、陽光岩、貓族營地和四大部族聚會的四喬木，以及每隻貓的長相、特性，隨著故事的進展一一浮現腦中，上演著一幕幕時而輕鬆幽默、時而緊張刺激的「個人專屬電影」，我彷彿也附身在主角「火星」的身上，隨著他歷經生活中的酸甜苦辣和心靈上的艱困成長。

在《貓戰士》的故事裡，作者艾琳．杭特似乎有意地一直把讀者置於兩難的抉擇與推理：「互信和猜忌」、「團結和背離」、「忠誠和叛逃」、「犧牲和自保」、「尊重和侵略」、「守分和野心」、「義理和貪婪」、「挑戰和安逸」、「接納和歧異」。

當然，如果只看上述字面意義，人人都會說要選擇有情有義，符合「道德正確性」的那一方，但**一個好故事的作者，就是有辦法把這些看似簡單的品德和價值觀選項，置入生存或死亡、愛情或友情、繁衍或凋零的殘酷現實情境，讓選擇再也不是那麼理所當然，就像將你隻身置於迷霧森林，面對眼前所出現兩條長得一模一樣的小徑，要做出選擇時一樣的困難**。

幸好艾琳．杭特也給了讀者一個清楚而明確的終極標竿，讓我們不致迷惘太久，也幫助讀者做出正確的抉擇，這個標竿就是**「勇氣與愛」，它也是主角火星之所以能擊敗強敵的「終極武器」**。在一個標榜給兒童看的故事裡，如果主角只是靠著外來援助或虛幻期待（火力或法力）戰勝敵對方的話，那就不算是個適合兒童閱讀的故事。故事中的火星雖有強健的體魄和精良的戰鬥技巧，但那只是他的基本條件，而非致勝關鍵；他率領四大部族戰勝如潮水湧入般的外侵強敵，也不是靠著人多勢眾或來自星族的法力，而是自始至終、堅定不移的「勇氣與愛」，這亦正是《貓戰士》的高貴品格之所在。

〈名家推薦〉

《貓戰士》挑動閱讀新體驗

吳玟瑛教授（台東大學兒童文學研究所）

閱讀《貓戰士》系列小說有種說不出的著迷，**打從翻閱第一本書開始，一本接著一本，怎麼讀也不累**。這系列套書融合了冒險小說、奇幻故事、英雄傳奇等元素，以緊湊的情節、鮮明的角色刻畫、交錯的場景，以及原始而神祕的氛圍，交織出一回又一回扣人心弦的精采故事。

書中主角羅斯提（又名火掌、火心、火星）原本是隻生活無虞的家貓，然而平靜安逸的生活並不能帶給他生命的喜悅與滿足。在一次離家探險中，他步入陌生林地，與林中野貓展開生命中第一場搏鬥。這一戰翻轉了他的生命閱歷，開啟了他選擇在野地（異地）與野貓部族共生以追尋自我價值的生命新頁。

《貓戰士》就書名而言，或許充滿了陽剛味，然而作者在形塑貓為戰士的陽剛面貌下，並**非以血腥與暴力為故事賣點，而是細細鋪陳主角在轉化身分的過程中，面對種種嚴酷且艱辛的挑戰與考驗，乃至部族生命遭受威脅或面臨生死攸關的時刻，一次次展現獨到的智力與毅力**；可以說，**故事主角是集「智、仁、勇」於一身的英雄典範**。這部《貓戰士》系列小說所描繪的豐富多采又驚心動魄的想像世界，必定能挑動大小讀者的閱讀新體驗，開啟讀者閱讀奇幻作品的新視界。

序章

貓兒紛紛爬進洞穴裡，身上都弄髒了，雙眼也因恐懼而睜大。冰冷的月光穿過洞穴上方的裂縫，照在貓兒的眼睛上。他們盡可能地壓低身體、貼近地面，同時也緊張地環顧四周，深怕黑暗中有危險悄悄接近。

地上的水窪冷冷地反射著月亮的餘光。月色照亮了尖石林頂端，它們有些從地面突起，有些從洞穴上方延伸下來，另外還有些石頭從中間連在一起，成了一整片發出微光、模樣細長的白石林。呼嘯的風穿過洞穴縫隙，不斷吹動貓兒身上的毛髮；空氣潮溼而清新，隱約有遠處瀑布的氣味。

突然有隻貓從尖石後頭站了出來。他的身形略長，精瘦但有肌肉，身上沾滿乾硬的泥巴，簡直像一隻石雕的貓。

「歡迎啊，」他扯開粗啞的嗓門說道，「月光照在水面上，根據殺無盡部落的規矩，現在該是聽預言的時候了。」

有隻貓躡手躡腳地走上前，朝著說話的貓說道：「尖石巫師，你得到徵兆了嗎？殺無盡部落向你傳遞什麼訊息嗎？」

另一隻貓兒也在他身後發言了：「我們到底還有沒有希望？」

尖石巫師低著頭，喃喃說道：「我的確看到殺無盡部落透過灑落在石頭上的月光、碎石投射的影子，還有從屋頂滴下的雨水聲所傳遞的訊息。」他遲疑了一下，目光掃過身邊的貓兒。「是的，」他繼續說：「祂們的確說了，我們還有希望。」

貓兒們突然竊竊私語起來，好似一陣風吹過樹葉，沙沙作響。他們的眼睛睜得比銅鈴還大，耳朵也紛紛豎起。第一隻站出來的貓遲疑地說：「那你知道我們該怎麼做，才能擺脫這些讓人害怕的危險嗎？」

「是的，鷹崖，」尖石巫師回答。「殺無盡部落的確跟我說過，有一隻貓即將到來，一隻來自他們那族的銀白色貓兒，他會幫我們趕走尖牙怪。」

接著是一片寂靜，然後有一個聲音從貓群後方傳出，「還有不屬於急水部落的貓嗎？」

「一定還有。」另一隻貓回答。

「我聽過有貓談論其他陌生貓的事情，」鷹崖說，「雖然我們從來沒見過。這隻銀白色的貓究竟什麼時候才會到？」他又焦急地問了一次，其他貓也紛紛附和。

「是啊，什麼時候？」

「這是真的嗎？」

尖石巫師的尾巴抽了一下，要大家安靜。「是的，我說的都是真的。」他說。「殺無盡部落從來沒對我們說謊。我曾經在月光照耀的池水上，看到那隻貓身上的銀色毛髮。」

「但是，他究竟什麼時候才會出現？」鷹崖堅持要問。

「殺無盡部落還沒告訴我，」尖石巫師回答。「我不知道這隻銀貓到底什麼時候會來，也不知道他會從哪裡來；但我想，只要他一現身，我們都會知道的。」

他抬頭望向洞穴頂端，雙眼閃閃發亮，好似兩枚迷你的月亮。「族貓們，在他到來之前，我們只能等待。」

第一章

暴毛睜開雙眼，眨眨眼想要驅除睡意，並試著回想自己在什麼地方。事實上，現在他正蜷躺在一片乾脆的蕨葉叢中，而不是河族營地用蘆葦做成的舒適窩裡。他頭上是一片土做的洞穴屋頂，仔細看全是盤根錯節的植物。遠方隱約傳來規律的怒吼聲，起初讓他有點困惑，接著他才突然想起，他們離太陽沉沒之地的水邊有多近——日以繼夜沖刷岸邊的水。他的腦海中突然閃過一個令他顫抖的畫面：棘爪跟他是怎麼為了活命，在惡水中拚命掙扎。暴毛啐了一口，喉嚨裡彷彿還殘留著鹹鹹的水味。還沒離開河族老家之前，他其實很會游泳——河族是唯一能在流經森林的河水中，自在游泳的貓族——只是那條流經河族的河，不像太陽沉沒之地那麼洶湧險惡，就算掉進惡水的是河族貓，肯定也沒辦法輕易活命。

回憶彷彿河水般不斷湧現。星族從四大貓族裡各別挑了幾隻貓，要他們跋山涉水，無論如何都要找到午夜，聆聽她要傳遞的訊息。這些貓可是歷經千辛萬苦，經過未知的土地，穿越無數個兩腳獸的恐怖巢穴，面對惡犬與田鼠的猛烈攻擊，好不容易才完成任務，卻發現這個不可思議的事實：午夜原來是隻獾。

暴毛一想起午夜告訴他們的恐怖訊息，便覺得背脊陣陣冰涼。兩腳獸們正計畫著殘忍的陰謀——牠們要摧毀森林，建造一條新的轟雷路。所有貓族都得被迫離開，而星族選中的貓則必須負起警告其他貓族的責任，並且帶領所有貓兒找到新家園。

暴毛坐了起來，掃視洞穴四周。有道從懸崖頂端流下的微光，照亮了整個洞穴，新鮮的空氣中聞得到鹹水的氣味。午夜這隻獾已經不見蹤影；緊貼著暴毛安睡的正是他的妹妹羽尾，她捲曲的尾巴輕輕蓋住鼻子；睡在羽尾另一邊的是褐皮，一隻凶猛的影族戰士。暴毛看褐皮睡得這麼舒服，心裡覺得很安慰——她之前腿上被老鼠狠狠咬了一口，現在傷勢應該比較好了，午夜儲存的藥草的確能治療傷口感染並幫助她入睡。洞穴的另外一頭是風族的見習生鴉掌，他的灰黑色皮毛在蕨葉叢中就像是一層保護色，讓他幾乎完全隱形；最接近洞口的是褐皮的弟弟——棘爪，他伸展身子，安穩地躺在鼠掌旁邊；鼠掌像顆毛球般地蜷著身體。暴毛看著這兩隻來自雷族的貓，竟然可以這麼靠近，不禁覺得既心酸又嫉妒，想把他們倆分開來。可是暴毛怎麼有資格，喜歡像鼠掌這樣有勇氣又樂觀的貓呢？而且他們不是同一族的。對鼠掌來說，棘爪會是一個更好的伴侶。

暴毛知道應該叫醒大家，踏上回去森林的旅途了，但他又不想打擾他們的美夢。**讓他們多睡一點吧**，他想，**在我們正式上路之前，一定要養精蓄銳，好迎接更多的挑戰。**

暴毛把身上的蕨葉抖掉，踏著沙地朝洞口走去。他一踩上洞口潮溼的草皮時，一陣強風猛地吹來；前一晚差點葬身水底的他，現在終於恢復乾燥清爽了。一夜好覺讓他消除疲勞、恢復精神。暴毛環顧四周，發現洞穴前端就是懸崖的邊緣，懸崖下方則是一片波光粼粼的水，映照著黎明魚肚白的曙光。

暴毛一邊張口呼吸新鮮空氣，一邊搜尋獵物的氣味，可惜只嗅得到一股獾的強烈臭味。他瞥見午夜端坐在懸崖上頭，小巧而明亮的眼睛堅定地望著逐漸消失的星星。午夜身後的天空，遠方的荒野上，有道乳白色的光芒，那是太陽即將升起的地方。暴毛輕手輕腳地走過去，尊敬地向午夜點點頭，然後在她身邊坐了下來。

「早安，灰戰士，」午夜的低沉嗓音聽起來很歡迎他。「睡飽了嗎？」

「睡飽了，午夜，謝謝妳。」暴毛還是覺得要問候一隻獾，實在不是一件容易的事，畢竟牠們一直以來都是貓戰士的天敵。

但午夜並不是一般的獾。除了巫醫外，她似乎比任何戰士都更接近星族。她曾走遍千山萬水，並獲得了預知未來的神聖智慧。

暴毛瞥了午夜一眼，發現她的眼睛仍緊緊盯著黎明中的殘星。「妳真的有辦法解釋星族的預兆嗎？」暴毛好奇地問，暗自希望她昨晚的恐怖預言已經隨著日光普照而蒸發了。

「處處都有預兆，」午夜回答，「星光、流水、波光。這個世界一直在說話——就看你是否願意用心傾聽。」

「那我一定是聾了，」暴毛說道：「我看見的未來似乎一片黑暗。」

「不是這樣的，灰戰士，」午夜高聲說道，「你看，」她用口鼻部指向太陽沉沒之處遙遠的那一頭，一顆星族的戰士正在地平線上閃閃發光。「星族已經看見我們聚集在這裡了，祂們很高興。黑暗的日子來臨時，祂們將伸出援手來幫助我們。」

暴毛凝望著那個耀眼的光點，最後輕嘆了一聲。他不像巫醫，可以自在地跟戰士祖靈交流；他的任務是要為同族貢獻自己的力量與格鬥技巧——只是現在他身上背負的責任，似乎是拯救森林裡所有的貓。午夜曾經明確地警告大家，要是貓族不能拋開對邊界的執著、同心協力的話，那麼他們的末日就不遠了。

「午夜，等我們全都回到家——」

在暴毛問完問題之前，一陣嘶叫聲突然打斷了他。暴毛連忙轉身，看見鼠掌衝出獾的洞穴。鼠掌站在洞口，一身暗薑色的蓬鬆毛髮跟耳朵全豎了起來。

「我快要餓昏了！」她叫道，「這兒有什麼獵物嗎？」

「麻煩讓開一下，讓我們都出去好不好？」鴉掌不耐地在她身後說道，「或許等我們都離開這裡，就可以告訴妳到底有沒有東西吃。」

鼠掌往前跳了幾步，風族的見習生便向前衝去，羽尾則緊跟在後。羽尾在陽光下舒服地伸了個懶腰，暴毛起身躍過荒原，跟自己的妹妹磨蹭鼻心。暴毛並不是星族原本選中的貓兒之一，但他堅持要沿途保護羽尾。暴毛和羽尾兄妹倆的母親早逝，父親又住在另一族，這種種原因，讓他們的關係比起其他有手足的貓來得更緊密。

午夜跟在暴毛身後緩緩挪動身軀，對著貓兒們一一點頭示意。

「褐皮今天早上已經好多了，」羽尾報告，「她說肩膀幾乎已經不痛了。」接著她又對午夜說，「妳的牛蒡根真的很有用。」

「牛蒡根的確很好，」午夜用她低沉的嗓音說。「現在，受傷的戰士又可以再出發了。」

就在午夜說話的時候，褐皮也出現在洞穴口。暴毛發現她容光煥發、精神奕奕，走路也不會一跛一跛地，真是鬆了一大口氣。

緊跟著褐皮現身的是她的弟弟，棘爪。棘爪步出洞外，被耀眼的陽光照得直眨眼。「太陽出來了，」他說，「我們該出發了。」

「但我們都還沒吃早餐耶！」鼠掌抱怨，「我的肚子叫得比轟雷路上的任何一隻怪獸都還要大聲！我現在都能把一整隻狐狸吞下肚了。」

暴毛沒辦法說什麼，因為他自己也餓壞了，而且他很清楚，如果沒有吃東西，他們這群貓是沒有辦法面對眼前這趟漫長而艱辛的旅程；但另一方面，他也同意棘爪的想法：要是不趕緊回到森林，反而害更多的貓傷亡，又該怎麼辦？

棘爪的表情滿是憤怒，他堅定地回答她，「我們可以在路上捉獵物吃。只要我們安全回到森林裡，就可以停下來休息，盡情狩獵了。」

「你這團愛發號施令的笨毛球。」鼠掌喃喃抱怨道。

「棘爪說的沒錯，」褐皮也說，「我們都不能預測家園會變成什麼樣子，所以不能再浪費時間了。」

其他的貓也低聲贊同，就連比鼠掌更喜歡挑釁棘爪的鴉掌也沒有多說什麼。暴毛有些驚訝，但也恍然大悟：儘管各族的貓兒一開始相處得並不融洽，但是眼前巨大的威脅已經讓他們團結起來，一心一意地想要拯救每一個貓族，以及長久以來保護他們的戰士守則。暴毛覺得很窩心，因為他自己對河族的忠誠度就很複雜了——像他和羽尾這種身上只流著一半河族血統的貓，難免經常被族裡的其他戰士質疑——但他也知道，他在這裡已經結交到一群真正的朋友，不會在意彼此間族的差別。

棘爪朝午夜走去，站在她面前。「我代表所有的貓族，向妳表達謝意。」他說道。

午夜咕噥著：「還不到告別的時候。我會跟你們走到森林，確保你們走的是正確的路。」在其他貓來得及表示贊同或感謝之意前，午夜已經邁開沉重的步伐開始穿過荒原，而她身前的天空則因為太陽正緩緩從地平線升起，而變得明亮、刺眼。暴毛瞇起眼睛看著這道金黃色的光芒，心裡充滿感激。之前的夕陽曾經帶領他們找到太陽沉沒之地，而如今的日出則將大夥兒帶上歸途。

這四隻被星族選中的貓，曾經盲目地依照星族模糊不清的預言離開森林；暴毛，還有跟父親火星吵完一架就跟著棘爪一起出發的鼠掌，也都是這趟旅程的成員。既然他們現在已經知道預言背後的神祕寓意，就知道下一步該怎麼走了。但同時間，家園及親人身陷危機的事實，也讓所有的貓感到惶恐不安。

「好吧，那我們還等什麼呢？」鼠掌說，然後立刻衝出去趕上了午夜。

她的同族伙伴棘爪只是慢慢地跟上前去，他皺著眉，彷彿在想像回到森林的路程將有多艱辛；棘爪身旁的褐皮經過一夜的休息，看起來有精神多了，即便走起路來還是有些許一拐一拐地，但她眼中散發出不畏長途跋涉、一定要回家的決心。羽尾高高豎起尾巴，腳步輕盈，彷彿正在享受著這美好的晨光。而鴉掌則邁著大步，豎起耳朵，全身緊繃、緊張兮兮地走在羽尾身邊，防範不可預知的危險。

暴毛走在最後，呢喃著向星族禱告：**請帶領我們的步伐，讓我們全都能平安回家吧！**

這時，太陽已經高高掛在天空了，天色一片清朗，幾縷雪白色的雲朵點綴在廣大的藍色畫布上。儘管已經進入落葉季了，天氣卻出奇地溫暖宜人。一陣微風吹過草原，暴毛嗅到一隻野兔的氣味，讓他嘴裡的口水幾乎就要滿出來了。但他透過眼角餘光，竟發現野兔消失在山頂時，身後還有一條貓尾巴來回擺動。

原來是鴉掌狂奔去捕捉兔子了。

「等等！你上哪兒去？」棘爪大叫。但風族貓沒理他，一下子就消失不見了。棘爪不高興地甩了甩尾巴，說：「他難道不能乖乖聽話嗎？」

「他不會去太久的，」羽尾試圖安撫他。「有野兔親自送上門，他根本不可能當做沒看見啊！」

棘爪只是嗖地掃了一下尾巴，沒有說話。

「我去抓他回來。」暴毛說道，然後繃緊肌肉，準備隨時衝出去。

可是暴毛來不及行動，那隻鐵灰黑色的見習生就出現在高地上，嘴裡叼著兔子的屍體。兔子幾乎跟他一樣大。

「喏，」他粗魯地喵了一聲，把兔子胡亂扔到地上。「我說過不會離開太久的，不是嗎？

我想我們應該可以休息一下，好好吃一頓吧？」

「當然，」棘爪回答。「鴉掌，真不好意思。我都忘了你們風族都像風一樣快。這片，呃，這片荒原，對你來說就像老家一樣吧？」

鴉掌很快地點了點頭，接受棘爪的道歉。在場的六隻貓開始圍在兔子四周大快朵頤，暴毛忽然停了一下，因為他發現羽尾望著鴉掌的眼裡，閃過一道愛慕的光芒。不會吧？他的妹妹不會喜歡上鴉掌吧？鴉掌除了吵架、莽撞，還自以為已經是戰士之外，還會什麼？他不過是一隻異族的貓，而且還只是見習生！他絕對沒有資格追求羽尾！難道羽尾不知道，他們如果交往下去會面臨多大的困難嗎？難道她還沒從爸媽身上學到教訓嗎？

接著暴毛又望向鼠掌。其實他有什麼資格批評羽尾，他自己不也很喜歡鼠掌？但他又立刻告訴自己，任何一隻貓都會喜歡像鼠掌這麼勇敢聰明的雷族見習生，而且他知道自己絕對不會跟異族貓發生感情；畢竟這得不到祝福，也沒有未來。

暴毛嘆了口氣，回過頭開始享用兔肉大餐。他希望這些都只是自己的幻想，畢竟當貓兒餓得前胸貼後背時，都會欽佩鴉掌追捕獵物的飛速。羽尾只不過是欣賞鴉掌的矯健身手罷了。

當貓兒們大啖兔肉時，午夜在幾步外靜靜地等著。暴毛瞥見她用強壯但遲鈍的爪子用力撕扯荒原草皮，並用鼻子使勁地聞著她從草中翻出來的幼蟲和甲蟲。她瞇著眼睛，好像在大白天捕捉獵物對她來說是天大的難事。但她依舊保持沉默，等所有的貓兒都已經吃過鴉掌的獵物後，立即往高升的太陽走去。

雖然午夜帶他們抄近路，但當他們抵達山頂、看到森林外圍時，已經是中午時分了。在毫無遮蔽的炙熱荒原上走了這麼長一段路之後，暴毛覺得樹蔭就像沁涼的流水一樣誘人。就在這一刻，暴毛開始想像這是自己在狩獵的下午、吃飽喝足後在拱形蕨葉底下小睡片刻的情景。然而他很清楚，如今這都只是遙不可及的美夢罷了。

當他們慢慢接近森林時，暴毛突然發現有團棕色的斑點在灌木底下的野草中蠕動。當暴毛認出眼前的虎斑貓就是在兩腳獸的地盤為他們帶路，還差點永遠失去他的老貓時，尾巴不禁悲傷地抽動了一下。

「嗨，波弟！」棘爪大叫：「我們回來了！」

一顆圓滾滾的大頭從毛堆中探了出來。波弟的鬍鬚豎得筆直，一臉疑惑，直到認出他們才露出歡迎的表情。他抖落黏在自己髒亂身體上的枯葉，向他們走來。

「偉大的星族啊！」他說道，「我以為再也見不到你們了。」然而他突然停住，緊盯著暴毛身後。「不要動！」他說，「你後面有隻獾。儘管把牠交給我吧，我可會打架了——」

「別緊張，波弟，」暴毛連忙打斷老貓的話，鼠掌樂得捲起尾巴。「她是午夜，我們的朋友。」

老虎斑貓瞪了暴毛一眼，下巴差點沒掉下來。「朋友？小夥子，我們是不跟獾交朋友的，牠們連一根鬍鬚都不能相信。」

暴毛不安地看了午夜一眼，擔心波弟的話會傷害到她。還好午夜的反應跟鼠掌一樣，只覺得老貓好笑——她兩隻小小的黑眼閃耀著光芒。

「來見見波弟，」暴毛對午夜說道，「就是他帶我們穿越兩腳獸的地盤。」

午夜移動沉重的步伐前進，停在老虎斑貓面前。老貓一臉狐疑，蹲低身子，脖子上的毛全都殺氣騰騰地豎了起來；他齜牙咧嘴，露出一口參差不齊的牙，對午夜咆哮起來。暴毛很佩服他的勇氣，畢竟獾可是大爪一揮，就能要了貓兒的命。

「我不是來打架的，」午夜保證。「我朋友的朋友，也算是我的朋友。關於你的事，他們都跟我提過。」

波弟抽動雙耳，低聲咕噥：「老實說我不是很想看到妳。但我相信他們，所以妳應該沒問題。」老貓退了幾步，轉頭對棘爪說：「我們還待在這兒做什麼？這裡到處都是兩腳獸跟瘋狗。趕緊跟午夜說再見吧，我們現在得趕緊離開。」

「等等，」鼠掌對棘爪大聲抗議，「你說過我們可以開始狩獵的！」

「是啊。」棘爪輕聲地說。

棘爪大口地呼吸新鮮空氣，暴毛也是。他在空氣中嗅到許多狗的氣味，幸好這些氣味都不太新鮮。他猜波弟大概是拿狗當藉口，要大夥兒趕緊離開午夜。

「好吧，」棘爪說，「現在我們就各自狩獵，但動作要快！待會兒就在我們上回休息的地方碰面。褐皮，妳要不要先過去？」

來自影族的戰士眼睛一亮。「不用了，我也有辦法狩獵。」

在所有貓兒來得及反應之前，午夜已經踱到褐皮身邊，輕輕地撞了她一下。「傻瓜，」她說，「妳還是好好休息一下吧！帶我到休息的地方，現在太陽正大，我們就先留在那兒，日落後我就要啟程回家了。」

褐皮聳聳肩。「好吧，午夜。」她鑽進森林深處，循著溪水來到當初貓兒休息的窪地。

斑駁的樹影下，空氣顯得格外清涼。暴毛開始舒展身體，盡情放鬆。在他看來，這裡比荒原安全多了；雖然這裡的溪水太淺，沒有什麼魚，完全不能取代他最愛的那條河流。一想到這裡，暴毛的胸口就隱隱作痛。就算他能親眼見到深愛的那條河，卻再也不能與它作伴了，因為午夜已經宣布，所有貓族在這六隻貓回到家後，就要全部離開森林。

樹叢裡的沙沙聲，提醒他該是吃東西的時候了。能夠像以前在老家那樣跟羽尾一起狩獵，真是太好了；但當他轉身準備跟羽尾說話時，卻瞥見鴉掌正在他妹妹耳邊輕聲細語。

「妳想跟我一起狩獵嗎？」見習生喃喃地說，語氣好像有些勉強，卻又有些難為情。「我們還是一起行動比較好。」

「太好了！」羽尾的眼神閃閃發亮，然後她瞥見暴毛，顯然覺得很尷尬，比風族貓還要難為情。「呃，不然，我們三個一起狩獵好了。」

鴉掌故意看別的地方，暴毛覺得自己脖子上的毛幾乎都要豎起來了。這隻見習生有什麼資格邀羽尾一起狩獵？「不了，我自己去。」暴毛悻悻然地說，隨即轉身鑽進樹叢，假裝沒注意到羽尾那雙受傷的藍眼睛。

只是等暴毛一溜進灌木叢的矮枝裡，他滿肚子的怒氣也消失了。他豎起耳朵，機靈地尋找獵物的蹤影。

他馬上看到落葉中有隻老鼠，一出掌就把這隻倒楣的老鼠抓到了。暴毛滿意地把土撥到老鼠身上，準備再次出擊，尋找更多獵物。沒多久，他又捕獲一隻松鼠跟另一隻老鼠——他也只能帶這麼多——便往集合的地點走去。

一路上，暴毛開始猜想羽尾會怎麼跟鴉掌單獨相處，然後又自問剛剛是否應該留下來跟他們一起狩獵。他並不是星族挑選出來的貓，這趟旅途的目的只是為了保護妹妹，實在不應該因為鴉掌惹他生氣，就把妹妹留在這個詭異的地方。要是他妹妹出了什麼意外，他又該怎麼辦呢？

回到休息的地方時，他看見褐皮正舒服地躺在山楂林的樹蔭下，那身玳瑁色的皮毛在斑駁的陽光下，幾乎把她完全隱藏起來。午夜在她身邊打瞌睡，褐皮受傷的肩上敷有嚼過的牛蒡根，一定是午夜在溪邊找到的；棘爪躺在褐皮上頭一段看起來很陡峭的拱形樹根上，顯然正負責守衛的工作。羽尾跟鴉掌則在下方盡情享用一隻松鼠。就在暴毛把他抓來的獵物擺在窪地中間那堆新鮮獵物中時，鼠掌也拖著一隻兔子出現在山頂上，波弟也叼著兩隻老鼠回來了。

「太好了，大家都回來了，」棘爪說，「我們開動吧，然後就得出發了！」

棘爪跳進窪地，從獵物堆裡挑走一尾歐椋鳥。暴毛則揀了一隻老鼠給羽尾，然後正對著鴉掌，坐在她身邊。

「打獵還順利嗎？」暴毛問道。

羽尾對她哥哥眨了眨眼。「很棒啊，謝啦。這裡的獵物還真多呢！可惜不能在這裡停留太久。」

暴毛很想同意羽尾的話，但他知道家鄉面臨的危險是一刻也不能等的，於是他開始狼吞虎嚥，大口吞下老鼠，似乎已經等不及要上路了。

暴毛把最後剩下的獵物一口吞下肚，然後開始整理身上濃密的灰毛。他身後突然傳來一聲咆哮；他看見棘爪抬起頭，眼中充滿警戒。

暴毛衝上前，想看看究竟是什麼讓這隻雷族貓這麼緊張；他嗅到一股熟悉的氣味，兩條修長、黃褐色的身影倏地從溪邊的蕨葉叢中竄出。

狐狸來了！

第二章

葉掌嗅到那股腐敗的惡臭時，忍不住皺了皺鼻頭，試著不要因為噁心而發出討厭的聲音。她甩甩頭，一手撥開栗尾玳瑁色的毛髮，並將一塊浸滿膽汁的苔蘚輕輕塗到附在她肩膀上的蝨子。

當浸溼的膽汁滲入毛髮，栗尾忍不住動個不停。「這樣好多了！」她說，「蝨子跑了嗎？」

葉掌張開嘴，把沾黏苔蘚的小樹枝丟下。「給牠點時間啦。」

「蝨子只有一個優點，」栗尾說，「那就是牠們也討厭老鼠膽汁。」她一下子跳起來，精神抖擻地甩甩身體，輕輕地將蝨子從她肩膀上彈掉。「那裡！謝啦，葉掌。」

一陣微風輕拂過巫醫窩附近的樹林，幾片葉子從樹上飄落；早晨的空氣裡已經有些許寒意，提醒葉掌距離枯葉凋零的寒冬已經不遠了。然而這次她得面對的，可不是只有嚴冬和食物短缺的難題。當她回想起幾天前，跟父親火星一起巡邏時所看到的景象，不禁閉上雙眼，打了個冷顫。

貓兒們從沒看過的最大怪獸，正以穩定的步伐朝森林不斷推進，並在土壤留下深深的刻痕，而且將牠經過的樹木全都連根拔起。這隻閃閃發亮的大怪獸無情地壓扁了蕨葉叢，沿途還不停發出煙塵和咆哮，一遇上牠只能無助地奔逃。葉掌第一次深深地感覺到，森林真的有危險了，而且已經有過兩次預言；第一次是把棘爪和鼠掌送上這趟旅程的夢，第二次則是煤皮看見的火光和老虎幻象。預言中的災禍即將降臨森林，葉掌卻不知道他們能怎麼抵擋它的到來。

「葉掌，妳還好嗎？」栗尾問。

葉掌眨眨眼。密布的濃煙、斷成碎片的枝幹、驚聲尖叫的貓，這些幻象頓時消失無蹤，眼前有的只是煤皮築巢的翠綠蕨葉叢和平滑灰岩。她現在很安全，因為雷族還守在這裡，但這能撐多久呢？

「嗯，我很好。」她回答。火星已經對巡邏隊下了封口令，要他們對那天看到的一切保密，直到他想到對族貓公布這個壞消息的方式後才能說。「我要走囉，我得將爪子上的老鼠膽汁洗乾淨。」

「我跟妳一起去，」栗尾說，「然後我們再去山谷狩獵一下。」

葉掌走向林中空地，此時白掌和潑掌正在見習生窩外散步，享受早晨溫暖的陽光；蕨雲的三隻小貓羨慕地望著他們，貓媽媽則坐在育兒室門口，一邊清洗身體，一邊盯著孩子的一舉一動。清晨的巡邏隊──塵皮、鼠毛以及蛛掌──正從金雀花叢隧道走向林中空地。煤皮一看見蕨雲和她的三隻小貓，便露出喜悅的眼神。葉掌望著忙碌而平靜的營地，實在很難一直回想那些絕望的哀鳴。

見習生們一看到葉掌，立即停下打鬥練習望著她，接著便聚在一起竊竊私語，就連那些剛巡邏回來、輕聲走過獵物堆的貓兒，也不安地看了她一眼。這時葉掌明白，關於昨天巡邏隊的傳言，已經在整個營區蔓延開來。火星一大早就把雷族的副族長灰紋、葉掌的母親沙暴，以及煤皮找進他的窩裡開會，因此每隻貓多多少少都知道，昨天肯定有不尋常的事發生了。

在她跟栗尾走到金雀花叢隧道之前，火星已從高聳岩底下的洞口現身，灰紋和沙暴則跟著他走向林中空地，一拐一拐地走著的煤皮跟在最後。火星跳到岩石頂端，另外三隻貓也各自在岩石底下找了個舒適的地方安坐。在葉落時節斜射的陽光下，火星身上的皮毛正如他的名字一般閃耀著光芒。

「請所有年紀大到可以自行狩獵的貓兒，到高聳岩底下集合。」他高聲呼喚。

當栗尾輕輕將葉掌推向貓群前方時，葉掌覺得肚子一陣翻攪。「妳知道他要宣布什麼，對吧？」玳瑁色戰士低聲問她。

葉掌絕望地點點頭。

「我知道昨天一定有什麼事不對勁，」栗尾繼續說，「你們回來的時候，每一個都臉色蒼白，好像被整個影族攻擊似的。」

「我還寧可那樣。」葉掌低聲咕噥。

「雷族的子民們，」火星開始發言，接著深深吸了一口氣。「我……我不知道有沒有任何一族的首領，會將他的族貓帶往我所見到的黑暗。」他的聲音顫抖，望向沙暴的目光似乎想從她那堅毅的眼神裡得到力量。「烏掌曾經警告過我，兩腳獸將在轟雷路上有更多行動，當時我覺得那並不重要，而且我們也不能做什麼，因為那裡不是我們的領地。但是昨天……」

林中空地如今籠罩在寂靜的緊張氣氛中。火星平常說話時並不會這麼嚴肅，葉掌看得出來他是多麼不想再說下去，可是他卻不得不讓族貓知道實情。

「當我們看見兩腳獸的怪獸離開轟雷路時，我的巡邏隊正在蛇岩附近。牠把土翻了過來、將樹木推倒。牠……」

「那太荒謬了！」黑毛打斷火星的話。「怪獸從來不離開轟雷路的。」

「這不會又是他的另一個夢吧？」塵皮的質疑沒被火星聽到，卻一字不漏地鑽進葉掌耳裡。

「他是不是晚上沒吃東西，在說夢話啊？」

「給我閉嘴仔細聽。」火星的姪子雲尾瞪著塵皮說道。

「我也看到了。」岩石底下的灰紋也證實了火星說的話。

然後是一片死寂。葉掌發現貓群開始面面相覷，眼神變得不安。栗尾轉向葉掌，「妳也看到了嗎？」

葉掌點點頭。「妳根本無法想像。」

「那煤皮怎麼說？」斑尾端坐在長老中間問道。「星族向妳透露過什麼消息嗎？」

這隻巫醫起身面對族貓們，藍眼睛裡異常地堅定。在所有貓兒中，她算是最冷靜鎮定的了，連火星都比不上她。

在回答前，她先抬起頭望了火星一眼。葉掌幾乎能從他們對望的眼神中，看到煤皮在燃燒的蕨葉叢中發現的預言：火與虎。她想知道在他們剛結束的會議中，決定對族貓吐露多少實情。接著，火星點了點頭，彷彿默許她發言，而煤皮也輕輕點頭回應。

「星族的徵兆並不明顯，」她實話實說。「我預見森林將面臨一個重大的危機與轉變，恐怖的厄運即將降臨。」

「原來妳早就得到警告了，為什麼不早點說？」鼠毛挑釁地甩了一下長尾。

「別鼠腦袋了！」雲尾吼了起來。「就算她說了，我們能怎樣？離開森林——能去哪裡？在陌生的地方流浪，等待禿葉季的到來嗎？妳要這麼想也可以，鼠毛，但是我不想。」

「我覺得棘爪和鼠掌才做對了，」黑毛低聲地對他哥哥雨鬚說，「早早就決定離開。」

葉掌很想起身為那兩隻下落不明的貓辯解，終究還是忍耐下來，繼續悶不吭聲地坐在原地。她是唯一知道棘爪和鼠掌為何離開的貓——他們背負星族的指示，要拯救森林遠離災禍；而灰紋在河族的孩子——暴毛和羽尾，以及風族和影族的貓，也跟他們在一起。不管這些族貓有多想念他們，葉掌知道他們的離開對全貓族來說，只有好處沒有壞處。

只是他們如今已危在旦夕了，葉掌想，而失蹤的貓卻還沒有回來，她連肚子都覺得惶惶不安。難道這表示，即便星族早已發出警告，還是拯救不了貓族？

煤皮冷靜地看著安靜無聲、屏息以待的族貓們。「災難即將降臨，」她重申，「但我不相信雷族會被這件事擊倒。」

貓群困惑又害怕地彼此對望。沉默似乎在貓兒們上千次的心跳間蔓延開來，直到長老群中傳出一聲毛骨悚然的哀號，才劃破這片寂靜，然後是更多的嚎叫與哭喊聲，像信號似地一一爆發。面對即將到來的怪獸，絕大多數的貓都沒辦法相信煤皮的保證。

蕨雲急忙以尾巴圈住她那三隻可愛的小貓，彷彿想將孩子們安置在她那斑點灰毛的避風港裡。「我們該怎麼辦？」她不禁放聲大哭。

塵皮起身，用鼻頭輕推著蕨雲，想要安撫她的情緒。「我們會想出辦法的，」他答應她。「我們會讓兩腳獸知道，這裡是我們的地盤。」

「你打算怎麼做？」鼠毛語氣尖銳地問，「兩腳獸什麼時候在乎過我們了？牠們總是為所欲為。」

「牠們的怪獸會把獵物全都嚇跑，」灰毛附和她的話，「現在森林裡的動物已經比以前少了，而且禿葉季即將來臨，到時候我們要吃什麼？」

更多擔心害怕的嗚咽在貓群間傳了開來，大夥兒亂成一團，火星的話語也被貓兒們的哭聲所淹沒。

「在我們了解更多事之前，什麼也不能做，」當喧嚣聲化為一片恐懼的低語時，火星開口說道，「昨天的事都發生在蛇岩附近，離這裡還有一段距離，也許兩腳獸不會再前進了。」

「那星族又何必發出警告？」刺爪問，「我們終究得面對祂啊，火星——我們不能假裝這件事沒發生過。」

「我會加派巡邏隊，」火星向他保證，「而我也會試著跟影族聯繫。蛇岩離他們的邊界最近，他們可能也碰上麻煩了。」

「你不能相信影族的話，」雲尾吼道，「他們連一點消息都不會告訴你。」

「也許不會，」火星回答，「但是，如果兩腳獸入侵他們的領土，他們可能會因為我們能彼此幫助，而願意跟我們交換消息。」

「那刺蝟就會飛了。」雲尾不屑地咕噥道。他轉過頭去，故意不看火星，然後在他的伴侶貓亮心耳邊嘀咕著；而亮心也將自己的鼻頭擠進雲尾的毛裡，安撫他低落的情緒。

「每個人都要提高警覺，」火星繼續說，「不管你們看見什麼不尋常的事，我都要知道。我們撐過了洪水和大火，撐過了虎星的惡犬陰謀和鞭子與血族的威脅，這次我們也一定撐得過去。」

他從岩石上躍下，示意會議結束。

林中空地上的貓群，立刻驚慌失措地圍成一個個小圈圈，開始討論他們之前聽到的謠言。火星與煤皮簡短地交換了一下意見，然後煤皮朝葉掌走來。

「火星準備現在就去拜訪影族，」巫醫宣布。「他希望妳也一起來。」

葉掌覺得既惶恐又興奮。「為什麼要找我？」

「他要兩隻巫醫跟他一起去。有我們在，黑星就會知道雷族不是為了戰鬥而去拜訪他們。」煤皮的藍色眼睛閃了一下。「不過話說回來，葉掌，希望妳最近有勤練打鬥技巧。」

葉掌將起先的疑問吞回肚子裡。「當然有，煤皮。」

「很好。」她一甩尾巴，朝火星走去；火星正在金雀花叢隧道前等她，灰紋和蕨毛也跟在他身邊。

「出發吧！」火星說，「記住，我不想惹上任何麻煩，我們只是要去談談而已。」

灰紋悶哼了一聲。「去跟影族說吧。只要他們的巡邏戰士在領土上逮到我們，肯定二話不說就把我們剝一層皮。」

「希望不會，」火星充滿情感地說，「如果兩腳獸同時威脅到我們兩族，我們就禁不起把力氣浪費在彼此對峙上。」

灰紋還是一臉懷疑，不過當火星領著大夥兒走進通往影族邊界的山谷時，他都沒再說話。葉掌只要一聽到什麼風吹草動，就立即警戒得豎起耳朵和全身的毛髮。印象中那個和平又安全的森林，轉眼間已經被兩腳獸和牠們的怪獸占領了，變成一個不能隨便靠近的地方。

火星和巡邏隊隊員直接朝蛇岩走去，葉掌很快發現，原來他想帶大家去怪獸那天離開轟雷路的地方。還沒到達那裡，葉掌就聞到怪獸留下的臭氣和慘遭撕裂的大地氣味。當她來到轟雷路上方的坡頂，她停下腳步環顧蕨葉叢。

在她正下方有一道被整個翻開來的草皮，一直延伸到轟雷路。高大的樹木東倒西歪地躺在地上，盤根錯節的樹根被拔起，就露在空氣中。四周一片死寂，葉掌聽不見蟲或鳥的叫聲，也沒有獵物在草叢裡沙沙移動的腳步聲。但是怪獸已經離得很遠了，因為當她張開大口呼吸空氣時，聞到怪獸的氣味已不再新鮮，甚至連牠散發的臭氣也漸漸消失。

「牠們今天沒有來過這裡，」灰紋說，「不管牠們在做什麼，搞不好已經結束了。」

「我可不這麼想。」火星很快地回答他。

「這實在是……太恐怖了。」蕨毛被眼前的景象嚇得目瞪口呆，他原本不是巡邏隊的隊員。「火星，牠們為什麼要破壞森林呢？」

火星的尾尖不停地前後抽動。「如果我們能知道兩腳獸做每一件事的原因，日子就會好過多了。」

火星領著貓群沿著邊緣繞過被破壞的區域，沿著轟雷路往前走。看到影族的領土內愈來愈多倒塌的大樹和被翻得面目全非的土地，葉掌的胃也不舒服地攪動起來。

雷族貓停下腳步，望著幽暗地面的另一頭。蕨毛忍不住弓起身子，擺出備戰姿勢，彷彿隨時準備打上一架；然而這裡連一個敵人的影子也沒有。

「看那裡，」灰紋的聲音因恐懼而發抖。「火星，你說得對。影族跟我們遇到一樣的麻煩了。」

「那麼要跟黑星說話，或許就容易得多了。」火星想讓自己的聲音聽起來信心滿滿，然而他的雙耳卻背叛了他，有氣無力地躺在他的頭上。

煤皮在轉身之前，望著那塊可怕的地方好一會兒。即使她什麼也沒說，藍色的眼裡卻充滿了恐懼和困惑。

轟雷路上傳來一隻怪獸的咆哮聲，雖然比食樹怪要小，卻一樣吵鬧。葉掌忍不住退了幾步，猜想那隻怪獸可能會調頭往他們所在的森林前進。幸好牠只待在轟雷路上，嚎叫聲也隨著牠的身影慢慢消失在樹叢中。第一隻怪獸遠離後，第二隻怪獸就緊接著出現了，然後是第三隻，往反方向跑去。

「我不想走這裡。」灰紋輕聲地說，眨眨眼擠出眼裡的細塵。

火星點頭表示同意。「我們沿著四喬木穿過小溪，然後再走地道過去好了。」他下定決心說，「祈求上天保佑，不會在轟雷路這一邊遇到影族戰士。」

他們抵達溪邊，火星輕鬆跳過小溪中央的踏腳石，葉掌則緊盯著她的導師煤皮，確保她能安全跳過小溪。幾季之前，煤皮在轟雷路上發生了一場意外，其中一隻腿至今仍沒有完全復原；葉掌看著煤皮安全通過後，便跟在後頭跳過溪流。此時的火星已經爬上對岸。

微風吹來一陣影族的惡臭。火星和灰紋重新做好氣味記號，再領著群貓進入轟雷路底下的地道。

在影族的領土上居然聞不到一點他們的氣味，這讓葉掌鬆了一口氣。雷族長老曾經說過許多關於影族的黑暗歷史，像是謀殺犯碎星，他親手殺了自己的父親；還有叛徒虎星，在被雷族放逐之後，就到影族自立為王。雖然影族的現任族長黑星到目前為止都沒做出什麼傷天害理的事，但是葉掌知道，火星仍沒有完全信任他。葉掌跟著火星走進地道，望著他的背影，葉掌不禁更加欽佩他那不尋常的勇氣：火星願意為了拯救森林，試著與過去的敵人結盟。

葉掌一跳進轟雷路底下的地道，就被裡頭陰森的寂靜嚇得打了個冷顫；裡面只聽得見水滴聲，和貓爪在泥濘的地道行走的沙沙腳步聲。進到影族的領地後，他們的刺鼻氣味也愈來愈強烈。葉掌腳下是一層溼黏的綠草，放眼望去，到處都是長滿蘆葦的水塘，而大樹卻少得可憐，不像那些將雷族營地整個遮蔽起來的樹林。這兒看起來簡直像是另一個世界。

「影族的營地要從這裡走，」火星說，接著便鑽入灌木叢中。「葉掌、煤皮，跟緊我；灰紋、蕨毛，散開，保持警戒。不要忘記，我們不是來找麻煩的。」

葉掌緊跟著火星，深入影族的領地。每一步都踏在溼黏的泥沼裡，讓葉掌很不高興，她一直想停下來，把腳上沉重的溼氣甩開；實在很難想像影族貓怎麼能忍受這一切？他們的腳掌肯定都長了蹼吧？她繃緊神經，保持警戒，連肌肉也因此疼痛起來；所以當蕨毛突然發出叫聲時，葉掌嚇得跳了起來。希望沒有誰發現她剛才的舉動。

「火星，來看看這個。」蕨毛的尾巴指著一塊平滑整齊的薄木板，不可能是常見的樹枝；只見它直挺挺地插在地上，大概跟貓一樣高。火星走上前，一臉狐疑地嗅了嗅木頭。「有兩腳獸的臭味。」他告訴大家。

「那裡還有一塊，」葉掌發現幾隻狐狸身長的遠方，有另一塊相同的木板，所以高聲地說，「還有另一塊——排成一行！它們是什麼——」

葉掌突然停了下來。當她跳向另一塊木頭，想一探究竟時，前方的灌木叢突然沙沙作響，三隻貓兒從中跳了出來。葉掌認出那隻暗薑黃色的母貓是枯毛，也是影族的副族長；至於另外兩位戰士——暗灰色的公貓和身材纖細的虎斑貓——葉掌則完全不認識。

葉掌緊張地嚥了口口水。

火星立即跳到葉掌身前。「妳好啊，枯毛。」他說。

「你們竟然擅闖我們的領地！」影族的副族長大吼一聲。

她輕輕甩了下尾巴，示意影族戰士向前攻擊。葉掌連閃躲的時間都沒有，那隻暗灰色的公貓立刻對她發動猛烈攻勢；她在地上滾了幾圈，一邊左閃右躲，一邊忙著回想從前學過的打鬥招式，但對手的利爪依然在她的身邊無情地使勁亂扒。葉掌瞥見煤皮和枯毛正對峙地繞圈；

一條尾巴遠的另一頭，灰紋制伏了那隻虎斑貓，將她壓倒在地；蕨毛則和另一隻公貓扭打在一起，就像個會尖叫怒吼、灰黃夾雜的毛球。

葉掌一開始沒找到火星，環顧四周後才發現他已經跳上一根倒下的樹幹上。他大吼一聲，壓過全場吵鬧的打鬥聲。

「住手！」

第三章

「你們待在這裡，」波弟低聲發號施令。「交給我處理。」

暴毛沮喪地望著老公貓拖著腳步走向狐群。波弟亂糟糟的毛髮全豎了起來，尾巴迅速地前後擺動；要不是暴毛在最後一刻站上前，將波弟推到一旁，其他嚇呆的貓很可能就這麼讓波弟被狐狸撕成碎片了。

「幹嘛啊？」波弟高聲抗議，「交給我對付就行啦！小子，我趕跑的狐狸比你抓的老鼠還多哩。」

「那就把機會留給我們吧。」暴毛面色凝重地回答。

兩隻狐狸躡手躡腳地爬上河岸，望著眼前這一群貓兒。看來暴毛和群貓錯估了情勢，直到現在才發現樹林裡其實危機四伏。

暴毛看到鴉掌衝出來遮住羽尾，就怕她受到半點傷害；棘爪也一樣要挺身保護鼠掌，不過這隻雷族見習生可不甘示弱，她壓下耳朵、伸出爪子，從棘爪身旁跳出來。

「你幹嘛擋著我？」她大吼，「我可以照顧我自己！」

「妳不是說過連狐狸也吃得下去嗎？」褐皮刻意挖苦她，「現在妳的機會來囉。」

眼看狐群愈來愈靠近，暴毛全身緊繃，蓄勢待發，兩眼緊盯著牠們細長的臉和閃閃發亮的眼睛，想預測狐狸會從哪個方向發動攻擊。在家鄉時，對隨時保持警戒的貓來說，狐狸並不算得上威脅。但那些狐狸可以避開，可是這些卻是一群年輕、愛打架，而且準備保衛家園的狐狸。暴毛相信只要他們六隻貓通力合作，最後一定能擊退狐群，但絕不會毫髮無傷。這對他們的旅程又代表了什麼呢？他沮喪地禱告著：**星族，救救我們吧！**

鴉掌離狐群最近，他壓低身子，跳了起來。當暴毛聽見身後一陣彷彿咆哮、又像吠叫的怪聲音時，他和狐狸間只差不到一條尾巴的距離。狐狸首領倏地抬起頭來，筆直地站穩身體。

暴毛往後匆匆一瞥，只見午夜拖著沉重的步伐往前移動，從波弟和羽尾之間擠出一條路來，然後抬頭挺胸地站在狐群面前。她用攙雜著咆哮與吠叫的狐狸語對牠們說了一些話，雖然暴毛不懂她說了什麼，但她隆起的肩膀和黑亮的眼珠所散發的敵意，卻再明顯不過。

然後站在最前面的狐狸像在回話般，也對午夜吠了幾聲。暴毛驚訝地豎起耳朵。「我都忘了午夜會說狐狸語了。」他對棘爪輕聲說道。這位雷族戰士點點頭，眼神卻不曾離開狐群。

「牠們說這裡是牠們的地盤，」午夜告訴貓兒們，「進來的都是牠們的獵物。」

「狐狸屎！」鴉掌脫口而出，「告訴牠們，要是敢輕舉妄動，我們就把牠們的皮給剝下來。」

午夜搖搖頭。「不行，小戰士。這樣貓的皮也要脫一層了。等一下。」

鴉掌後退了幾步，但看起來還是劍拔弩張，羽尾連忙用鼻子靠著他的肚子。

午夜又對狐狸說了什麼。「我告訴牠們，你們只是路過這裡，」她對狐狸說完後，轉頭向貓兒們解釋。「我也跟牠們說，樹林裡的獵物很充足，狩獵比把誰的毛扯下來要容易得多。」

為首的狐狸這會兒可被搞糊塗了，或許是因為第一次聽到獾說狐狸語，又或許是因為牠正認真考慮這隻獾的建議。但是第二隻狐狸——臉上有一道傷疤的瘦雄狐——仍緊盯著午夜身後的貓群不放，露出尖銳的牙齒，牠哼了一聲，不管怎麼聽都像是威脅的語言。

午夜回吼了牠一聲，然後往前站出一步，舉起一隻爪子，龐大的身軀擺出作戰的姿勢。暴毛再度毛髮直豎，準備迎戰。然後那隻雄狐開始後退，對午夜詛咒了最後一聲便轉身離去，消失在蕨葉叢裡。午夜的目光轉向雄狐的同伴，但其他狐狸只是停下來，很快地吠了幾聲，跟著就離開了。

「聰明的話就不要回來！」鴉掌在牠們身後大叫。

暴毛鬆了一口氣，身上的毛也平順下來；鼠掌撲通一聲倒在地上，發出一聲長嘆。所有的貓，包括波弟在內，現在都對午夜另眼相看了。

棘爪走向她，低下頭來恭敬地說：「謝謝妳，午夜。如果不是妳，後果會不堪設想。」

「搞不好牠們已經把我們都殺光了。」羽尾附和。

「我想現在也不是打架的好時機，」鴉掌承認。然而當他繼續往下說時，暴毛還是忍不住對這位見習生挑釁的語氣嘆了口氣。「不過我還是想知道，為什麼妳沒事先警告我們狐狸的事。妳說妳可以從星象解讀每件事情，那為什麼不告訴我們牠們在這裡？」

即使暴毛永遠不會這麼問，他還是緊張地等候午夜的回答。她已經告訴他們那麼多森林即將受到威脅的事情，以及他們為何必須回家，帶領全族安然逃脫。如果他們不信任她，他們和自己的貓族就不知該如何面對這次大毀滅。難道她已經警告過他們關於狐狸的事嗎？

有一瞬間，獾陰森地瞪著這隻風族見習生，黑亮的眼睛裡滿是憤怒。鴉掌無法掩飾他眼中一閃而過的緊張，但為了維護自己的名聲，他並沒有退卻。接著午夜的怒氣平息下來。「我不是每一件事都會告訴你們，特別是那些星族不希望我說出來的事。但關於兩腳獸如何摧毀森林、讓貓兒無家可歸，我也說了很多。不過問題的答案都在我們自己身上，我想你已經學到這件事了，對不對？」

「我想是吧。」鴉掌低聲回答。

午夜別開頭。「狐狸說你們得現在離開，」她告訴貓兒們，「如果日落時你們還在這裡，牠們就要展開攻擊。那隻雄狐說，牠曾經嚐過貓肉，覺得很美味。」

「是嗎，那牠再也沒機會嚐到了！」褐皮厲聲回答。

「反正我們得離開，」棘爪說，「而且我們本來就不是來這裡找狐狸打架的，我們走吧！」

他們停了一會兒，將剩餘的獵物大口吞下肚；接著在午夜的帶領下，他們很快抵達了森林邊緣。太陽已經落到樹的後頭，他們站著的地方也只剩下一片陰影。前方，暴毛只看見一片更開闊的荒原，遠方則是交疊的群山；另一邊是他們出發時行經的、深紅色形狀的兩腳獸地盤。

「現在該怎麼走？」他問。

午夜舉起一隻手掌，指著正前方。「通往日出的路是捷徑。」

「這不是我們來的路，」棘爪不安地說，「我們是穿過兩腳獸地盤來的。」

「我才不要回去那裡！」鴉掌插進來，「我情願爬很多山，也不想再看到兩腳獸。」

「我也不確定，」羽尾說，「至少我們知道該怎麼穿過兩腳獸的地盤，還有波弟幫忙。」

鴉掌只是不以為然地哼了一聲。暴毛同意他一部分的看法，他們在兩腳獸的地盤度過多少個驚慌害怕、飢寒交迫的苦日子，而波弟根本就跟他們一樣迷失方向，不過山也一樣陌生，即便從這裡看，也看得到一片光禿禿的灰色岩石，與四處點綴著落葉季的第一場降雪。它們比高岩山更高，而他則不確定那裡能找到多少遮風避雨的地方，以及多少獵物。

「我同意羽尾的看法，」最後他說，「既然我們曾經平安地穿過兩腳獸的地盤，就能再做一次。」

棘爪的眼神一一掃過眾貓，還是拿不定主意。「褐皮，妳覺得呢？」

他的姊姊聳聳肩。「怎樣都好。不管我們選擇哪一條路，肯定都不輕鬆；大家一定也都明白這一點。」

一點也沒錯。暴毛在心中附和。

「這個嘛，我覺得——」鼠掌剛開口，卻又倒抽一口氣。她那雙綠眼睛因為恐懼而睜大，彷彿正看著遠方某件其他貓兒看不見的東西。

「鼠掌，妳怎麼了？」棘爪焦急地問。

「我……我不知道。」鼠掌打了個冷顫。「快決定吧，棘爪，然後我們就出發。我想走快一點的路——」她輕彈尾巴，指著遠山。「否則我們又要浪費時間穿越兩腳獸的地盤。」

暴毛的鬍鬚微微刺痛。鼠掌說得對，他們已經知道，兩腳獸地盤裡的路線有多亂多複雜，深山裡還會有什麼東西，會比兩腳獸地盤上一定會出現的老鼠和怪獸更可怕呢？最重要的就是趕回森林，一刻也不能耽擱了。

「我想她說到重點了，」他說，「我改變心意了，我贊成走山路。」

鼠掌暗薑黃色的尾巴興奮地來回抽動，在草叢中彈出她的爪子。「所以呢？」她朝棘爪啐了一口。「你到底決定了沒有？」

棘爪深深吸了口氣。「好吧，就走山路。」

「啊？什麼？」波弟本來在用後爪猛搔耳朵的，但是當棘爪一做出決定，波弟立刻驚慌地抬起頭來，猛眨他那雙琥珀色的大眼睛。「不能走那條路。那裡很危險，還有那個——」

「每個地方都有危險，」午夜打斷他的話，銳利的眼神讓波弟說不出話來。「你的朋友們需要極大的勇氣，繁星已經為他們指出了這條路。」

暴毛警覺地望了老虎斑貓一眼。剛才午夜打斷他時，他到底想說什麼？他知道山裡潛藏了哪些不尋常的危險？如果是的話，午夜為什麼不讓他把話說完呢？暴毛想，他大概可以從午夜的臉上看見智慧，以及某種像是遺憾的表情。她剛才說的「指出這條路」，又是什麼意思？

「年輕的戰士，下定決心並不容易。」獾低聲對棘爪說。暴毛慢慢移動腳步，想聽她在說什麼。「你的道路就在前方，為了平安到家，你還得面對許多挑戰。」

棘爪凝望著獾好長一段時間，才毅然決然地往荒原邁進。無論這些挑戰是什麼，他似乎已準備好要面對它們了；即使暴毛來自與他敵對的部族，也忍不住要欽佩他的決心。當波弟急急忙忙想跟上貓兒們的步伐時，午夜伸出一隻爪子擋住了他的路。

這隻老公貓生氣了，琥珀色的眼睛閃閃發光。「別擋路！」他用刺耳的聲音說。

午夜還是動也不動。「你不能跟他們一起去，」她低語，「那條路只屬於他們。」她黑亮的眼珠在薄暮中閃爍著微光。「他們年輕魯莽，前方還有許多考驗在等待著他們。我的朋友啊，他們需要的是自己的勇氣，而非你的。他們倚賴你太多了。」

波弟眨眨眼。「這個嘛，如果妳這麼說的話……」

羽尾衝向他，深情地舔了一下他的耳朵。「我們永遠都不會忘記你，波弟，也不會忘記你為我們所做的一切。」鴉掌張開大口、瞇著眼睛，好像正準備說什麼挖苦的話，卻在暴毛的怒視下乖乖噤聲。暴毛不確定他們還有沒有機會與波弟見面，即使波弟之前做錯許多事，但他始終跟他們站在一起，並將他們平安交給了午夜。

「再會了，波弟。謝謝你，如果沒有你，我們不可能順利找到午夜。」棘爪的話正好說出了暴毛的心聲。「也要謝謝妳，午夜。」

獾點點頭。「再見了，我的朋友。願星族照亮你們的路途。」

其他的貓兒也開始向波弟和午夜道別，然後跟著棘爪踏上荒原，展開他們的返鄉旅程。暴毛走在最後，他回頭一瞥，看見午夜和波弟並肩坐在遙遠的樹下，目送他們離開。暮色下看不清他們臉上的表情，暴毛只好搖搖尾巴，代表最後一聲再會，然後轉身朝著群山邁進。

第四章

火星一吼出命令，蕨毛和那隻暗灰色的影族戰士立刻放開了彼此。灰紋從虎斑貓身上抬起頭，卻仍牢牢抓住他的頸子。

「放他走，」火星命令。「我們來這裡不是要打架的。」

「是他們先跳到我們身上來的，我們還能怎麼辦？」灰紋發出充滿敵意的嘶聲。他後退一步，那隻瘦虎斑貓從地上爬起來，甩動他一身髒亂的皮毛。

葉掌跳過溼地，站在煤皮身旁，半是擔心枯毛還是會攻擊巫醫；影族的副族長可不喜歡接受敵族首領的命令。

枯毛朝暗灰色的公貓身上輕拍一下。「雪松心，回營地去。警告黑星我們被入侵了，要他派更多戰士來。」

暗灰色戰士立刻鑽進了灌木叢中。

「沒必要這麼做，」火星依舊以溫和的口吻說，「我們不想侵略你們的領土，也不想偷你們的獵物。」

「那你想做什麼?」枯毛不高興地質問。「是你們擅闖我們的領土,我們還能怎麼想?」

「這件事我很抱歉,」火星從樹幹上躍下,從容地走向她。「我……我知道我們不應該來這裡,可是我有話要跟黑星說。最近發生了一些事,而且等不及到下次大集會再談。」

枯毛懷疑地吸了吸鼻子,但還是收起了爪子。葉掌的心終於不再撲通撲通地狂跳。現在影族的副族長在數量上居於劣勢,尤其在她將暗灰色公貓雪松心遣走以後。

「什麼事這麼緊急?」她低吼。

火星的尾巴指著稀疏的森林後方、轟雷路山腰上那道兩腳獸破壞的痕跡。「那夠不夠緊急?」他激動地說。

枯毛發出憤怒的嘶聲要他閉嘴。「如果你認為影族變弱了……」

「我沒有那個意思,」火星抗議。「不過妳一定要知道,我們的領土也碰上同樣的麻煩。所以,妳是要趕我們走,還是讓我們跟黑星談談呢?」

枯毛瞇起雙眼,明快地點了個頭。「很好,那麼跟我來吧。」

她帶他們走經過灌木叢的路,雷族貓整群緊跟著她,而影族的虎斑戰士則走在最後。當葉掌被這片陌生領土的氣味所包圍時,她的心跳又開始加快。即使天色已經開始變暗了,遮蔽太陽的雲朵仍舊在他們行經的小徑上投下陰影。她一直要自己別因為一點聲響就跳起來,或是像每棵樹後頭都躲了一隻影族貓那樣四下張望。

很快地,葉掌就感覺到一股濃烈的影族氣味撲鼻而來。枯毛領著貓群繞過一片濃密的榛木林；跟著她的葉掌突然在一長排貓前面停住——瘦削的戰士們繃緊了一身肌肉，眼中閃爍著隨時準備作戰的光芒。在他們身後則是一道糾結的刺藤圍牆。

「這裡就是影族的營地了，」煤皮在葉掌耳邊低語。「黑星好像不打算邀請我們進去。」影族首領就站在他的戰士們當中。他是一隻巨大的黑掌白貓，身上展示了在諸多戰役中留下的傷疤。當雷族貓從榛木林後現身，他立刻邁步向前，不懷好意地瞇起雙眼，朝火星走來。

「這是怎麼回事？」他的嗓音粗啞。「難道偉大的火星在森林裡，可以愛去哪兒就去哪兒嗎？」

火星沒理會黑星的冷嘲熱諷，只是簡單地以首領與另一位首領打招呼的方式，禮貌地點點頭。「我必須來告訴你兩腳獸做了什麼事，」他開口，「如果情況再沒有改變，我們就必須決定，接下來該怎麼做。」

「我們？你說『我們』是什麼意思？影族不會和雷族談的，」黑星一口回絕。「我們自己做決定。」

「可是牠們正在摧毀森林！」

葉掌聽得出族長的憤慨，也知道在影族族長堅持將他當做仇敵地挑釁下，要他保持冷靜有多麼困難。

影族族長聳聳他那巨大有力的肩膀，「火星，你太小題大作了。兩腳獸都是瘋子，就連小貓咪都知道。沒錯，牠們的確砍倒了幾棵樹——可是現在牠們已經離開了。不管以前發生了什麼事，都已經結束了。」

葉掌懷疑，黑星是否真的這麼相信。他不可能真的這麼天真吧？或許他只是虛張聲勢，想向火星證明影族什麼也不怕？

「如果並沒有結束呢？」火星鎮定地問。「如果情況變本加厲呢？兩腳獸到過的地方，獵物都害怕地逃走了。萬一牠們撕裂我們更多的領土呢？到了禿葉季時，黑星，要是你不能餵飽你的族貓該怎麼辦？」

有一、兩隻影族戰士露出不安的神情，不過他們的族長卻只盯著火星看。

「我們根本不擔心禿葉季，」他說，「垃圾場那裡永遠找得到死老鼠可以吃。」

煤皮不耐地動了一下耳朵。「難道你忘了上次吃死老鼠發生了什麼事？你們有一半的族貓都病死了。」

「她說的沒錯。」一隻蹲在隊伍尾端的小虎斑貓，鼓起勇氣發表意見。葉掌認出他就是影族的巫醫小雲。「我自己也生病了。當時要不是因為妳，我早就死了，煤皮。」

「閉嘴，小雲，」黑星命令道。「疾病是來自星族的懲罰，因為夜星不是按規矩選出的族長。現在吃來自垃圾場的食物並沒有危險。」

「族長要巫醫閉嘴才叫危險，」煤皮反擊。「假裝自己知道星族的意志也是。」

黑星瞪著她，卻什麼也沒說。

「聽我說，」火星再次迫不及待地開口了。「我相信有一場大災難就要降臨森林了，如果我們不合作，一定撐不過去。」

「真是老鼠屎！」黑星大吼一聲。「別試著教我該怎麼做，火星。我不是你的戰士。如果你還有話要說，你就應該按照慣例，等到下次四喬木的大集會上再宣布。」

葉掌覺得這位影族族長說的也不是完全沒道理。戰士守則規定，有關森林的事務都應該在大集會上提出。貓兒只能在星族神聖的滿月休戰協定下集會。但是，她也知道兩腳獸不會等到下次滿月，牠們會繼續破壞森林。到下次大集會前，不知道還會發生什麼大事呢？

「很好，黑星。」火星空洞的語氣充滿絕望。**真的發生了**，葉掌驚慌地想。**他決定放棄了。森林就要被毀滅了**。「如果你執意這麼做的話。但是，如果兩腳獸又回來了，我允許你派遣使者進入雷族的領地，我們可以到時候再說。」

「永遠都這麼寬宏大量啊，火星。」黑星挖苦地說，「不過那是不可能的，沒有什麼事是我們自己解決不了的。」

「鼠腦袋！」煤皮嘶了一聲。

火星警告地看了煤皮一眼，不過影族族長並沒有回應，他朝枯毛一掃尾巴。

「找些戰士護送這些貓離開我們的領土。」他下令。「為了防止你們還想再不請自來，」他對火星補上一句，「我們會在邊界加派巡邏隊。走吧！」

雷族貓也只能乖乖聽命了。火星轉身，示意族貓跟著他。枯毛和她的戰士們圍成一個充滿威脅性的半圓，逼著他們緊緊走在一塊兒。當轟雷路底下的地道映入眼簾時，葉掌開心起來，在穿過地道，要朝她們自己的森林領域前進時，更覺得鬆了一口氣。

「不要再來了！」當他們跨過邊界時，枯毛啐了一口。

「我們不會再來的！」灰紋猛地回過頭。「我們只是想幫忙，妳這團笨毛球！」

「算了，灰紋。」如今他們回到了自己的領土，火星才顯露出他的失望。葉掌忍不住同情起他來；影族不給他們解釋的機會，並不是他的錯。

「或許我們可以試著找風族談談看？」在巡邏隊回營地的路上，葉掌輕聲地對煤皮說，「或許他們也碰上麻煩了，所以才會偷河族的魚來吃。」她指的是上次大集會時，河族的戰士鷹霜所提出的嚴厲指控。

「就算他們有，妳也不能證實，」煤皮提醒她。「葉掌，不過也許妳說到重點了。烏掌也說過，兩腳獸比過去更頻繁地出現在部分的轟雷路上。」

「那麼，或許火星能跟高星談談？」

「我想火星這一陣子應該不會再找其他族的族長了，」煤皮同情地望了一眼那隻薑黃色的公貓。「再說，高星的自尊心很強，絕對不會承認他的族貓在挨餓。」

「可是火星一定得做些什麼啊！」

「也許黑星說得對，他應該等到下次大集會時再說。不過要是有機會的話——」煤皮打斷她見習生的抗議，「——我會跟他談談的。」她抬起藍色的雙眼，望著烏雲密布的天空。「不管發生什麼事，讓我們祈禱星族會憐憫我們。」

「栗尾，妳在裡面嗎？」

葉掌站在戰士窩外頭，透過枝椏往裡頭瞧。這是第二天清晨，濃霧籠罩著整個營地，就連她的毛髮上也凝結了好幾些小水滴。

「栗尾？」她又叫了一次。

窩裡傳來貓兒拖著腳步行走的聲音，栗尾探出頭，一副睡眼惺忪的樣子。

「葉掌？」她打了個大大的呵欠。「怎麼啦？太陽都還沒出來耶。我剛剛做了一個跟老鼠有關的惡夢……」

「對不起，」葉掌說。「可是我希望妳能陪我去做一件事，妳已經決定參加黎明巡邏隊了嗎？」

「沒有。」栗尾從樹枝間鑽了出來，很快地舔了一下肩上的毛髮。「到底是怎麼一回事啊？」

葉掌深吸了一口氣。「我想去拜訪風族。妳可以陪我一起去嗎？」

栗尾一下子瞪大了眼睛，尾巴也驚訝的捲了起來。「萬一遇上風族的巡邏隊怎麼辦呢？」

「應該沒什麼問題——我是巫醫見習生，所以可以進入從這裡到高岩山之間的領地。栗尾，拜託妳！我真的必須知道風族是不是也碰上麻煩了。」雖然不能對栗尾透露半個字，但葉掌知道，星族已經從各族中選擇了一隻貓踏上旅途。也因為如此，她猜測每個貓族可能都被兩腳獸入侵了，而她只是想確定這是真的。

栗尾露出想冒險的眼神。「我要去，」她宣布。「我們快走吧，趁其他貓逮住我們開始問東問西之前！」

她迅速奔過林中空地，鑽進金雀花叢隧道口。葉掌跟著她，對著這個安然沉睡的營地看了最後一眼。山谷裡滿是濃厚的大霧，隱藏了她們的腳步聲。每樣東西都是灰濛濛的，即使曙光已經愈來愈強，卻還是見不到太陽的影子。蕨葉被水珠的重量壓得彎下了腰，不久這兩隻貓的毛皮也被沾溼了。

栗尾打了個冷顫。「我幹嘛要離開那溫暖的小窩呢？」她半開玩笑地抱怨。「如果荒原上也是這個樣子，濃霧會幫忙掩蔽我們。」

「還有我們的氣味。」葉掌同意。

可是在她和栗尾趕到四喬木之前，濃霧已經開始散了。雖然小溪附近的霧氣依舊很重，但當他們爬上對岸時，就完全暴露在陽光之下了。葉掌抖掉身上的水氣，但這裡的太陽並不怎麼熱；她希望能在荒原上好好跑一趟，讓自己暖和起來。

當她們繞過四喬木的山谷頂端，葉掌感受到從荒原吹來的一陣微風。她和栗尾在山谷的另一頭待了一會兒，風把她們的皮毛往後吹，她們張開口嗅聞空氣裡的味道。

「風族，」栗尾說。她不確定地把頭轉向一邊。「可是好像有什麼不對勁。」

「沒錯。這裡連半隻野兔都看不到。」葉掌說。

一開始她猶豫了一下，然後帶頭越過邊界。兩隻貓從一處金雀花叢奔往另一處，盡可能地在荒原上隱藏自己的形蹤。葉掌的皮毛被拉扯著；她一身虎斑摻白色的毛髮，在矮草叢中清晰可見。在雷族時，她自信身為一隻巫醫，不必接受挑戰，而現在她卻覺得自己渺小又脆弱。葉掌只想盡快找出真相，然後快快平安回到自己的領地。

她來到一座可以俯瞰轟雷路的小土丘上，她在草叢中壓低身子往下偷看，她身邊的栗尾發出嘶嘶聲。

「好吧，這樣看就不奇怪了。」她說。

從轟雷路開始，直到這塊領土的最遠處，有一道又深又長的疤痕，把荒野上的綠草撕得一根不留；那道痕跡也用短木樁做記號，就像前一天葉掌在影族領土上看到的一樣。它橫越荒原鑿出一條小徑，在她和栗尾俯臥的小丘腳下戛然而止。有隻閃閃發光的怪獸正安靜地坐在山腳下。葉掌一想到怪獸掃視荒原，大吼大叫地準備撲到獵物身上的情景，就忍不住停止了呼吸。

「牠的兩腳獸跑哪裡去了？」栗尾低聲問道。

葉掌東看看、西看看，但四周一點聲音也沒有；霧氣瀰漫在傷痕累累的大地上，空氣裡似乎也危機四伏。這裡還是聞不到野兔的氣味——牠們是被嚇跑了？還是被兩腳獸抓走了？也許在怪獸把牠們的窩都翻出來時，牠們已經搬到荒原上的其他地方了。

「好噁心！」栗尾突然叫了一聲。「妳聞到了嗎？」

栗尾才開口，葉掌也嗅到一股她從沒聞過的刺鼻氣味，她的胃腸本能反應地翻攪，葉掌噘起嘴說，「那是什麼？」

「大概又跟兩腳獸有關。」栗尾嫌惡地說。

遠方傳來一陣吼聲，打斷了她的思緒。葉掌跳起來，轉身便看見三位風族戰士朝他們飛奔過來。

「慘了。」栗尾喃喃地說。

葉掌還沒決定是要逃跑，還是留下來把話說清楚，就已經被風族貓給包圍了。當她認出眼前是侵略性強的副族長泥爪、虎斑戰士裂耳，以及另一隻她不認識的公虎斑貓時，心便往下一沉。她寧願跟風族族長高星，或是火星的朋友一鬚打交道，至少他們兩位會比較願意聽她要說什麼。

「妳們為什麼擅自闖入我們的領土？」風族副族長問道。

「我是巫醫見習生，」葉掌恭敬地低下頭。「我來這裡是為了——」

「為了監視我們！」裂耳搶過她的話，眼神充滿憤怒。「別以為我們不知道妳們在打什麼主意！」

風族貓開始逼近，葉掌可以看出他們有多瘦，豎起的皮毛連肋骨都遮不住。他們身上所散發的恐懼氣味，幾乎掩蓋了他們的憤怒。他們顯然沒有足夠的食物可以吃，但這卻無法解釋，為什麼他們的敵意比影族更多。

「我很抱歉，我們只是——」葉掌又準備開口。

泥爪突然發出一聲瘋狂的尖叫：「攻擊！」

裂耳撲向葉掌。雷族貓勢單力薄，位階也差對方一大截；況且，她和栗尾本來就不是來打架的。

「跑！」葉掌大叫。

她往後一跳，躲開裂耳的利爪。葉掌環顧四周，往邊境的方向狂奔；她緊貼著地面，尾巴像在身後流動的溪水。栗尾與她並肩奔馳。葉掌根本不敢回頭，卻聽得到猛烈追趕的貓兒們發出的尖叫聲。

邊界近在眼前。直到氣味標誌撲鼻而來，她才意識到她們往河的方向跑得太遠，轉眼間被風族與河族夾雜的氣味給包圍住了。

「哦，不！」她驚叫，「我們現在跑進河族了。」

「繼續跑，」栗尾氣喘吁吁地說，「這裡到雷族只有一點點距離。」

葉掌冒險往後一瞥，看風族巡邏隊是否依然緊追不捨。他們還在追——他們肯定是氣壞了，根本沒注意到邊界，不然就是他們不把邊界當一回事。

「他們快追上來了！」她上氣不接下氣地說，「我們一定得作戰了，不能把他們引到我們的領土上。」

她和栗尾轉身面對她們的攻擊者，她武裝好自己，絕望地想著要是沒走進風族的領地就好了，更糟糕的是她還把栗尾一起拖下水。

當泥爪撲向她時，葉掌發現有一團金黃色斑紋的皮毛從身旁的灌木叢衝了出來。原來是河族的巫醫見習生蛾翅。泥爪的身體撞向她，她翻倒在地，扭動身體試著躲開泥爪耙子般的利爪；她想翻過身來，咬住他的脖子，可是瘦削的風族副族長卻有一股怪力，像困住一隻獵物般地困住無助的葉掌。葉掌感覺到泥爪的利爪劃過她的身側、插進她的肩膀；她使盡力氣才把他甩開，想用後掌攻擊他的肚子。

突然間，葉掌身上的重量不見了，泥爪則在她身旁掙扎著想站起來。葉掌蹣跚地站起身子，看見蛾翅重重在泥爪的雙耳上打了一掌。「滾出我們的領地！」她啐了一口。「順便把你的狐群狗黨一起帶走！」

泥爪作勢要給她最後一擊，但終究還是退出了邊界。已經把裂耳壓在地上的栗尾也跳了起來，先狠狠咬了他尾巴一口才放他走。裂耳起身，跟在風族副族長身後大吼大叫；另一位戰士早就不見了。

蛾翅轉向雷族貓。她的金黃色虎斑皮毛幾乎沒有弄亂，琥珀色的眼眸顯得很滿意。「遇上麻煩啦？」她輕聲地問。

葉掌喘了口氣，甩開身上的樹葉和小樹枝。「謝謝妳，蛾翅，」她回答，「如果沒有妳，我們真不知道該怎麼辦。」她轉向她的朋友，又說：「栗尾，妳見過蛾翅嗎？她是泥毛的見習生，不過她一開始是受戰士訓練。」

「幸好有她，」栗尾說，並向這隻河族貓點頭致謝。「我們在這裡一點力也使不上。」

「抱歉跑進你們的領土裡，」葉掌說，「我們現在就離開。」

「哦，不急嘛。」蛾翅也不打算問她們為什麼來這裡，或是她們為什麼惹毛了風族貓。「妳們看起來都嚇壞了，先休息一會兒，我去找點藥草給妳們鎮定精神。」

蛾翅消失在灌木叢中，無事可做的葉掌和栗尾只能留在原地等她。

「她一直都像這樣，不在意戰士守則的規定嗎？」栗尾低聲問道，「她好像不明白我們不該待在這裡！」

「我想那是因為我也是巫醫見習生的緣故吧。」

「巫醫也該遵守戰士守則，」栗尾說，「我也沒見過煤皮會像這樣歡迎其他族的貓！對了，蛾翅的母親不是無賴貓嗎？這樣就說得通了。」

「蛾翅對河族很忠誠的！」葉掌忿忿不平地為朋友辯解。「她的母親是誰一點也不重要。」

「我沒說那很重要啊，」栗尾用尾巴安慰地輕撫葉掌的肩膀。「不過，這或許就是她不把部族邊界看得那麼重的原因。」

這時，蛾翅抓著一團藥草回來了。雷族見習生沉浸在百里香的氣味裡；她記得煤皮曾告訴她，百里香對鎮定情緒很有用。

「喏，」蛾翅說，「吃一點，很快就會覺得比較舒服了。」

葉掌和栗尾蜷伏在地上，開始嚼百里香的葉子。葉掌幻想百里香的汁液滲透她身體的每一個部位，治療他們與風族可怕相遇時所受到的驚嚇。

「妳們還會痛嗎？」蛾翅問，「我可以拿些蜘蛛網來。」

「不，不需要，謝謝妳。」葉掌跟她保證。她和栗尾都受了一點皮肉傷，但是用不著敷蜘蛛網，傷口也會慢慢止血。「我們真的該走了。」

「所以妳們到底發生了什麼事？」葉掌和栗尾吞下最後一片藥草時，蛾翅終於問道。她其實並不像雷族貓所想的那樣漠不關心。「妳們在風族領土上做什麼？」

「我們去查看兩腳獸打算做什麼。」葉掌解釋。當蛾翅還是一臉茫然時，她便開始描述兩天前她是怎麼看見怪獸呼嘯地闖進森林，把大地撕開，接著又發現風族和影族同樣被兩腳獸破壞的證據。她意識到栗尾有些疑慮地看著她；這位年輕的戰士顯然不喜歡向其他族的貓透露雷族自己的問題。葉掌不耐煩地搖搖頭，她相信跟另一隻巫醫說話不會造成什麼損失。

「火星想問其他部族怎麼想，」葉掌最後說，「可是影族不承認事情有什麼不對勁，而——妳也看見風族的反應了。」

「要不然呢？」栗尾插嘴。她伸出舌頭，好像不大喜歡藥草的味道。「沒有部族會急著告訴大家：他們沒東西吃，而且兩腳獸還占領了他們的領地。」

「河族這裡沒有看到怪獸，」蛾翅說，「這裡很好。不過這倒說明了一件事……」她睜大琥珀色的眼睛。「我感覺得到從風族領土傳來的恐慌氣味。他們邊界上的氣味標記也充滿了恐懼。」

「那沒什麼好意外的，」栗尾說，「他們瘦得只剩皮包骨了，而且那附近根本聞不到野兔的氣味。」

「一切都改變了。」葉掌輕聲嘀咕。

「各族內部也一樣。一隻有野心的貓也許能利用這次機會——」蛾翅說得又急又快，接著又警覺地停了下來。

「妳在說什麼？」葉掌想問個明白。

「哦……沒什麼……我也不知道。」蛾翅猶豫地說，並移開了目光。

葉掌盯著她，想知道這個金黃色的腦袋瓜裡究竟在想什麼。她太小了，不記得那隻嗜血、密謀想當上雷族族長的虎星。當他的謀殺詭計失敗，他為了報復，打算摧毀全族。她打了個冷顫。難道蛾翅認識另一隻像這樣充滿野心的貓嗎？這座森林有可能誕生第二隻虎星嗎？

她的思緒被蛾翅跳起來的動作給打斷了。蛾翅轉向河那邊，「有巡邏隊來了！」她嚷嚷著，「走這裡——快！」

她溜進兩叢灌木中間，葉掌和栗尾緊跟著她。不久她們來到一處空地上，發現這是通往雷族邊界的斜坡。

「如果妳們的族貓也缺乏獵物，就來找我，」蛾翅說，「分幾條魚對我們來說不是問題。快跑！」

葉掌和栗尾衝上斜坡，躲進更濃密的灌木叢尋找掩蔽。即使葉掌要勉強自己不要被身後的斥責聲嚇到，他們終於還是抵達了隱蔽的邊界。

「感謝星族保佑！」一踏進自己的領地，栗尾忍不住地說。

葉掌透過樹枝往後看。蛾翅還站在她們分手的地方，接著矮樹叢裡鑽出一隻高大、毛皮光滑的虎斑戰士，葉掌認出那是蛾翅的哥哥鷹霜；有兩隻戰士跟著他。鷹霜停下來跟妹妹說話，不過完全沒往雷族貓的方向看。

看著戰士們寬厚的肩膀和發達的肌肉，葉掌非常慶幸自己沒被他們逮到擅闖領地。跟蛾翅不同，鷹霜嚴守戰士守則，而且不接受任何解釋。已經不是第一次了，葉掌總覺得鷹霜的身影讓她想起另一隻貓；但即便她盯著他看再久，還是想不出究竟是哪隻貓。

「來吧，」栗尾說，「妳打算整天都盯著河族的戰士嗎？我們該回去了，然後妳要想想怎麼跟火星解釋。」

第五章

暴毛用爪子緊緊抓住光滑的灰色岩石。他把自己往上拉，來到圓石頂端並轉頭俯看他的同伴；寒風不斷拍打著他的毛髮。

「加油，」他說，「用跳的會比較容易上來。」

循著太陽升起的方向，他和其他貓離開了荒原開始爬山。今天是他們踏上歸途的第二天，接近正午時分，之前聳立在他們眼前的群山，竟然比想像的還要高大，斜坡險惡陡峭，山頂雲霧繚繞。貓兒腳下是夾雜著粗糙小石子的土壤，只長著稀疏的青草與糾結的刺棘。這裡沒有清晰可見的小徑，所以他們只能沿著迂迴狹窄的縫隙走，不時還因為走進被岩壁阻擋的死路，而被迫回頭。想著家鄉濃密沁涼的草地上蜿蜒流過的小溪，暴毛幾乎希望他們選的是那條經過兩腳獸地盤回家的路。

鼠掌拱起後腿奮力一跳，想學暴毛一樣，直接來到原本擋在他們路上的圓石頂端。「老鼠屎！」她沒成功跳上去，還開始往下滑，忍不住氣喘吁吁地大叫一聲。暴毛趕緊彎下身，用牙齒咬住她的頸毛抓牢她，直到她用爪子將自己拉起來大約一根尾巴長的高度，最後坐到了暴毛身邊。

「謝了！」她那雙發亮的綠眼睛看著他。「我知道我叫鼠掌，但我從來沒想過我還真希望自己是隻松鼠！」

暴毛呼嚕笑了出來。「再這樣走下去，我們全都會希望自己變成松鼠。」

「嘿！」鴉掌生氣的聲音從底下傳來。「你們可不可以讓開一點？有你們兩個毛球擋著路，我要怎麼跳上去啊？」

圓石頂端的暴毛和鼠掌退了幾步，不一會兒，鴉掌就跳上他們身邊；他的四肢修長，本來就很適合跳躍。他完全忽視他們倆，轉身去幫一隻腳已攀上來，嘴裡卻低聲咒罵不停的羽尾。

暴毛原本擔心肩膀被大老鼠咬傷的褐皮沒辦法爬上圓石，想在附近找另一條路給她，不過她幾乎可以跳到圓石頂端，加上有鴉掌抓住她的頸背，幫忙她拉上來，暴毛這才鬆了一口氣。棘爪是最後一個跳上來的，他站在圓石頂上一面環顧四周，一面抖動身上凌亂的毛髮。現在已近正午，只剩一點陰影可以為他們指路，但眼前只有一面陡峭的斷崖，遮住了前方的視野。

「我看我們從那裡走好了。」他說，用尾巴指著突出於斷崖邊緣的一條窄徑。「你覺得呢？」他問暴毛。

看著斷崖邊緣，暴毛忍不住寒毛直豎。那裡只有幾株糾結的灌木扎根在崖縫裡，此外便是光禿禿的一片，而且萬一失足了，連抓的東西都沒有。

「我們試試吧，」他懷疑地說，不過更驚訝棘爪竟然會問他的意見。「沒有其他路可走了，除非我們回頭。」

棘爪點點頭。「你走最後，可以嗎？」他問，「我們不知道這附近潛藏著什麼危險，所以得有一隻強壯的貓留意後方的動靜。」

暴毛低聲同意，雷族貓的讚美讓他從耳朵到尾尖都溫暖起來。雖然棘爪既非他的族長，也不是他的導師，但他還是很欣賞這位年輕戰士的勇氣，以及他帶領這趟艱困旅程的方式。

「我改變心意了，」當棘爪緊貼崖壁探路時，鼠掌突然宣布：「我不想當一隻松鼠了，我想變成一隻鳥。」

暴毛依照棘爪的請求走在最後，他警覺地豎直耳朵，試著隱藏自己害怕掉下去的緊張心情，覺得身體因此多了幾分無形的重量。他靠著崖壁，小心翼翼地踏出每一步，並利用尾巴保持平衡。沒多久，風吹得愈來愈強勁，暴毛開始擔心自己或同伴會不會被大風吹落斷崖。

又走了一會兒，蜿蜒小徑沿著岩石表面來了個大轉彎，消失在視線之外。暴毛還沒走到那裡，便看見走在前頭的褐皮突然停下來，更遠處則聽見羽尾大叫：「喔，不會吧！」

「發生什麼事了？」暴毛問。

褐皮放慢腳步前進，暴毛一路跟著，直到他看見眼前的景象，他的肚子因而翻攪成一團。在他們行走的小徑和岩壁之間有一個往上的大缺口，小徑成了岩石上的一根刺那樣，從山的一邊突出，漸漸變成狹窄的一個點，而兩側都是令人目眩的陡坡，直直垂降到底部有溪水流過的山谷，看下去就像一條細細的老鼠尾巴。

「要往回走嗎？」他大聲問棘爪。

「等一下，」雷族戰士答道，「也許還有另一條路。你們看那邊。」

暴毛朝他尾巴指的方向看去。在山腰的缺口上方，岩石表面裂成好幾塊，就在兩片陡坡之間，有條狹長的山溝向上延展。那裡有不少灌木叢，還看得到一、兩棵小樹。溪水沿著其中一側涓涓流下，附近則長滿了綠草。

「那裡看起來比較好走。」羽尾說，「可是我們過得去嗎？」

鼠掌抬起頭嗅聞空氣。「我聞得到兔子的氣味。」她渴望地說。

暴毛衡量了一下那個缺口，它太寬了，而這裡連助跑的地方都沒有。他應該跳得過去，但褐皮怎麼辦？自從他們開始爬山以後，影族戰士又跛著腳走路了，儘管她什麼也沒說，但她的傷口顯然還沒完全復原。

他還來不及說出自己的疑慮，便聽見鴉掌說，「我們還等什麼？難道要一直站在這裡，等翅膀長出來再說嗎？」

風族見習生毫不遲疑地往缺口縱身一跳。有一陣子，那灰黑色的身影似乎就這麼懸在半空中；他跳過去了，輕盈地降落在斜坡邊緣鬆動的石頭上。

「來啊！」他大喊，「很容易！」

從棘爪的眼神看得出來，虎斑戰士也和他一樣生氣見習生的擅自決定。現在不管他們願不願意，都得跟著跳過去，因為鴉掌不可能有辦法跳回來這狹長的石尖，而他們又不能把他獨自留在那裡。

當他看見羽尾頂著強風、蹲伏在岩邊準備起跳時，更是高興不起來。鴉掌在另一頭等著抓住她，而羽尾發現自己已經安全跳過去時，不禁開心地搖起自己蓬鬆的尾巴。

剩下的貓全擠在岩石上。隨著風勢愈來愈強勁，暴毛害怕得寒毛直豎。

「好了，誰要下一個跳？」棘爪鎮定地問。

「我來。」鼠掌說，「到那邊見囉！」

她從岩石上衝出去，在一個驚人的跳躍後，落在離崖邊有一條尾巴遠的後方。

「她真厲害。」棘爪喃喃自語，接著露出困惑的表情，彷彿沒想到自己會把心裡的想法說了出來。

「的確很厲害。」暴毛同意。

「褐皮，妳準備好了嗎？」棘爪轉過身來問道，「妳的肩膀沒問題吧？」

「沒問題。」褐皮堅定地說。

她只大概衡量了一下距離就起跳了。有那麼驚險的一刻，暴毛以為她跳得不夠遠；她的身體直接撞上岩石邊緣，前腳在鬆動的岩石上驚慌地亂抓。下一刻羽尾趕到她的身邊，鼠掌則來到另一邊，兩隻貓兒合力咬住她的頸毛，把她給拖了上來。

「太好了！」棘爪大喊，高亢的語調取代了原本的憂慮。

褐皮沒有回應，她的尾巴還因為驚嚇而蓬起；暴毛看見羽尾扶著她到山泉那邊，試著要她喝點水。

「你先跳？」棘爪問暴毛。

「你先吧，我最後就行了。」

不過當暴毛看見強壯的虎斑貓跳過缺口時，他多希望自己不是最後一個。當他正打算起跳時，突然聽見鼠掌的尖叫聲，「暴毛，小心！」

幾乎就在同一時間，一道黑影朝他俯衝而下，空氣中還傳來翅膀的拍擊聲。他根本沒浪費時間往上瞧，便縱身跳過缺口，瞥見對面的同伴正往角落四散奔逃。

他狼狽地側身著地，當他抬頭看見是一隻巨大的鳥正伸出利爪要向他飛撲而來時，他一時竟嚇得動彈不得。

有隻貓大叫他的名字。他趕緊翻倒躲過利爪與尖銳的鳥嘴，但仍感覺得到翅膀拍打引來的氣流與那股難聞的腐臭味。然後他發現棘爪和羽尾朝他衝了過來，豎起全身的毛髮，又是威脅的嘶聲又是吐口水的。那隻鳥轉向另一邊，給了暴毛一點時間爬走；緊接著利爪劃過地面，揚起一片沙塵。那隻鳥發出懊惱的尖叫聲，猛烈地拍打翅膀，再度騰空升起。三隻貓趕緊鑽進鼠掌和褐皮藏身的灌木叢裡。

「星族啊！那是什麼？」暴毛氣喘吁吁地問，看著那隻鳥愈飛愈高，直到變成天空中的一個小黑點。「我從來沒見過這麼大的鳥。」

「那是老鷹。」鴉掌從低矮的枝椏間鑽出來，加入他們。「在風族領地裡，偶爾會見到牠們。牠們專門獵小羊，但長老們說牠們以前也抓過貓。」

「牠差點就抓到我了。」暴毛低語。「謝謝你們倆。」他對棘爪和羽尾說。

羽尾還在發抖。「可以想像嗎？要是牠早一點發現我們困在那塊岩石上的話！」

「我才不想去想像呢！」鼠掌回嘴。

「我覺得我們現在需要好好休息一下，」棘爪說。「去找些獵物吃如何?我聞到那裡有兔子的氣味。」

「我去，」鴉掌提議。「我不需要休息。羽尾，要一起來嗎？」

暴毛正想開口反對，他的妹妹已經尾隨跟著鴉掌走出灌木叢了。最後他只能說，「小心那隻老鷹！」

等他們走了，褐皮才精疲力竭地嘆了一口氣，然後閉上眼睛，不一會兒便睡著了。暴毛在她旁邊蜷起身子，卻覺得很難入睡。他聽見棘爪和鼠掌靠在一起安靜地交談，才發現自己伸長了耳朵，想聽清楚他們在講什麼。他好嫉妒他們倆能如此親密，而且已經不是第一次地希望鼠掌是和他同一族，而非和棘爪。他也擔心他的妹妹獨自和那個見習生出去。他們實在應該趁還能走的時候繼續上路，要是耽擱太久，天色一黑，他們就勢必得在這裡過夜。

最後他不安穩地打起瞌睡來，突然有隻腳爪在戳他的肋骨，他一下子驚醒過來。他眨眨眼，看見鼠掌的那雙綠眼睛，也聞到了兔子的氣味。

「他們回來了。」鼠掌說，「而且帶回很豐富的新鮮獵物哦，夠我們吃得飽飽的。」她帶著作弄的眼神補充道，「如果你不想吃，我可以連你的份一起吃掉。」

「妳敢！」暴毛低吼一聲，起身時用尾巴輕彈了一下她的耳朵。

他蹲著吃兔子的時候，看見羽尾和鴉掌坐在一起吃東西。他忍著沒有發作，只是想著羽尾若和其他族貓在一起的下場。

等到每隻旅行的貓兒都帶著飽飽的肚子休息時，他才想辦法找他妹妹到旁邊問話。「羽尾，妳聽我說，妳和鴉掌——」他咕噥說道。

「鴉掌怎麼樣？」羽尾的藍眼睛閃爍不定，聲調也異常地拉高。「你們都對他有偏見。」

暴毛想指出那隻年輕的貓老是對每件事都有意見，根本就是自找麻煩，但他夠聰明，知道還是別這麼跟羽尾說比較好。「那不是重點，」他說，「等我們回到家之後怎麼辦？鴉掌在其他族。」

「我們根本不知道，到時候還會不會有部族的分別。」羽尾說，「我們全都得離開森林，記得嗎？」

暴毛哼了一聲。「難道妳以為因為我們必須離開森林，部族間的界線就會消失嗎？我不相信。」

沒想到羽尾的眼中竟閃過一絲怒火。

「難道你已經忘了午夜說過的話嗎？」她高聲地說，「如果部族不能團結合作，就無法活下來。」

「那難道妳也忘了兩隻來自不同族的貓，在一起會有什麼結果？」暴毛咆哮道。「看看我們的父親，他在兩個部族之間左右為難。我們兩個也差點因為半個部族的血統而死掉！要不是雷族貓救了我們，我們早就被虎星給殺了。」

「但是虎星已經死了，」羽尾固執地說，「森林裡不會再有像他那樣的貓。午夜也說過，所有部族都得找到新的地方生活。一切都會變得不一樣。」

「可是妳和鴉掌……」

「我不想再談我和鴉掌了。」羽尾的怒氣已經消失了。「對不起，暴毛，但這件事與你無關。」

暴毛本來想反駁，但又明白她說的沒錯，只好尷尬地用尾尖搓搓她的肩膀。「我只是擔心妳而已。」

羽尾迅速舔了舔他的耳朵。「我知道，但真的沒必要。」

即便暴毛並不同意她，但也沒再說什麼。她是他的妹妹，只要能讓她開心，他願意為她做任何事情。如果這就是羽尾真正想要的，他當然也希望鴉掌可以帶給她幸福，可是他依舊不相信部族間的敵對會有消失的一天，讓他們能如願地生活在一起。

當他們一個個走出藏身的灌木叢，準備繼續上路時，發現天色已經逐漸變暗。風早就停了，但空氣仍然涼颼颼的，籠罩山頂的雲層遮住了陽光。

「快下雨了。」褐皮說，「真是一件壞事都躲不過。」

「那我們只能盡力走了。」棘爪說。

他們繼續沿著山溝往上爬，盡量靠邊走，也盡可能地利用灌木叢掩護自己，以防老鷹又折回來。暴毛隨時都在留意天空的動靜；有一次，他看到一個小黑點在山腰上方緩緩滑翔，發現那隻凶惡的鳥還在監視他們。

他們經過從兩塊岩石間流出的小溪源頭，而且喝了最後一次水才繼續前進。暴毛抬頭望著前方的山坡，搜尋是否有食物或是可以躲藏的地方，可是除了死氣沉沉的灰色石頭外，什麼也沒有。

山溝愈來愈窄，幾乎連植物也看不到了。暴毛不喜歡走在這個沒有遮蔽的地方，幸好老鷹沒有再回來。黃昏降臨，冰冷的細雨也開始落下，貓兒們不一會兒就溼透了，還找不到地方可以躲雨。

「我們得趕緊停下來，」鼠掌大聲嚷道。「我都快滑倒了。」

「我們不能停在這裡。」棘爪不太高興地說，「我們得走到沒下雨的地方。」

「不行，鼠掌說的沒錯，」暴毛出聲反對，轉向雷族戰士。「我們不能摸黑走路；萬一摔下山谷怎麼辦。」

棘爪脖子上的毛豎了起來，氣沖沖地瞪著暴毛。暴毛聽見身後的羽尾發出淺短的驚呼聲，他知道他們差一點就要打起來了。雖然他愈來愈尊敬這隻雷族貓，並不想跟他打架，但他也不能退縮，讓棘爪帶著他們在黑暗中冒著失足滑落懸崖的危險。

然後他發現棘爪的毛髮又服貼回去，這隻虎斑貓似乎理解了暴毛的顧慮。「你說得對，暴毛，我們還是到那塊石頭底下躲雨好了。那裡大概是唯一的選擇了。」

他帶著他們往一塊突出的岩石下方走去，當貓兒們全部擠在一塊兒互相取暖、搓乾毛髮時，從岩石開口那邊灌進來的風雨卻愈來愈大。

「避雨？」鴉掌咕噥著。「如果這裡可以避雨，那我就是一隻豪豬了。」

你的確像豪豬一樣滿身是刺，暴毛想，但沒說出來。

那天晚上暴毛睡得很淺，而且很不安穩，每次醒來都感覺得到身旁的同伴也不安地蠕動著。等到夜色逐漸散去，他才費力地站起身，覺得全身僵硬、睡眼惺忪。他探頭往外看，發現他們被白色的濃霧給困住了。

「我們一定是在雲裡。」棘爪喃喃地說，走到他身邊。「希望它會很快散掉。」

「你覺得我們該繼續走嗎？」暴毛遲疑地問，因為他不想再和雷族貓起衝突。「如果我們看不到前面的路，很可能直接掉進懸崖裡。」

「我們在高地的時候，就算遇到霧也不怕。」鴉掌說。他一面打呵欠，一面搖搖晃晃地站起身。接著他又懷疑地補上一句：「不過那是因為我們可以用視覺，也可以用嗅覺辨識自己的領地。」

「那新鮮獵物怎麼辦？」鼠掌說，「這裡沒有兔子的氣味。我快餓死了！」

暴毛試著不去想自己的肚子也在咕嚕叫。這時棘爪冒險走出藏身所，抬頭張望。「我可以看到幾隻狐狸身長的距離。」他回報，「這條山溝好像一直往前延伸，如果我們沿著它走，應該很安全。」

他說話的時候，還詢問似地看著暴毛，似乎很後悔之前和他的爭執，並希望這次能先得到河族貓的同意。

暴毛也走到他身邊，因為山裡的霧氣開始浸溼他的毛髮而打了個冷顫。「好吧！」他說，「你在前面帶路，反正我們也沒別的選擇了。」

其他的貓兒都不情願地跟著棘爪走進溼黏的霧氣裡，並在他身後沿著山溝往上爬。暴毛發現褐皮今天跛得更厲害了，好像是因為昨晚凍僵了腳。午夜的牛蒡根是治好了傷口感染，但暴毛懷疑她的肌肉也受傷了。她需要巫醫幫她檢查，但這裡怎麼可能有巫醫呢？

晨光愈來愈明亮，雲霧漸漸變淡，彷彿太陽正從他們頭頂上方的某處升起。山溝繼續變得狹窄，兩旁的岩面也愈靠愈近。

「希望這不是一條死路。」羽尾說，「我們不可能再回去走那條懸崖小路了。」

她才剛說完，眼前的雲霧開始慢慢消散，貓兒們也可以看得更遠了。暴毛發現他正看著一面垂直陡峭的石壁，山溝兩側的岩石在這裡合而為一，根本沒有路可以爬上去，除非他們全長出翅膀，用飛的上去。他的毛髮因為溼氣而全黏在身上，饑餓讓他的腦袋一片空白。

「現在該怎麼辦？」褐皮說，聽起來就像暴毛一樣沮喪。

六隻貓全都往上看，雨滴輕柔地打在他們身上，輕得彷彿隨時會被風吹走似的。暴毛努力著不讓自己陷入絕望。這一切到底有什麼意義呢？就算他們回到家鄉，森林還是會被毀滅。他們拯救部族的希望全寄託在一隻獾——始終被貓視為天敵的生物——的一句話上。如今他們都被困在溼淋淋的岩石區，這讓暴毛實在很難相信當初是多麼信任午夜的智慧。不過，如果連暴毛都不相信她，又該怎麼說服族貓相信她要傳遞的訊息呢？他們從未完全相信只有一半河族血統的他和羽尾，現在又為什麼會聽他的呢？

接著暴毛突然聽見一陣穩定的咆哮聲，讓他想起家鄉流經山谷的河水。

「那是什麼？」他抬起頭說，「你有聽到嗎？」

「好像在那裡。」棘爪回答。

暴毛跟著他走到山谷盡頭的那一點，發現岩石中間有一條向上蜿蜒的裂縫，剛好足夠一次過去一隻貓。棘爪帶頭走了進去，甩甩尾巴示意其他成員跟上；暴毛依舊走在最後，他身上的毛不斷擦過兩旁的岩壁，他突然冒出一個惱人的念頭：萬一這條路也愈變愈窄，害他們全都卡在裡面，該怎麼辦？

咆哮聲愈來愈大，過沒多久，路的盡頭就出現了一個寬闊的斷崖。在他們前面的是一大堆碎石，往上疊到比他們還高的山脊處。一條小溪從山脊往下傾瀉，流到貓兒們站的位置，最後消逝在一塊突出的圓石後頭。

「嘿，至少我們可以喝水！」鼠掌說。

「小心點，」棘爪警告她。「要是滑倒了，妳就會變成烏鴉的食物。」

鼠掌瞪了他一眼，但沒吭聲。她小心翼翼地爬到溪邊，謹慎地彎下腿來；暴毛和其他貓也跟著她做。水很冰涼，讓暴毛重新打起精神，也給了他新的勇氣。或許他們翻山越嶺的日子很快就會結束了。

他再度起身，往下游一瞥，然後就嚇呆了。他們喝水的正下方就是岩石形成的斷崖。他小心地往那兒走了幾步，從崖邊向下探頭一看，只見傾瀉的溪水如瀑布般注入好幾條尾巴外的水塘中。震耳欲聾的水聲讓他感到一陣暈眩，於是暴毛本能地用腳爪抓緊了溼漉漉的岩石。

其他貓兒也圍在他身邊，瞪大了眼睛，而且一臉驚恐。

「了不起！」鼠掌呢喃著。她往下一望，又說，「我打賭下頭一定有獵物！」

看著從池子裡升起的水霧，暴毛想起另一個他們不久前才離開的山谷，那裡的碎石間長滿了綠草，灌木叢沿著岩石長成了一面牆。鼠掌說得對——如果這附近有任何生物，那麼一定是在下面。

「但是我們得往上爬，」棘爪彈彈耳朵，指著他們頭頂上方那個遙遠的溪水出口。「看起來不難爬。可是如果我們往下走，很可能再也上不來了。」

「那又怎麼樣，如果能填飽肚子的話。」鼠掌低聲咕噥，不過聲音很小。暴毛想她的同族伙伴應該沒聽到。

最後仍由棘爪帶頭，他們開始往上爬。他們全都累壞了，溼答答的毛髮拖慢了速度。這對褐皮來說尤其吃力，只見她痛苦地拖著身體踏上每一階石塊，彷彿每一步都用盡了全力。

溪水從他們身旁湍急地流過，水花灑在早被雨水打溼的岩石上，讓路顯得更溼滑難行。暴毛一方面要留意溪水，深怕它突然暴漲，把他們全從岩石上沖走；另一方面他也繼續走在最後，試著注意到每一隻貓，留心萬一有誰不小心滑倒，就會被沖到瀑布底下的池子。

這個念頭才從他的腦袋裡閃過，他就看見羽尾踉蹌了一下，斜著滑進了溪裡；當她只用一隻前掌攀住岩石時，水湧向了她，她張開嘴卻嚇得發不出聲音來。

暴毛推開褐皮朝她跳過去，但是在他來得及碰到她之前，鴉掌已經謹慎地傾身貼近湧著泡沫的水面，緊咬羽尾的頸背將她拖回小徑。

「鴉掌，謝謝你。」她上氣不接下氣地說。當暴毛看到羽尾的藍眼睛裡，流露的已經不只是感激了，不禁怒火中燒。

「妳應該要再小心一點，」鴉掌粗啞地說。「妳以為妳是族長，有九條命好浪費嗎？這次我救了妳——不要再有下次了。」

「不會的。」羽尾眨眨眼，撒嬌似地用鼻頭輕推鴉掌的口鼻。「是我太不小心了，對不起。」

「妳是該小心，」暴毛打斷他們，不確定自己是因為妹妹的粗心大意而惱怒，還是因為是鴉掌救了他妹妹。他用肩膀頂開鴉掌，好仔細檢查羽尾。「妳還好嗎？」

「嗯，我沒事。」羽尾邊說邊將身上的水珠甩掉。

從山上更高的地方傳來了一聲轟隆巨響，打斷了她的話，聲音甚至比下方瀑布的怒吼還大。暴毛往上看，隨即嚇呆了。一道由泥土、樹枝和水組成的牆，正朝他們直撲而來。他最擔心的事居然成真了：山溪瞬間變成了山洪。鼠掌發出一聲驚叫，棘爪趕忙往後跳回她身邊。

他們根本還來不及反應，大水已經將他們淹沒了。大水像一個拳頭打在暴毛身上將他捲走，他揮舞著四肢，但洪水還是帶著他往下，拖著他來到岩石邊，他根本抓不住石頭，馬上又被大水沖走了。他被水嗆得幾乎無法呼吸，一隻爪子因為撞到石塊而疼痛不已。接著他感覺身體底下一片空蕩蕩的，暴毛知道他被沖進瀑布裡了。

耳邊在一瞬間突然安靜得恐怖，接著便傳來激流的低語。然後怒吼與打擊聲又開始了，等著暴毛垂直掉入池水裡時把他一口吞下。他在冰冷的水中打轉，短暫瞥見鴉掌正死命地掙扎，想躲過朝他迎頭撲來的大浪。更多的水把他往下沖，暴毛落進愈來愈深的水裡，只感覺得到不斷攪動的白色泡沫，以及一聲震耳欲聾的咆哮，然後他就什麼都不知道了。

星族，我很抱歉，暴毛在失去意識前絕望地想。**我知道這不是給我的任務，但我已經這麼努力了。請照顧我們的部族……**

第六章

葉掌衝出水面，一面急著呼吸新鮮空氣，一面慌亂地尋找堅硬的陸地。湍急的河水拍打著她的腿，她試著站穩腳步，然後甩掉身上冰冷的水珠。河岸離她只有幾條尾巴遠的距離。葉掌在落葉季蒼白的陽光下發抖，抬起頭便看見蛾翅從一塊突出的岩石上偷看她。

河族貓調侃似地瞇起琥珀色的雙眼，「捕魚其實不一定要跳進水裡。」她說。

「我知道！」葉掌生氣地回嘴。「我只是不小心滑倒了。」

「我相信，」蛾翅發出呼嚕聲，很快地舔了一下她金黃色的胸前。「快上來吧，我們再來一次。我會盡全力教妳怎麼捕魚。」

「我還是不確定我們真的可以這樣做。」葉掌一面跋涉至岸邊一面說道。

「當然可以。拜那些兩腳獸所賜，野兔和松鼠都不見了，但河裡的魚還夠分給每一隻貓吃。」

「但我得跑來河族的領地抓魚，」葉掌焦慮地說，「萬一被豹星知道了怎麼辦？」

蛾翅眨眨眼。「我們都是巫醫，所以我們不受部族界線的限制，跟其他貓不一樣。」

葉掌不認為戰士守則是這麼規定的。她的朋友幾天前也說過類似的話，就是她把葉掌和栗尾從風族追兵救走的時候。今天早上，葉掌在陽光岩附近採藥草，蛾翅跑來說要教她怎麼捕魚。葉掌緊張兮兮地越過邊界，可是她真的餓壞了，畢竟連雷族領土上的獵物也愈來愈少了。不過她依舊讓耳朵和鼻子保持警覺，留意是否有河族的巡邏隊。

「好，」蛾翅繼續說，「來我身旁趴下，然後往水裡看。一看見魚，就用腳掌把牠鏟起來。很簡單的。」

幾隻閃閃發亮的魚躺在岸邊，證明對蛾翅來說，捕魚有多麼地輕而易舉。葉掌渴望地看著牠們，想著自己會不會有這麼厲害的一天。

「想來一點嗎？」蛾翅順著她的目光，慷慨地說。

葉掌一想到其他的族貓還在挨餓，自己卻吃得飽飽的，心裡就充滿了罪惡感。可是她從昨晚吃過一隻瘦巴巴的田鼠後，就再也沒吃過新鮮獵物了。「我不可以……」她咕噥著，一面想告訴自己，一起挨餓也幫不了她的族貓。

「妳當然可以。這有什麼關係？」

葉掌不等蛾翅再開口邀請她一次，便在魚前面蹲了下來，把爪子插進去，一口咬進冰涼的魚肉裡。「好吃。」她邊吃邊說。

蛾翅看起來很開心。「學會怎麼抓魚，就可以幫妳的族貓帶很多很多魚回去。」她也優雅地咬了幾口魚，一副早就吃飽、漫不經心的模樣。

葉掌把剩下的魚肉吞下肚，告訴自己可以多捕一些獵物回去補償族貓。她一吃完，就跟蛾翅一起坐在岩石上，專注地盯著下方的河水，準備自己來抓一隻魚。

一陣陌生的氣味飄過葉掌身邊，蛾翅也同時發出警告的嘶聲，「鷹霜！」葉掌發覺有個腳掌朝她的肋骨一推，把她從岩石邊推落、害她又掉進了河裡。葉掌瘋狂地扭動身子，搞不懂蛾翅為什麼想淹死她。當她把頭伸出水面，發現鷹霜那個巨大的虎斑貓身影正走向河邊，才知道蛾翅只有這麼做，才能最快地把她藏起來。

她躡手躡腳地走，讓鼻頭剛剛好露出水面。葉掌順著水流往下漂了幾條尾巴長的距離，直到她來到一片蘆葦叢前，才連忙爬進屬於雷族的河岸這邊躲起來。

鷹霜停在妹妹身邊跟她說話。葉掌知道她就算全身溼透、渾身發抖，也要待在原地等鷹霜離開，她才能一口氣越過空地，回到雷族的邊界上。

「……得盯緊風族才行，」等葉掌的耳朵裡沒有水了，才聽見鷹霜在說什麼。「我很清楚他們在偷魚，總有一天會被我逮到的。」

「不可能在這邊吧？」蛾翅天真地回答，「如果風族真的有在抓魚，應該會在靠近四喬木的地方。」

「是風族還有雷族，」鷹霜低吼了一聲。他又說，「我現在就聞得到雷族貓的氣味。」

葉掌打了個冷顫，往蘆葦叢裡縮起身體。

「那有什麼？這裡是邊界啊，」蛾翅說，「如果你沒聞到雷族的氣味，那才奇怪哩。」

鷹霜哼了一聲。「森林裡一定有事發生了。每一族都有一些貓失蹤了。妳還記得上次大集會時，其他幾族族長說的話嗎？除了暴毛和羽尾，還有四隻貓不見了蹤影。雖然我不知道發生了什麼事，但我一定要查出來。」

葉掌緊張了起來。她跟蛾翅說過兩腳獸和怪獸的事，但顯然蛾翅並沒有把這個消息告訴她的其他族貓。葉掌被鷹霜熾烈的語氣嚇得發抖，她趕忙向星族祈禱，蛾翅可別在現在說出來。幸好她的朋友只是冷靜地說：「既然河族沒什麼事情，我們何必要操心呢？」

「蜜蜂鑽進妳的腦袋裡了嗎？」鷹霜厲聲地說，「這是我們榮耀河族的大好機會。如果其他貓族變弱，我們就可以統治整座森林了。」

「什麼？」蛾翅嫌惡地說，「我看蜜蜂是鑽進了你的腦袋裡才對吧？你以為你是誰——虎星嗎？」

「更差勁的貓還多的是。」鷹霜說。

葉掌彷彿被冰冷的恐懼刺穿一般。虎星曾經為了爬到最高的位置，不惜殺掉所有反對他的貓。如今又有另一隻貓打算跟隨他的腳步。

另一個念頭從葉掌心頭一閃而過。就在蛾翅從風族戰士掌中救出她和栗尾那天，蛾翅曾提到一隻有野心的貓，她指的準是鷹霜沒錯。她一直在擔心自己的親哥哥！幾天前葉掌還深信，森林裡絕不會再出現第二個虎星；現在她卻只能驚恐地伸長耳朵，聽聽鷹霜還要說什麼。

「你難道忘了虎星的下場嗎？」蛾翅打斷他，「他輸了，結果變成用來嚇小貓的名字。」

「我不會犯跟他一樣的錯。」鷹霜低沉的聲音在他的胸腔裡振動。「畢竟母親告訴過我們太多關於他的事。他破壞了戰士守則，所以注定要失敗。而我會做得比他更好。」

葉掌一臉疑惑地瞪著面前的蘆葦。鷹霜的母親莎夏，一隻無賴貓，跟他們說虎星的事？她怎麼會知道？葉掌從沒見過莎夏——這隻不屬於任何部族的母貓，只在河族待了一陣子，便決定把她的孩子留給河族當成他們的一份子扶養。沒有貓知道，在那之前她曾經待過哪些地方。

愈聽愈迷惑的葉掌，完全沒發現風向已經變了，調皮的微風居然開始往上游吹，包括她身上的氣味。

「我的確聞得到雷族，」鷹霜突然說。葉掌嚇得連心都差點從胸口跳了出來。「而且氣味也很新鮮。要是他們的戰士出現在我們的領地上，我一定會把他的皮給剝下來！」

葉掌聽到頭上傳來蛾翅急忙的腳步聲。「你說的沒錯！」她大叫，「在這個方向，快！」

葉掌聽到蛾翅往反方向衝去，聲音也愈來愈遠。「鼠腦袋！」鷹霜生氣地說，「在下游才對啦……」

葉掌沒再聽下去。等鷹霜開始跟著蛾翅跑出去，她就立刻鑽出蘆葦叢，飛快地衝上河岸，往雷族的邊界奔去。她慶幸地衝進就位在雷族邊界上的茂密蕨葉叢裡。

轉過頭偷看，她發現鷹霜已經朝下游走來，並停在剛才她藏身的蘆葦叢前，仔細地嗅了一遍，接著他回到蛾翅身邊，挫折地吼了一聲。葉掌又一次覺得，這隻充滿力量的虎斑貓很像某隻貓；這個念頭一直困擾著她，就像一隻抓不著的蝨子，因為她就是想不起來鷹霜到底像誰。

現在她已經聽不到遠方的兩隻河族貓在說什麼了，不過一會兒之後，他們一起繼續往下游的踏腳石走去，然後回到另一邊的河族領地。當他們終於消失在蘆葦叢中時，葉掌才大大地鬆了一口氣，開始趕回營地。

因為對蛾翅剛才說的話感到不安，她幾乎忘了肚子已經吃飽的罪惡感。鷹霜聽起來就跟虎星一樣充滿野心——但在森林即將被毀滅的前夕，她實在沒有多餘的力氣來操心這件事。

落日的餘暉穿透雲朵，彷彿一道血痕灑在森林的地面上。葉掌猜，煤皮現在一定在想她去哪裡了，但是她需要時間想清楚，鷹霜和蛾翅為什麼知道虎星這麼多事。她坐了下來，開始梳理身上半乾的毛。

莎夏一直是在森林裡遊蕩的無賴貓，直到某天她帶著兩個孩子來到河族，並暫時住在那裡。也許在虎星當影族族長時，她曾去拜訪過那裡。這是有可能的……

葉掌愣住了。她想起鷹霜像哪隻貓了，是棘爪！森林裡每隻貓都知道棘爪的父親是誰。有沒有可能，虎星也是鷹霜和蛾翅的父親呢？如果他真的是，那棘爪和鷹霜也算是兄弟了！

她盯著森林，彷彿能從裡頭看到她想要的答案，接著一陣翅膀急振的聲音打斷了她的思緒。她抬起頭，發現是一隻喜鵲從灌木叢中飛了出來，停在她頭頂的一根樹枝上。同時有個聲音大叫：「老鼠屎！」

葉掌前方的灌木叢嘩啦嘩啦響，灰紋鑽了出來，抬起沮喪的黃眼睛瞪著喜鵲猛瞧。「又沒逮著，」他低聲嘟囔，「真不知道我是怎麼了。」

當副族長走過來時，葉掌舉起腳掌，尊敬地低下頭並發出同情的呼嚕聲。她希望皮毛夠乾了，灰紋才不會看出她下水游過泳了。

「哈囉，葉掌，」他說，「抱歉嚇著妳了。老實說，我不知道自己最近是怎麼了，」他繼續說，尾尖不安地抽動。「我老是在想羽尾和暴毛，真希望我知道他們去哪裡了。還有棘爪和鼠掌。」

葉掌又因為另一個罪惡感而痛苦起來。如果她能告訴灰紋這個預言，他就不會像現在這麼擔心了，可是她又已經答應這些遠行的貓，自己一定會守口如瓶。

「我想他們都很平安，」她大膽地說，「而且他們會回到我們身邊。」

灰紋黃色的眼睛充滿希望地看著她。「是星族跟妳說的嗎？」

「不完全是，不過——」

「我一直忍不住懷疑這件事跟兩腳獸有關，」灰紋打斷她。「先是貓失蹤——然後是兩腳獸入侵……」他的腳掌在地上動了起來，拿爪子撕扯著小草。

「灰紋，我可以問你一件事嗎？」葉掌迫不及待想要轉移話題。

「沒問題，儘管問。」

「你見過莎夏——也就是鷹霜和蛾翅的母親嗎？」

灰紋驚訝地看著她。「我只見過她一次，是在大集會上。」

「她長得什麼樣子？」葉掌好奇地問。

「夠漂亮了，」灰紋說，「她很安靜，看起來也很友善，蛾翅跟她簡直一模一樣。不過在群貓中生活顯然嚇到她了。也難怪當鷹霜和蛾翅一有能力照顧自己、獨立生活的時候，她就馬上離開森林了。」

「有誰知道他們的父親是誰嗎？」

副族長搖搖頭。「沒有吧，我一直認為他們的父親可能是另一隻無賴貓。」

「無賴貓？」

他們身後傳來一陣腳步聲，葉掌跳著轉過身，看見火星從營地的方向朝他們走來。

「你們碰到無賴貓了嗎？」火星問道，身上每一根火焰般的皮毛顯然都緊張了起來。「星族保佑，這是我們目前最不想碰見的事情了。」

「沒有，沒有，當然沒有。」灰紋很快回答。「只是葉掌剛剛問起莎夏的事，還有哪隻貓是鷹霜和蛾翅的父親而已。」

火星把目光轉向葉掌，綠色的眼裡充滿困惑。「妳想知道這個做什麼？」

葉掌猶豫起來，她還不打算承認她和蛾翅在河族的領地待了一小段時間。「哦，因為我剛才看見鷹霜，」她說，「他在巡邏邊界。」她安慰自己，這也不完全是個謊言。她當然不會提到自己懷疑虎星是鷹霜和蛾翅的父親，特別是他和火星曾經是這麼大的敵人。

火星點點頭。「這個嘛，我也不清楚。不過莎夏也許告訴過某些河族貓也不一定。」

他走向灰紋，與老友互碰鼻頭，好似他已猜到是什麼念頭在困擾他。從森林裡消失的六隻貓中，包括了他們兩個的孩子。他們抬頭望著樹林，凜冽的寒風正拉扯著樹梢的葉片，直到它們掉下來，跟其他枯葉一起躺在森林的地上。

「他們一定很冷，夜裡沒有部族庇護他們。」灰紋低聲呢喃。

「至少他們在一起。」火星說，往灰紋身邊靠了靠。

兩隻貓就這麼沉默了好一會兒，然後火星轉向他的女兒。「葉掌，妳有時候能感應到鼠掌在想什麼，對不對？妳說過她和河族貓在一起。妳現在感應得到他們在什麼地方嗎？」

葉掌眨眨眼睛。她不能拒絕自己父親想知道女兒究竟是生是死——而且她也一樣急著想知道。她閉上雙眼，召喚她和姊姊古老的感應。她放空思緒，急著想集中精神。她因為感覺到一波溼冷而屏住了呼吸，又因為一道冷風探進她半乾的毛髮而打了個寒顫，可是到處都感覺不到鼠掌——只有大水、狂風，以及數不盡的岩石。

葉掌睜開眼睛，疑惑地眨著眼，然後才發現她的皮毛是乾的，森林也還是原來的模樣。她終究還是感應到她的姊姊了！

「她還活著，」她低聲地說。她身旁的火星眼睛一亮。「不管她現在在哪裡，我想那裡一定在下大雨……」

第七章

暴毛眨眨眼，但陽光像刀刃一樣，刺得他睜不開眼睛。他喉嚨裡有一口氣喘不過來，而且渾身痠痛。他現在覺得累極了，連動都不想動。

當他終於有辦法張開眼睛，暴毛馬上就發現自己正躺在一塊溼漉漉的石頭上，身邊就是洶湧的黑水。他有氣無力地抬起頭來，看見一道瀑布沖進水池，激起滾滾泡沫和浪花。暴毛恍然大悟，他剛剛聽見的怒吼聲，原來是瀑布灌進水池的隆隆巨響。

他開始記起來，當時大洪水把他從岩石上捲走，拉進了水池中。可是他又是怎麼活下來的？他記得浪濤的轟鳴聲、白色的泡沫，以及一片漆黑……暴毛忍不住擔心起同伴來，讓他的心就像被鋒利的刀劃過那樣難受。

「羽尾、鼠掌？」他粗啞地喊著。

「在這裡。」

暴毛得到一個虛弱的回答，在嘩啦啦的瀑

布聲裡幾乎聽不到。他回過頭，只見鼠掌攤在他身旁的石頭上，暗薑色的毛髮全都溼透了。

「我得睡一下……」她輕聲地說，接著闔上了眼睛。

暴毛可以看到棘爪軟綿綿地側躺在鼠掌身後，這位雷族戰士睜大了雙眼瞪著天空，呼吸又急又淺；鴉掌則躺在暴毛的另一邊——暴毛突然出現一個可怕的念頭：鴉掌會不會死了？直到他瞧見鴉掌的肚子還有微弱的起伏，才放下心來。

羽尾和褐皮呢？暴毛慌慌張張地撐起身子，起初他完全看不到妹妹和那隻玳瑁母貓的身影，不久，他才發覺水池旁好像有什麼東西。就在瀑布旁邊，羽尾正扶著褐皮走上石塊——這位影族戰士如今只能靠三隻腳蹣跚而行。她一上岸就累得不支倒地，癱在地上；羽尾也拖著疲憊的身軀慢慢走著，溼透的灰色皮毛黏著身體，讓她看起來像隻小黑貓。她坐在褐皮身旁，無力地朝她肩上舔了幾下。

意識模糊的暴毛隱約知道，他們必須找一個可以躲藏的地方。如果繼續躺在沒有遮蔽的石頭上，很容易就成為老鷹這類掠食者的目標。儘管如此，他卻連動的力氣都沒有。暴毛輕舔幾下自己半溼的毛髮，而這樣的小動作也費了他好大一番力氣。他動也不動地躺著，意識又逐漸陷入昏沉，只是視而不見地呆望著水池邊的石頭。

等他真的慢慢清醒過來，暴毛才曉得他們全躺在一塊碗狀大石頭的中間，就正對著河水灌進池塘、流向山谷的開口；河岸兩旁全是巨大的岩石，零星夾雜著幾棵細長的樹木；水池裡波光閃閃，雨已經停了，烏雲散開，陽光也露臉了。暴毛頭上有一道七色彩虹在瀑布激起的水花中跳動著，一道微弱的光線灑在距離他一條尾巴遠的岩石上。他痛苦地挪動身體，移向有陽光的地方，滿足地嘆了口氣，享受太陽溫暖的照耀。

可是，沒過多久他就察覺，身旁有某個東西一閃而過。他疑惑地眨眨眼睛，努力撐大原本渙散的眼神，想要看個仔細。好一陣子，一切看起來都很正常；不過就在那一瞬間，他瞥見水池遙遠的另一邊，有個若隱若現的東西。暴毛一下子豎起毛髮，提高警覺。**他們被監視了！**

暴毛瞇起眼睛，盯著瀑布邊的大卵石猛瞧。「棘爪，」他低聲叫喚：「你看那邊。」

「什麼？」這位雷族戰士抬起頭，看了看四周，然後又垂下頭來。「我什麼也沒看到。」

「在那裡！」暴毛嘶叫一聲。一道光影再度輕巧地閃過他們眼前，這次又靠近他們一條尾巴的距離。暴毛伸出爪子，心裡明白這次他和他的同伴不但連保護自己的力氣也沒有，還找不到幫手。

一個灰褐色的身影從岩石後頭冒了出來，沿著池邊朝他走來。**竟然是隻貓！**暴毛還沒來得及移動身體，一大群貓就一個接著一個地從原本藏身的石頭後方靜悄悄地走了過來。他們身上全都塗滿跟岩石一樣的保護色，就像一隻隻活生生的石貓；他們沿著池邊坐下，眼睛眨也不眨地望著這群差點沒淹死的貓。

暴毛困難地嚥了口口水，他從沒見過長得這麼奇怪的貓——他們全部都有一身陰暗扁平的灰褐色毛髮。當其中一隻走進陽光底下，暴毛才知道，原來他們身上塗滿了厚厚的一層泥漿，把自己原本的毛色隱藏起來，變成跟岩石一樣的保護色。

暴毛坐起身，豎起毛髮，發出抗議的警告。他用爪子戳了鼠掌一下，然後以粗啞的嗓門低聲說道：「慢慢坐起來。不管妳要做什麼，都別讓他們聽到。」

鼠掌猛一抬頭，發現那群監視他們的貓漸漸逼近，於是急忙爬坐起來，綠色的眼睛閃過驚慌的怒火。鼠掌的動作嚇了棘爪一跳，他也立刻跳了起來。暴毛試著大步前進，站在棘爪身旁，慶幸當他們遭遇危險時，能有一隻強壯的雷族戰士與他並肩作戰。

棘爪環顧四周，尋找其他同伴的蹤影。「羽尾、褐皮，快點過來！」他威嚴地下令，但藏不住聲音裡的疲倦。「鴉掌，你也是。」

鴉掌有氣無力地站起來，第一次乖乖聽從棘爪的指示，沒有跟他頂嘴。鴉掌蹣跚地走去扶著羽尾，褐皮則靠著她的肩，幾乎沒辦法移動。他們就這麼一拐一拐地沿著池邊走著，與暴毛他們會合。一看見陌生的貓群，他們瞪大的眼裡充滿恐懼。

暴毛知道他們又驚又累，根本不可能保護自己，可是除了害怕，暴毛還覺得好奇，他想多瞭解這群怪模怪樣、從沒見過的貓。他甚至閃過一個奇怪的想法：這群陌生的怪貓或許會是提供他們食物和避難所的救星。不過暴毛又想，他和同伴們擅闖異族怪貓的領土，怎麼可能受到歡迎、得到庇護呢？被驅逐已經算是最好的懲罰了。

當第一隻貓走上前打量他們時，暴毛屏住了呼吸。他走到暴毛面前，從頭到腳仔仔細細地研究了他一番，卻對他身旁的貓不聞不問、視若無睹。暴毛試著迎視他那對黃眼睛，不安地想知道為什麼泥巴貓對他這麼有興趣。

「是他嗎？」一隻母虎斑貓興沖沖地跨步向前。雖然她跟部族貓說著同一種語言，但暴毛卻從未聽過這麼奇怪的腔調，與這麼莫名其妙的問題。她又往暴毛身邊靠近了一點，暴毛也仔細地觀察她，他發現這隻母貓竟能輕鬆地在池邊光滑的石頭上保持平衡。「他就是我們的希望嗎？」她追問，然後回到她的族貓中。

第一隻貓猛地轉過頭去，生氣地瞪著剛才發言的貓。「溪兒，給我安靜！」接著他又轉向暴毛，粗魯地問道：「你是誰？是從很遠的地方來的嗎？」

暴毛聽到褐皮低聲地說：「這些——泥巴戰士——是哪裡來的？他們根本不是我們的對手。」並為這隻影族貓不知謙虛的勇氣而精神一振。

「沒錯，我們是從很遠的地方來的，」鼠掌回答，「你可以幫幫我們嗎？」

「小心點，」棘爪用警告的眼神打斷鼠掌的話。他對那些陌生的怪貓說：「我們只是一批想要穿過這些山的旅客，不是來找麻煩的。但如果你們是敵人，我們還是能作戰。」

那隻貓瞇起眼睛。「我們也不想跟你們打架，你們現在經過的是急水部落。」

「如果你們是朋友，我們歡迎你。」母虎斑貓也加入談話。當她望著暴毛的時候，琥珀色的大眼睛閃閃發光。

暴毛想起午夜曾跟他提過，有一群貓不是依靠部族，而是以部落為生；雖然她沒說過他們會在回家的途中遇到這群貓，但她指的部落貓，想必就是他們沒錯。暴毛提醒自己，他相信午夜和她的預言，如果這個部落會傷害他們，午夜一定會事先警告，或乾脆叫他們別走這條路；但午夜並沒有這麼做。她反而還暗示這條路已經為他們敞開回家的大門。這是否表示他們注定會遇到這些部落貓呢？

母貓說話的同時，另一隻陌生的貓也邁步向前，盯著暴毛猛瞧，眼裡閃過一道光芒。「鷹崖，來吧，」他對第一隻貓說，「我們該帶這隻貓去見尖石巫師了。」

「什麼?」棘爪上前一步，與鷹崖面對面；暴毛這時也繃緊神經、蓄勢待發。「你想帶他走，得先經過我們的同意才行。我們想要拜訪你們這族的首領。」鷹崖這時忿忿地輕甩尾巴，示意同伴們退回原地；棘爪見狀也稍稍鬆了口氣。「我們只想平靜地完成旅行，」他繼續說，「我叫棘爪，來自雷族。」

鷹崖一面躬身，一面伸長一隻前肢，做出一個看起來禮貌，卻又古怪的姿勢。「我是來自鷹巢的『鷹崖』。」他也說明自己的姓名。

「我是來自小魚游溪的『溪兒』。」母虎斑貓也做了一個和鷹崖一樣的姿勢。

鷹崖一臉不高興地瞪了她一眼，彷彿在責怪她不請自來。他的目光輕瞥過棘爪，再度回到暴毛身上。「請問他叫?」

「我叫暴毛。」暴毛想要甩開這群貓帶給他的不適感。「我來自河族。」

「暴毛。」鷹崖唸著他的名字。

「我叫鼠掌。」幸好雷族見習生開口，化解了現場緊繃的氣氛。

「我叫羽尾，她是褐皮。」暴毛的妹妹張著一雙藍色大眼，焦慮地看著鷹崖。「拜託你，能不能救救她?她的肩膀傷得很重。」

棘爪沒好氣地瞪了羽尾一眼，發出不滿的嘶聲——現在不是向敵人低頭、暴露自己弱點的時候。

鴉掌立刻站出來。「她說得對，」他連忙為羽尾辯護，「他們那族或許會有巫醫可以幫忙醫治。」

「我不太懂你們說的話，」鷹崖回答：「但是我們願意幫忙。請跟我們來，我們的首領可以跟你們談談。」

「等一下，」鴉掌開口，他還是站不太穩，卻努力擺出鎮定的態度。「我們要走多遠？」

「不會很遠的。」溪兒回答。

暴毛瞄了一眼池邊的守衛貓。「看來我們除了跟他們走，也沒有其他辦法了。」他小聲地對棘爪說。「而且我們得找個地方休息。」

不過暴毛沒提到鷹崖銳利的眼神讓他不安的事。畢竟，不管是誰在自己的領土上看見六隻差點淹死的陌生貓，都會睜大眼睛想瞧個仔細。

棘爪點頭表示贊成。「好吧，」他對鷹崖說，「我們跟你走。」

「很好。」鷹崖領著一行貓沿著池邊走，接著他跳上瀑布旁的幾個石階，然後消失在冒泡的水簾後頭。

暴毛看得目瞪口呆，猜想那隻貓會不會被大水捲進池塘、爪子被瀑布沖斷。

然後是溪兒走上前，甩動尾巴。「請進，這是往急水部落的通道——很安全的。」

其餘的貓上前將他們圍住；暴毛覺得很不自在，因為他和他的同伴被集中在鷹崖身後，簡直跟囚犯一樣。不過他也沒別的辦法可想，只能跟著泥巴貓的腳步，慌亂地爬上石階。自從他們掉到河谷底下後，攀爬就變成了一件苦差事，尤其是對受了傷的褐皮來說；才爬到一半，褐皮就跌了一跤，幸虧有溪兒及時衝上前扶穩她。

這隻影族貓連忙避開她。「我沒事。」她大吼一聲。

暴毛好不容易爬到先前鷹崖消失的地方，發現那隻部落貓正站在瀑布後方一處狹長的岩架上等他。岩架盡頭是一個漆黑的洞穴。

「我才不要進去這種鬼地方！」鼠掌尖叫。

「不會有事的。」棘爪在她身後安撫她。

「不會有危險的。」鷹崖也說。他自信滿滿地沿著小路邁開大步，站在洞口等著他們。

暴毛壓下心裡的各種疑慮，因為他們必須相信這些貓——如果不休息及喝水吃東西的話，他們會累得無法翻過這些山，平安回家。「來吧。」

暴毛走在最前頭，在小路上稍微移動身體，想辦法離岩壁愈遠愈好，深怕一不小心，又跌進那雷鳴般的水簾中。水簾離他只有一條尾巴遠，水花濺溼了他的毛髮，腳下的岩石又冰冷又溼滑，但暴毛只能咬牙繃緊神經，因為他已經不能回頭，也不知道身後的伙伴有沒有跟上來。暴毛覺得他們正走上一條震耳欲聾、永無止盡的黑暗隧道。

這個幽暗的裂縫通往滿是陡峭岩壁的洞穴，一直延伸到瀑布頂端。暴毛站在洞口，凝望著鷹崖身後那道高聳入雲、不斷有水奔流而下的石牆。愈來愈多陌生貓的氣味傳來，他們似乎都隱身在洞穴周圍的暗處。

「有什麼東西在那裡？」羽尾不安地呢喃，想要看個明白。她冷得直發抖，全身的皮毛早已溼透，深暗的顏色看來就跟鴉掌沒什麼兩樣。

鴉掌輕碰她的肚子。「不管發生什麼事，我們都會在一起。」他低聲地說。

暴毛覺得好像不該聽到這段對話。他得控制自己的脾氣，才能不對鴉掌咆哮出聲，或是怒視自己的妹妹，因為眼前還有更多要緊的事等著他。

鷹崖再次甩動尾巴，往洞口前進，並轉過頭來清點，看大夥兒是否都跟上了。

「我不喜歡這樣，」鼠掌嘀咕。「我們怎麼知道那裡面有什麼東西？」

「我們是不知道，」棘爪回答，「但我們都得面對。這趟旅途裡的每一件事都有它的道理，我們應該感激星族給我們看清這些的機會。」

「我們一開始就知道這不容易。」暴毛也同意。他正努力不去想，即將踏進黑暗洞穴帶給他的恐懼。

「嗯，既然都得面對，不如勇敢一點。」鴉掌擠過他們身邊，帶頭往洞穴前進。

暴毛緊跟著，其他的貓也跟在他身後。他環顧四周，聽見褐皮悄聲地說：「星族與我們同在，就算在這裡也一樣。」似乎想藉此安撫自己和其他貓惶恐的心情。

第八章

「如果有貓向妳撲來，妳就翻轉身體，」煤皮正在對葉掌進行一對一教學。「然後用爪子直攻他的肚子。來，妳試試看。」

葉掌等著她的導師蹲下身子、一躍而起，立刻用煤皮教她的方式翻轉身體，伸出後爪朝巫醫的肚子猛力一抓，將她重重摔在地上。

「很好。」煤皮說。她因為腿傷的緣故，慢吞吞地爬了起來。「今天就到此為止吧。」

一整個早上，兩隻貓都在沙坑裡做訓練。即使天空烏雲密布，葉掌咕嚕咕嚕叫的肚子告訴她，現在已經接近中午了。她很喜歡跟煤皮一起受訓，因為那可以讓她暫時不去想部族和兩腳獸的問題，更不會去想鼠掌和其他一起遠行的貓了。

葉掌跟著煤皮走進山谷，還沒抵達金雀花叢隧道入口，葉掌就先聽見身後巡邏隊回來的聲音。她轉過頭，發現是火星、塵皮和栗尾。火星皺著眉頭，看起來比過去更憂心忡忡；而塵皮則是豎起那一身黑棕色的虎斑皮毛，不停使勁地來回甩動尾巴。

煤皮一拐一拐地走向火星，葉掌則匆匆跑到栗尾身邊。「星族在上，發生什麼事了？」

「風族，」栗尾瞥了年長的戰士一眼，然後說：「他們偷獵我們的食物。」

葉掌還記得那幾隻乾癟瘦弱卻又固執的貓，沿途追趕並將他們趕出邊境的情景，所以她對這個消息並不意外。

「我們在四喬木附近的溪邊發現一些兔毛和吃剩的骨頭，」栗尾接著說，「上面有風族的氣味。」

「這是因為他們的兔子全跑光了。」葉掌說。她試著將自己在河族捕魚的罪行拋到腦後。

「但這樣依然違反了戰士守則，」栗尾說：「塵皮簡直氣炸了。」

「看得出來。」葉掌喵聲說道。

她跟著栗尾走進金雀花叢隧道入口，發現火星和塵皮正站在獵物堆旁。當她看見儲藏的獵物已經所剩不多，胃也忍不住翻攪起來。

「你看！」塵皮尾巴一揮。「只剩這些食物可吃了，族貓們該怎麼辦？火星，你得警告風族。」

火星搖搖頭。「我們都知道，如果不是風族遇上了大麻煩，高星絕對不會允許他的戰士這麼做的。」

「高星可能不知道他的戰士在做什麼。何況雷族也自顧不暇，我們沒有多餘的獵物跟別族分享。」

「我知道。」火星嘆了一口氣。

「我很擔心蕨雲，」這隻棕色戰士接著說：「她愈來愈瘦，還有三個孩子要靠她照顧。」

「如果情況持續下去，我就要限定飲食的分量了。」火星毅然地說，「但同時，我向你保證，我們也要對風族提出嚴正的抗議。」

火星跳起來，穿過林間的空地，然後躍到高聳岩上。他開始呼喚眾貓，雷族貓也隨著他的呼喚很快出現。葉掌驚訝地發現，每隻貓都瘦了；先前她都沒有真的留意獵物愈來愈難抓的事實。現在他們已經不像生長於森林中健壯的雷族戰士，反倒像那些飢餓的風族貓。塵皮說的沒錯，蕨雲看起來真的很憔悴，她的三隻小貓也同樣瘦弱不堪地跟在母親身後，彷彿連玩耍的力氣都沒有了。饑荒是否已經悄悄降臨至除了河族以外的貓族呢？

葉掌焦慮地聽著火星向全族說明巡邏隊見到的事。一聽到風族闖入雷族的領土偷獵時，一陣憤怒的哀嚎在貓群中響起。

「我們一定要教訓風族一頓！」雲尾高喊，「我有好幾天沒聞到野兔的味道了。」

「我們應該現在就發動攻擊！」鼠毛氣得豎起一身棕色毛髮。

「不行，」火星堅定地說：「現在環境已經夠糟了，我們不能再發動戰事。」

鼠毛雖然沒有跟火星爭辯，卻還是私下抱怨；雲尾則不停地擺動尾巴，一臉焦慮。葉掌瞥見亮心在他耳邊輕聲說了什麼，想要安撫他。

「那你打算怎麼辦？」斑尾在長老窩前大聲地說，「好聲好氣地去找他們，請他們別偷我們的食物嗎？你覺得他們會理我們嗎？」

抗議聲四起，愈來愈多的貓贊成鼠毛發動攻擊的要求。

「不行。」火星還是這麼回答。「我會去找高星，他是一隻品德高尚且值得信賴的貓，或許他不知道手下的戰士在偷獵我們的食物。」

「跟他談有什麼好處？」雲尾啐了一口。「之前你找黑星談，他根本連聽都不聽。」

「如果你問我的話，」斑尾高聲說道：「我會說你踰越部族邊界的次數也很多，而上一個不把邊界放在眼裡的就是虎星。」

聽見那隻老母貓把自己的領袖拿來和嗜血的虎星相比，葉掌不禁愣住了。她不是現場唯一一隻被嚇了一跳的貓，好幾隻貓都轉向斑尾，發出不高興的嘶聲；不過火星回答的語氣卻很鎮靜。

「虎星是為了滿足他對權力的野心，而我是為了追求和平，就算跟黑星也一樣。」他又對雲尾說：「高星向來都比黑星通情達理。」

「沒錯，」灰紋坐在高聳岩底下，大聲附和自己的首領。「還記得當初藍星向風族宣戰的事吧？那時高星已經準備跟她談和了呢！」

「不過當時沒鬧饑荒啊！」刺爪提醒他。

「這倒是。」鼠毛再度不安地甩動尾巴。「有些貓在肚子餓的時候，什麼事都做得出來。」

葉掌聽到附和鼠毛的嚎叫聲在身邊響起，心裡感到十分沮喪；她也發現自己的母親沙暴正和灰紋交換焦慮的眼神。

火星舉起尾巴，示意大家安靜。「夠了。我已經決定了，現在每個部族都缺乏食物，不該浪費時間跟力氣作戰。」

「火星，小心點，」當抗議聲逐漸轉為不滿的低語時，栗尾這麼警告。「你或許想要和平共處，不過其他族不見得跟你有同樣的想法。」她瞄了葉掌一眼，提醒她幾天前她倆才從風族手下死裡逃生。

火星點點頭。「風族一定懂得尊敬有攻擊能力的巡邏隊，」他說，「我會跟高星把話說清楚，如果他不能控制自己的戰士，任憑他們在邊界遊蕩的話，最後一定會惹上麻煩；但是我們不想開戰。星族會保佑我們避免戰爭的。」

葉掌心裡滿是當初造訪風族時，看見荒原傷痕累累的模樣，以及那些戰士奮力追趕她的景象。她堅決反對進攻風族，因為葉掌明白，這只會讓他們的困境雪上加霜。

「這對所有貓族來說，都是前所未見的困境。」她吞吞吐吐地說道：「我們應該要相互幫助才對。我們可以一起分享河裡的魚，不是嗎？河裡還有很多魚。」

「那也是河族說了算，不是我們可以決定的。」灰紋說道。灰毛也說：「捕魚太難了。」

「怎麼會呢？不難的，」葉掌反駁。「我們可以學啊。」

她發現有些貓已經對她投來懷疑的目光，彷彿在猜測她是怎麼知道有關捕魚的事。葉掌一時間不安地用前爪在地上扒著。她含糊地說：「我只是這樣想罷了。」

「但是對我們沒有幫助。」火星毅然地說。

葉掌希望大家別再把焦點放在她身上，於是坐下來低頭猛盯著自己的爪子；火星開始挑選前去拜訪風族的巡邏隊。

「灰紋，你一定要在，」他開始點名。「沙暴、塵皮、刺爪、灰毛，還有妳，煤皮。如果高星不聽勸，至少還有巫醫中肯的聲音。」

葉掌發現，巡邏隊裡沒有一個是剛才想要挑起戰事的貓，不過火星倒是挑了一些勇敢的戰士。依照這支巡邏隊的實力，若是真遇到危險，也絕不會落荒而逃。

貓群散開，而葉掌仍留在原地。即使她緊盯著地上，依然感覺得到火星從高聳岩上跳下，朝她走過來。「葉掌，」他先開口；葉掌抬起頭，看見父親眼中流露的溫情，才鬆了一口氣，同時也對自己的行為感到羞愧。「捕魚是怎麼一回事？」

葉掌知道是說實話的時候了。「蛾翅教我捕魚，」她解釋，「她說我們都是巫醫，應該沒關係……」

「妳現在只是巫醫見習生，」火星提醒她。「聽起來，妳們兩個不知天高地厚的小貓，要學的事還很多呢！妳要知道，收取其他族的獵物，就是違反戰士守則，即使身為巫醫，也必須尊重戰士守則的規矩。」

「我知道。」葉掌心中再次感覺到罪惡感，好像自己是一隻頑皮的小貓。現在她只希望河族沒有發現蛾翅做的事，並且因為她的慷慨懲罰她。「我很抱歉。」

「妳應該要接受處罰的，妳知道嗎？」火星繼續說道。他一邊甩尾輕拂她肩膀，一邊說道：「我不能讓其他貓說，因為妳是我的女兒，所以對妳特別寬容。」

「哦，少來了，火星。」煤皮跛著腳朝他們走來，藍色的大眼睛滿是消遣自己族長的笑意。「我記得之前兩腳獸毒害河裡的魚群時，有幾隻貓從雷族這裡偷了獵物，然後帶去河族。你不會忘了吧？」

「我沒忘，而且我和灰紋也因此受到懲罰。」火星反駁。接著他嘆了口氣：「葉掌，我知道看著其他貓挨餓，卻什麼也不做，的確是件很痛苦的事；但是戰士守則正是我們之所以身為戰士的理由。如果大家都按照自己的意見決定不守規矩，那我們會變成什麼樣子？無論森林裡發生什麼事情——無論現在發生了什麼事情——我們都不能忘掉那些曾經相信的東西。」

「我知道錯了，火星。」葉掌又道了一次歉。她準備起身，勇敢面對自己的父親。

「讓她加入前往風族的巡邏隊吧，」火星還沒開口，煤皮就搶先一步說：「對她來說，這會是一次很好的磨練。」

葉掌滿懷希望地望著雷族族長。

「煤皮，坦白說，」火星懊惱地說：「有些貓會說這是獎賞，不是懲罰。哦，好吧！」他繼續說道：「我們立即出發。我現在就把巡邏隊的其他成員找來。」

他再度輕拍葉掌的肩膀，隨即抬起頭大步離開。

「煤皮，謝謝妳，」葉掌說，「我知道這麼做很笨，只是因為……嗯……蛾翅跟我說，在他們河裡捕魚應該沒有關係。」

煤皮啐了一口。「就像火星說的，妳們兩個要學的事情可多了。」

「我還不知道自己能不能學會呢！」葉掌突然冒出這句話。「戰士守則、巫醫規則，我都搞糊塗了。」

「也不是規則的問題，」煤皮不禁同情地輕觸葉掌的口鼻，低聲說道：「妳願意憐憫其他部族，也願意相信在某些時刻，即使是嚴厲的規定也該暫時擺一邊，這一切最後都會幫助妳成為一位偉大的巫醫。」

葉掌吃驚地睜大雙眼。「真的嗎？」

「沒錯。『巫醫』兩個字其實並沒有意義，重要的是妳知道什麼是該做的——跟妳一開始想的不一定一樣。還記得我跟妳提過的黃牙吧？她總是不按規矩做事，但最後卻成為整座森林裡最偉大的一位巫醫。」

「希望我可以認識她。」葉掌低聲地說。

「我也這麼希望。不過我可以將她教給我的東西傳授給妳。真正成為一位巫醫的關鍵，在於一隻貓的內心以及他的五個感官。妳必須比戰士更勇敢，比族長更明智，比三個月的小貓更謙虛，比任何見習生更願意虛心學習……」

葉掌抬頭望著她的導師。「我不確定自己做不做得到。」她低聲說道。

「唔，我倒是很確定。」煤皮的嗓音低沉，但很有熱情。「我們並不是靠自己完成一切的，還要憑著心中星族賜給我們的力量。」突然間，煤皮眼裡的熱情，變成了她一貫的幽默風趣。她甩甩尾巴，輕拍葉掌一下。「快來吧！如果我們沒趕在其他巡邏隊之前動身，火星可不會饒了我們。」

已經過中午很久了，凜冽的風吹散了天上的雲朵；火星率領巡邏隊朝四喬木的方向前進。他們還沒離營地太遠，葉掌就聽見朝雷族領地逼進的兩腳獸的怪獸們所發出的陣陣怒吼聲；而森林裡原本常見的聲音——鳥兒的啼叫聲、獵物穿梭樹叢的窸窣聲——卻奇怪地消失了，整個森林出奇地安靜。雖然說落葉季已經到來，但葉掌心裡明白，獵物再怎麼少也不該是這樣。貓族賴以維生的小動物們全都不見蹤影，可能是被兩腳獸嚇跑了，也可能是兩腳獸的怪獸在摧毀森林時，把牠們全都殺光了。

當他們接近四喬木時，兩腳獸的怪獸震天怒吼已經漸漸聽不見了，葉掌也終於能在灌木叢間找到一些獵物，不過跟以前比起來，還是少得可憐。她一邊想像禿葉季到來的嚴峻景象，一邊狼吞虎嚥地把獵物塞進嘴裡。

刺爪的一聲驚呼，一下子把她從想像世界拉回現實。「你們看！」

溪邊茂密的矮樹叢裡突然有某個東西一閃而過。原來是兩隻貓——一隻深棕色的公貓和一隻虎斑貓——正越過小溪，飛快地跳上小山坡，朝四喬木的方向奔逃，其中一隻嘴裡還叼著田鼠或是老鼠。

「是風族貓！」沙暴大喊，豎起一身淡薑黃色的毛。「那是泥爪跟裂耳，我很確定！」

塵皮和灰毛跳起來，準備衝去逮那兩個風族戰士，但火星把他們叫了回來。「我們不能表現出要進攻風族的樣子，」他對兩隻貓說，「我們這次來找高星，是想和平解決事情，所以不要跟他們生氣。」

「你是說就這麼放他們走？」灰毛一臉不可置信地問：「讓他們叼著我們的獵物逃走？」

「還有很多證明他們盜取我們獵物的證據，」火星回答，「只要我們告訴高星，他絕對不會坐視不理的。」

「可是他們會先去警告高星，」塵皮反駁，「我們還沒接近風族的邊境，他們就會在附近準備偷襲我們了。」

「不，高星不會耍這種陰險的詭計。如果他存心攻打我們，就會光明正大地宣戰。」

心存懷疑的兩位戰士交換了一個眼神，便乖乖地退回火星身後。葉掌看得出來，灰毛依舊忿忿不平，不過他掩飾得很好，只有不斷抽動的尾巴洩漏了他的情緒。

巡邏隊渡過小溪，溪水因為風族戰士的匆忙離去而被踩踏得一片渾濁，接著他們爬上通往四喬木的山坡，火星已帶領眾貓來到山谷上方。此時葉掌的心緊張得跳個不停，她回想起和栗尾那次注定失敗的造訪，忍不住懷疑這次是否能順利見到高星。

他們一抵達邊界，微風就朝他們送來一陣濃烈的氣味。風吹拂過草地，葉掌朝遠處眺望，只見一群狼狽不堪的戰士正從荒野山頂朝他們逼近。一看到帶頭那隻一身黑白皮毛、長尾巴的貓，就知道是高星親自領隊。想必他也發現了雷族的巡邏隊，於是突然放慢腳步，揮動尾巴對戰士們示意。他的戰士們也放慢腳步，在雷族貓面前排成了一列。

「看吧？」塵皮嘶嘶地說：「他們早就準備好了。」

沒有號令，風族貓卻自動地朝邊界逼近，停在離雷族貓只有幾條尾巴遠的地方。他們的模樣比葉掌印象中的還要瘦弱，皮毛下的肋骨輕易可見。他們的眼裡都充滿了敵意，顯然沒有一隻貓願意讓雷族貓踏進他們的領土。

「是你，火星，」高星大聲咆哮，「你這次又要找我們做什麼？」

第九章

暴毛被眼前的景象嚇得目瞪口呆。這個洞穴至少與隔絕外界的瀑布一樣寬，而且一路延伸到後山腰，消失在遠方陰影下的山壁凹處——他只能從水簾對面的山壁兩側，看到一條狹窄的走道；高聳的上方也是一片幽暗，而且長滿了尖牙般的鐘乳石，直指著洞穴的地面。

只有一道搖曳的微光，透過湍急的水流照進洞內，感覺起來就像站在深深的湖底似的。部落貓帶著他們往深處走，這時暴毛聽見瀑布底下似乎還有水流過，接著便發現一道涓涓細流從長著青苔的石頭上流下，流進洞底的淺潭裡。有三隻貓——一隻瘦巴巴的長老，和兩隻像見習生的年輕貓兒——蹲伏在池邊啜飲流水。他們全都小心翼翼地抬起頭，注視著這群新訪客，彷彿他們是意料中會出現的威脅。

水池後方有一堆獵物，暴毛看到好幾隻高山貓走進來，將獵物放下。這是他唯一覺得熟悉的景象，而且當他一看到野兔，肚子就開始發出飢餓的巨響。

「你想他們會讓我們吃這些獵物嗎？」鼠掌向他耳語。「我快餓死了。」

「我告訴你，他們現在把我們當獵物了。」鴉掌在鼠掌的另一邊低語。

「到目前為止，他們還沒做出任何傷害我們的事。」棘爪說。

暴毛也想表現得樂觀一點，但是鷹崖和溪兒不知去哪兒了，而且已經有好一陣子，都沒有貓過來跟他們說話；相反的，剛才在池邊喝水的幾隻貓悄悄地跑到他們的守衛身旁，其中那隻長老還在跟那些貓竊竊私語，一時間所有陌生的目光都落在暴毛身上；兩個見習生興奮地低聲對話，完全不受轟鳴的瀑布聲所影響。

暴毛試著不去理會這些——但看來大部分都是針對他——喃喃耳語，他對自己說，不要那麼多疑又偏執。他看出穴壁旁顯然是睡覺用的窩：鋪襯著苔蘚和羽毛的淺窪地。一叢睡覺的窩位在入口附近，另外兩個則在洞穴對面的深處，他猜想可能一叢是戰士們的，一叢是見習生們的，而另一叢則是長老們的；他又看見幾隻小貓在其中一條通道的入口走來走去，推測那條路應該是通往育兒室。突然間，暴毛對這座陰森可怕又吵鬧的洞穴有了不同的想法：這是一個營地！這個部落居然和森林裡的部族貓有這麼多相似的地方。暴毛開始覺得他們真的可以填飽肚子、休息一會兒，同時幫忙癱在地上、抖得不停的褐皮好起來。

然後他又看到鷹崖了。他從遠方的通道現身，正朝著他們這群緊張兮兮的森林貓走來，身後還有一隻身體很長很瘦，跟風族戰士很像的貓。因為他身上塗了一層厚厚的泥漿，暴毛根本看不出他原本的毛色；不過他的眼神深邃，發出翡翠般的炯炯綠光，口鼻處附近幾根灰白的毛髮透露出他的年齡。他是目前暴毛他們見過最年長的貓。

「歡迎歡迎，」他低沉的嗓音在洞穴四周迴盪。接著他伸出一隻爪子，擺出一個奇怪的姿勢，跟鷹崖和溪兒剛才在洞外做的一樣。「我的名字是『尖石的預言者』，你們可以直接叫我尖石巫師。我是急水部落的醫生。」

「醫生？」棘爪一臉疑惑地瞄了同伴一眼。「你是說巫醫嗎？你們部族——我是說部落——的首領在哪裡？」

尖石巫師遲疑了一下。「我不確定你說的巫醫是什麼，而這個部落也沒有其他首領。我會解釋石頭、樹葉和水面的訊息，那些會告訴我部落該怎麼做——透過殺無盡部落的協助。」

暴毛從尖石巫師的話中聽出了重點。「所以他就是巫醫和族長了。」他低聲對棘爪說道，「權力真大。」

棘爪恭敬地向尖石巫師點頭回禮。「我們來自一座遙遠的森林，」他開始重覆介紹自己和同伴的名字。「我們未來的旅途還充滿了困難，而在我們能繼續出發前，我們需要食物跟休息的地方。」

棘爪說話的同時，愈來愈多好奇的貓朝這群旅客圍了過來。暴毛從貓的體型區分出小貓和見習生，還發現急水部落的戰士好像分成兩組：一組貓有寬闊的肩膀和強健的肌肉，另一組則比較苗條，身材精瘦結實，纖長的四肢利於奔跑。奇怪的是，他覺得每隻貓都神情憂慮、焦躁不安，好像隨時準備逃跑。

一隻棕色母虎斑貓緊盯著暴毛，喃喃地說：「是了，就是他——一定是他！」

暴毛愣了一下，因為溪兒在池邊第一次見到他時，也說了一樣的話。他張開嘴，想問她這麼說是什麼意思，但是部落醫生轉向那隻年輕的棕色虎斑貓，責備地嘶了一聲：「安靜！」他繼續溫和而流暢地對部族貓說：「歡迎你們來到我們的洞穴，這裡有很多捕獲的獵物。」他的尾巴輕拂那座獵物小丘。「請盡情享用並休息，之後我們還有許多話要說。」

棘爪看了其他部族貓一眼。「我想吃點食物應該沒關係，」他悄聲地說，「我想他們現在應該不會傷害我們。」

暴毛跟著他朝獵物走去，再次感覺到有十幾雙眼睛正直盯著他瞧。這絕對不是他想像出來的——比起其他同伴，他顯然受到更仔細的觀察。當他準備開始吃東西時，還是忍不住渾身寒毛直豎。

當他朝選好的野兔一口咬下時，暴毛聽到身後有貓倒抽一口氣，驚訝地低語：「他們沒有分享食物！」

暴毛抬起頭，看到一隻年輕的灰貓對他投來充滿敵意的眼神，而另一隻年長的虎斑貓則低頭在他耳邊說道：「噓！只是沒有貓教過他們而已。」

暴毛一開始不太明白他們的意思，接著他瞧見兩隻部落貓並肩分食獵物——兩隻貓都從獵物身上扯下一塊肉，咬了一口後再交換彼此的肉片，接著才坐下來把食物吃完。他一時間覺得困窘極了，發現他和朋友在部落貓的眼中竟是如此無禮。

「我們沒有這個習慣，」他直接對那隻先開口的貓說，「但我們會分享。」他用尾巴指著羽尾，她正在勸褐皮吃一隻老鼠。「我們絕不會讓自己的朋友挨餓，而且我們的狩獵巡邏隊，都是先餵飽族貓，然後自己才吃東西的。」

那隻灰貓後退了幾步，一臉疑惑地發現這群新訪客竟聽得懂他的話。另一位年長的虎斑貓友善地對他點點頭。「你們分享的方式和我們不同，」她說，「但我們或許可以互相學習。」

「或許吧。」暴毛同意。

他繼續大口吃著兔肉。不一會兒，一隻勇氣十足的小貓在同伴的慫恿下走向部族貓，開口問道：「你們從哪裡來的？」

「一個很遙遠的地方。」鼠掌滿嘴食物地回答。她連忙將東西吞進肚子裡，才又說道：「你得先翻過這些高山，經過一大堆的原野，才會看到森林。」

小貓眨眨眼。「原野是什麼？」鼠掌還沒來得及回答，他又說：「我要去看守洞穴了。」

「那很好呀。」羽尾喵了一聲。

「當然囉，我得先從『半大貓』開始。」

「半大貓？什麼是半大貓？」鴉掌問。

小貓朝這隻風族見習生拋出一個不屑的白眼，暴毛忍住笑。「拜託，就是想當護穴貓啊！你也知道，要先接受訓練啊。你們這些新來的怎麼什麼都不懂？」

「他的意思是說，要從見習生開始啦，」暴毛向鴉掌解釋，最後又忍不住加上一句：「就跟你一樣。」

鴉掌捲起尾巴，這時小貓吃驚地瞪大雙眼，驚訝地大喊：「你也只是半大貓而已？你都這麼老了！」

「看來他們跟我們一樣，有相同的傳統。」褐皮喃喃自語。

「不曉得他們相不相信星族？」鼠掌低聲說道。

「他們離慈母口太遠了，」暴毛說，「何況沒有貓在那裡見過他們。」

「尖石巫師有提到殺無盡部落，」羽尾想到。「或許那是他們對星族的稱呼。」她的語氣突然變了，湛藍的眼睛睜得比銅鈴還大，聲音也顫抖起來，「還是他們信仰別的戰士祖靈？」

「我不知道，」棘爪回答。「不過我們會搞清楚的。」

用完餐後，暴毛覺得舒服多了。這是自從他們離開森林、與午夜和波弟告別後，第一次吃得這麼盡興。吃飽飯，暴毛最想做的事就是倒頭大睡，但當他嚥下最後一口食物，正在清理腳爪時，忽然發現尖石巫師帶著三隻貓向他們走來。他認出其中一隻是鷹崖，另外兩隻都是母貓，但都不是溪兒。暴毛覺得有些失望，因為他們第一次見面時，那隻年輕的母貓就展現了過人的勇氣和友善的態度；他希望有機會再見她一面。

「吃飽了嗎？」尖石巫師當著他們的面問道。

「很飽，謝謝你。」棘爪回答。「非常感謝你們的招待。」

「這沒什麼，」尖石巫師詫異地說，「獵物本來就不屬於我們，而是屬於外面的高山。」

他在森林貓面前坐了下來，輕巧地將尾巴圍住爪子；另外三隻貓則圍著他站立。棘爪滿懷期待地望著他們。

「你們已經認識鷹崖了，」尖石巫師向眾貓介紹他的同伴。「他是我們護穴貓的首領，負責保護這個地方。」當部族貓一臉疑惑時，他這麼補充道。「而這位，」他甩尾指向另一隻年輕的母貓說道，「是來自陽光閃耀的『輕霧』，她是我們當中最厲害的狩獵貓之一。」

輕霧微微點頭致意，朝森林貓很感興趣地眨眨眼。

「而這位，」尖石巫師指著另一隻母貓說道，「是閃耀水面的『星辰』。她現在是幾隻小貓的母親，不過等她的小貓長大後，她會再度擔任護穴貓的工作。」

「你們都有各自負責的工作，是嗎？」當褐皮提問時，其他森林貓正向新認識的貓兒輕聲打招呼。

「沒錯。」尖石巫師回答。

「你們是不是挑選最勇敢強壯的同伴擔任護穴貓，動作最敏捷的當狩獵貓？」暴毛即使再小心謹慎，也隱藏不了自己的好奇心。

尖石巫師不太認同地抽動鬍鬚。「不，我們部落裡的貓生來就有各自的使命，這是我們的做法。聽了這麼多，不如來說說你們自己吧！」他似乎看出鼠掌也想要發問。「你們為什麼要做這麼長的旅行呢？我們從沒見過像你們這樣的貓。」

棘爪瞥了一眼暴毛，低聲問道：「你覺得怎麼樣？要告訴他們嗎？」

「我想，我們只要說這是星族指派的使命就好了。」暴毛注意到這群山谷貓的聽覺很敏銳，於是在棘爪的耳邊，用氣音向他說，「要不然他們可能會把我們當成逃犯，但別說我們當初為何會做這趟旅行，」他補充說，「別讓他們以為我們很脆弱。」

棘爪點點頭。他忸怩地清了清喉嚨，開始解釋四位被揀選的貓分別做了什麼樣的夢，在夢中收到星族傳達的訊息，以及鹽水這個徵兆又如何引領他們到日落之處與午夜碰面。

愈來愈多隻貓謹慎地圍上前，聽棘爪說故事。當棘爪講到他們遭遇到多少驚險的困難時，暴毛發現許多貓欽佩地看著他們，但也有些貓不願輕信陌生旅客的話，而發出懷疑的聲音。

「別擔心，」棘爪還沒把歷險旅程說完，暴毛就插話說：「星族並不是派我們來攻擊你們的；事實上，祂們沒有提到我們會遇見你們。」

「星族？」輕霧說，迷惑地望了尖石巫師一眼。「星族是什麼？」

暴毛聽見褐皮努力地忍住驚呼。而羽尾說得對，這群貓兒不受星族的指引。當他想起或許在這個陌生的地方，他和同伴無法受到星族的庇護時，他只能盡力克制那令皮毛刺痛的恐懼。

「不用擔心，」尖石巫師說道，並用尾巴輕觸輕霧的肩膀安撫她。「不是所有的貓都和我們有相同的信仰，我們必須尊重我們所不知道的那些事，無知並不可怕。請——」他朝棘爪伸出腳掌，「——繼續說下去。」

「所以最後我們來到太陽沉沒在水裡的地方，而且發現午夜原來是隻獾，」棘爪繼續往下說，「她為我們解釋了星族的預言，所以現在我們必須回家，告訴族貓這件事。」

「預言？」尖石巫師說道。他那碧綠色的眸子緊緊盯住暴毛，好像要將他的靈魂吸出來似地令他感到毛骨悚然。「所以，你們也能看見隱藏的幻象囉？」

「唔，有時我們會做夢，」褐皮解釋，「不過一般來說，我們的巫醫會為我們解讀徵兆——像是天上的雲、翱翔天空的鳥或是落葉……」

「這我也會。」尖石巫師說道。這時洞口突然出現一群貓，尖石巫師不得不停下來。「請原諒我，這些是剛完成巡邏的護穴貓，我現在得聽取他們的報告。」他朝森林貓點點頭，接著就離開去見那一隊的隊長。

輕霧和星辰留在森林貓身邊。當暴毛看到部落貓憂心忡忡的神情時，不禁感到懷疑，他發現自從他們來到這裡，就沒看過部落貓愉悅的一面。見習生們沒有一邊嬉鬧一邊受訓，戰士們也沒有互相交談，長老們更沒聚在一塊兒聊天。整個部落似乎都呈現一種壓抑的恐懼氣氛。

「妳還好吧？」褐皮對輕霧喵了一聲，說中了暴毛心中的疑問。「妳看起來很憂慮，發生了什麼事嗎？」

「是不是有其他部落想攻擊你們？」鼠掌也開口了。

「不，沒有其他的貓想攻擊我們，」星辰回答。「就我們所知，這座山裡沒有其他的貓部落。既然有我們守衛尖石洞，怎麼可能有其他部落存在呢？」

「那妳們在擔心什麼？」鴉掌喵了一聲。

但他的問題顯然刻意被忽略了。

輕霧跟星辰迅速交換了一個眼神，並低聲地問：「我們可以說嗎？」暴毛隱約聽到幾個模糊不清的字眼，馬上明白自己不該偷聽她們的對話。

幾隻躡手躡腳走來聆聽對話的部落貓，朝她們發出責備的嘶聲；他們都是一副又驚又怕的表情，而且全都瞪著輕霧。

「你們到底在害怕什麼？」暴毛追問，毛髮因為不知名的恐懼而隱隱作痛。

「什麼也沒有，」星辰回答。「或說我們什麼也不能說。」她舉起腳掌，輕輕點頭，隨即轉身而去，並用尾巴示意輕霧跟她一起走。輕霧用恐懼的雙眼畏畏縮縮地瞄了森林貓一眼，接著就消失在洞穴後頭的陰影中。其他的貓也紛紛散去。

暴毛疑惑地看著棘爪，發現雷族貓那雙琥珀色的大眼睛裡，正映照出自己的恐懼。「這究竟是怎麼一回事？」他低聲問道。

棘爪搖搖頭。「我想只有星族才知道。但無論是什麼，肯定是某種令他們害怕的東西，我也想知道他們為什麼不敢跟我們說。」

第十章

葉掌目不轉睛地看著這排憤怒而且不懷好意的風族貓，並把目光鎖定在一隻蕨色的見習生身上。那隻年輕的小貓突然發出尖銳的叫聲，葉掌也不甘示弱地豎起一身毛髮。她是巫醫，應該在一般的部族對立中保持中立才對，但她發現自己下意識地用爪子抓住腳下那片柔軟的荒原草地。一旦正式開戰，這隻巫醫見習生就會發現，自己的能力並不輸給戰士。

「唔？」火星沒有馬上回答他的問題，於是高星又再度問道：「你們為什麼要到這裡來？難道你認為我們已經虛弱到可以像碎星一樣把我們趕出家園嗎？」

高星身後的戰士紛紛發出挑釁的吼叫和不滿的嘶聲，火星的聲音一下子就被他們的怒吼聲給淹沒。

「高星，自從我和灰紋找到你們，然後帶你們回家開始，我們之間就只有友誼。」他回答。「難道你忘了嗎？我想你一定是忘了，才會把我看得跟碎星一樣。」

葉掌察覺那雙年長的貓眼裡，露出一絲內疚的神情。但高星依舊固執地說：「那你為什麼帶這麼多戰士過來？」

「高星，不要這麼荒唐，」火星大吼一聲。「我帶來的戰士還不夠與你整族的貓作戰呢！我們只是想找你談談。風族一直從雷族的領土上偷取獵物，你應該跟我一樣，知道這種行為違反了戰士守則。」

高星大吃一驚，彷彿完全不知道他的戰士竟然會做這種事。他還沒來得及開口，他的副族長泥爪就叫道：「拿出證據來！證明風族真的從你們那裡拿了什麼鬼獵物！」

「什麼？」葉掌看見灰紋氣得全身毛髮直豎。「我們剛剛才看到你們偷獵，我們在獵物的骸骨上還聞得到風族的氣味。」

「隨你怎麼說！」泥爪啐了一口。「要是問我，我會說這只是你們想攻擊我們的藉口罷了！」

一氣之下，灰紋縱身越過邊界，朝風族副族長撲了上去，同時伸出利爪；泥爪大吼一聲，兩隻貓就在荒野草地上扭打起來。

高星不齒地望著這兩隻打成一團的貓，就像在獵物的腐肉裡發現一條蛆那樣。兩邊的戰士都蓄勢待發，露出嘴裡的尖牙，目露凶光。葉掌一邊回想導師教過的打鬥技巧，心也跟著愈跳愈快。

火星往前站了一步，發出充滿威脅的嘶聲。「住手！」

灰紋馬上從泥爪釘耙般的爪子裡掙脫，氣喘吁吁地退回原地。泥爪則趕緊爬起來，惡狠狠地瞪著對手。

「灰紋，我說過我們不是來這裡打架的。」火星開口。這位副族長的黃色眼珠依舊充滿了怒火。「難道你沒聽到他剛才說的謊話嗎？」

「我聽到了，但那也不能改變我的命令，現在退回我們的邊界。」

灰紋的尾巴不斷抽動，忿忿不平地遵守指令，退到雷族的邊界裡。葉掌能體諒他現在的心情，尤其是他還在擔心失蹤的兩個孩子；但是她也明白，火星此刻的心情也一定不好受，畢竟他的好友兼副族長在風族面前公然違抗族長的意見，是多麼尷尬的事情。她努力忍住嘆息，難道巫醫的責任，也包括瞭解每隻貓的心理，並同情他們嗎？

煤皮蹣跚地走到火星身邊。「你應該知道巫醫是不會說謊的，」她對高星說道：「你也應該知道，星族不希望戰士擅闖他族領土、盜取獵物。」

「難道星族就忍心讓我的族貓挨餓嗎？」高星痛苦地反問煤皮。「昨天我有一位長老死了，如果我們再不做些什麼，我的族貓很快就會一個個死去。」

「如果有我們幫得上忙的地方，我們一定願意。」煤皮有感而發地說，「問題是，雷族同樣也缺乏食物；事實上，整座森林都因為兩腳獸的入侵而受苦。」

「我們應該要合作，」火星也補充說道：「我以星族之名向你發誓，如果雷族找到解決問題的方法，絕對會通知風族。」

高星若有所思地望著他的眼睛，內心的痛苦逐漸散去，換成一抹深沉的憂傷。「解決的方法？火星，我認為即使是你，也未必能找到解決難題的方法。除非你准許我們在貴族的領土狩獵。」他一面說一面搖頭，表示自己只是隨口提議罷了。「不，我想你們要保留自己的獵物，是正確的決定。戰士守則也說了，最重要的工作，就是確保族貓有足夠的東西吃。風族不奢望你會幫忙。」

火星向這位風族族長點點頭。「高星，我發誓雷族絕不會散播不實的謠言。現在我們不會挑起戰爭，但是如果偷獵的情形一直出現，你應該知道會有什麼後果。」

他轉過身，用尾巴示意戰士們跟他一起離開。他們一走，風族戰士便紛紛發出嘲諷般的譏笑聲，彷彿剛才打了驚天動地的一仗，並且將入侵者趕出了領土。

葉掌脖子上的毛髮直豎，突然有點希望風族貓會像幾天前追趕她和栗尾的戰士貓一樣，朝他們追來。只是，當火星帶著他們來到四喬木的山頂，往下走向小溪時，敵方的嬉笑怒罵卻慢慢消失了。

「我們為什麼不跟他們打一架？」塵皮忍不住問道。「我們應該好好教訓他們一頓，讓他們永生難忘！」

「我知道，」火星輕聲嘆息。「但就像我剛剛說的，部族間實在沒有多餘的力氣浪費在戰鬥上了。」

「那，如果我們的巡邏隊又逮到風族偷獵呢？」塵皮的尾巴不停抽動；他總是性急易怒，葉掌也知道他是多麼擔心蕨雲和三個孩子們。

「要是發現他們擅闖邊界，就趕走他們，」火星允諾。「但讓我們向星族禱告，祈求高星看清楚情況，管好他的戰士們，不要讓他們越界。我想在今天之前，他都不知道發生了什麼事。」

「那可不一定，不過現在他應該會管管自己的戰士了。」塵皮突然沉默下來，一身棕色的虎斑毛髮豎得筆直，好像看到了敵軍一樣。

「不如你趁現在去狩獵好了。」火星建議他。「看看能不能幫蕨雲多找一些吃的。」

塵皮望著他，反叛的毛髮漸漸舒緩下來。「好，我這就去。」最後他心不甘情不願地吼了一聲「謝了」，然後立刻轉身離開，消失在溪邊一片濃密的草木中。

火星憂傷地望著他離去的背影。葉掌一見到他垂頭喪氣的模樣，心就沉了下來。她知道火星永遠都不會放棄，至少在那些怪獸毀掉森林裡的最後一棵樹之前，他都不會輕言放棄。但那件可能發生的事，似乎真的就要發生了，到時候火星又會決定怎麼做呢？

她跟著火星越過小溪，朝雷族的營地前進時，揮不去的罪惡感又再度湧上心頭——沒有告訴父親鼠掌和棘爪的行蹤，讓葉掌覺得很難過。或許現在就是說實話的好機會，可以讓父親安心，也讓他知道星族對森林的危難瞭若指掌，而且已經有了解救部族的計畫；但火星又會對藏著這些話的女兒說什麼？一想到父親惱怒的樣子，葉掌把好不容易鼓起的勇氣又吞了回去。

看到煤皮落在貓群的最後，葉掌猜想，她的導師或許已經有了答案。搞不好她可以跟煤皮說啊！這位巫醫會體諒她，應該也可以幫她把消息轉告給火星。

葉掌放慢腳步，等待導師跟上她。「煤皮……」她開口，期待著這位巫醫能像往常那樣給她一個理智的建議。

沒想到當煤皮轉過頭時，她的一雙藍眼睛卻充滿了憂慮。「我沒有得到星族的隻字片語，」她沒給葉掌講話的機會，就先開口說道：「祂們是不是已經拋棄我們了？祂們怎麼可能放任兩腳獸做這些事，眼睜睜地看著我們走向滅亡？」

就在此時，遠方突然傳來一陣兩腳獸怪獸的怒吼聲，就像在呼應煤皮心中的絕望。即使看不見那群怪獸，葉掌也能想像牠們猛烈進攻的景象：怪獸們伸出黑色的大爪子，輕而易舉地將森林裡的樹木連根拔起，就像塵皮剛才輕鬆地撕裂小草一樣。

她輕碰導師的身軀，試圖安慰她。「假如星族用另外一種方式跟我們說話呢？」她一面說，心一面狂跳。如果見習生知道那些連長老都不清楚的預言，那麼整座森林一定會陷入一片混亂。

「什麼叫另外一種方式？祂們沒有託夢給我，也沒有留下半點徵兆。」

「祂們或許將訊息給了另一隻貓。」

「妳是說傳給妳嗎？」煤皮湛藍的眼睛突然一亮，緊盯著葉掌。「是不是？」

「不是，不過……」

「不，星族選擇沉默。」煤皮僅剩的一絲精力就這麼一閃而逝，頹喪地垂下尾巴。「祂們一定想要我們做什麼，不過那究竟會是什麼呢？」

葉掌發現她們沒辦法再說下去了，或許這並不是說明真相的好時機。如果煤皮發現，星族竟選擇與一群不懂事的年輕戰士，而非巫醫來進行對話，並派他們踏上拯救貓族的旅程，那煤皮會怎麼想呢？這時的葉掌覺得既孤單又困惑，多希望能馬上找到鼠掌，跟姊姊分享她的心事；但是她卻無法從那裡得到安慰，因為她只感受到一片黑暗，以及湍急的流水聲。

「葉掌，妳要不要跟上來？」

葉掌嚇了一跳，猛然發現煤皮已經在她前面好幾條尾巴遠的地方了。

「對不起！」她叫道，並踏著沉重的步伐走向巡邏隊的尾端。因為擔心星族揀選的貓和整座森林的安危，葉掌一直提不起精神；更令她擔憂的，就是鼠掌了——不論她現在究竟在哪裡。

第十一章

月光灑進洞內，瀑布變成一片發出陣陣漣漪的銀色光幕。暴毛覺得白天似乎延長成了一個月亮，就連洞穴地上的淺沙坑，都像家鄉的蘆葦窩一樣溫暖。

尖石巫師回來了，並帶著這群森林貓參觀主洞斜坡上的窩坑，下陷的窩裡鋪了薄薄一層苔蘚和羽毛。「請在這裡休息，」他說，「想待多久都沒關係——我們非常歡迎你們。」

尖石巫師一走，棘爪立即向同伴們甩尾示意。「我們要討論一下，」他說。「我們該在這裡停留多久？」

鴉掌的尾巴不停地來回擺動。「你怎麼會問這種問題？」他高聲質問：「我們不是有任務嗎？不是要把午夜的消息轉告給族貓嗎？」

「鴉掌說得對，」暴毛同意，沒想到自己竟然跟這個風族見習生意見一致，因此努力掩飾心中突然升起的厭惡感。「我們應該馬上離開。」

「我也這麼覺得，」褐皮說。「禿葉季就快到了，這裡很快就會下雪了。」

「那妳肩膀上的傷怎麼辦？」棘爪提醒她。自從他們跌進瀑布之後，褐皮就只能靠三隻腳跛行，一道乾掉的血痕從她的肩膀一路蔓延到她的爪子間。「在褐皮的傷勢復原之前，我們應該先留在這裡；等她痊癒後，我們才能更快趕回家。」

褐皮脖子上的毛頓時豎了起來。「我只是不小心又撞到腳罷了！如果你覺得是我耽誤了大家，就直接說出來啊！」

「棘爪不是這個意思，」羽尾小心翼翼地靠向褐皮的身側，就怕碰到她的傷口。「這不只是撞傷。妳的傷勢很嚴重，如果不好好休息，傷口是不會痊癒的。」

鼠掌若有所思地說：「這群部落貓好像也不希望我們離開。他們到底在害怕什麼？我們是不是會遇上更多麻煩？」

其他的貓都心神不寧地你看我、我看你。暴毛不得不承認，他也想過這個問題；不過，如果在山裡的巨石和斷崖間，仍藏滿了不可知的危險，他倒是希望能待在洞穴裡，過一段平安的日子。

「不管我們什麼時候走，都會遇到麻煩，」鴉掌說道：「好吧，我也同意褐皮的說法，不過我們得先找尖石巫師治好她肩膀的傷再走。」

「這些主意都不錯，」鼠掌插嘴，綠色的眼睛在月光下閃閃發光。「不過要我們走得了才行。」

「妳是什麼意思？他們才不敢阻止我們呢！」鴉掌叫道。

鼠掌啐了一口。「我拿一頓獵物跟你賭，他們敢。不信你看那裡。」她輕彈耳朵，指指洞口。洞口的兩邊各坐了一隻護穴貓，顯然是在看守這群客人。

「或許他們是在防守洞外的敵人。」羽尾說。

「我們可以試著離開，」鴉掌提議，灰黑色的尾巴使勁地抽動。「看看他們會有什麼反應。」

「不行，」棘爪果斷地否決了。「如果現在就冒然離開，實在太不聰明了。我們都累壞了，需要睡上一覺。等明天看看褐皮的傷勢，再決定離開的時間好了。」

贊同的聲音陸續輕輕地響起，就連鴉掌也不想在這時自討沒趣。直到這群森林貓走進窩坑、緊緊靠在一起時，洞穴裡一雙雙好奇的眼睛依舊毫不掩飾地盯著他們猛瞧。

當暴毛整理床鋪時，突然聽到身後傳來一陣腳步聲；他轉過頭，原來是隻高山貓走進洞穴朝他走來。他一認出溪兒柔軟的虎斑毛和輕盈的步伐就感到一陣溫暖。她帶了一團羽毛過來。

溪兒先把羽毛放在暴毛的窩坑裡，才跟他打招呼。「尖石巫師派我來看你，確定你過得很舒服。」

「呃，謝啦。」暴毛回答。溪兒的意思是，尖石巫師派她來探望所有的貓，還是只有他？可是她好像沒打算拿羽毛給其他的貓。沒錯，意外落水的確讓暴毛很難受，不過他的伙伴們也一樣；再說他不是眾貓的領袖，沒有理由受到特別待遇。

「我……我希望你在這裡過得開心，」溪兒吞吞吐吐地說。「我想這裡跟你的故鄉一定很不一樣吧！你在森林裡也都睡在坑裡嗎？」

「不，我們睡在用蘆葦或灌木做成的小窩。河族的營地——我的部族——位在一座小島上。」暴毛一開口，頓時又想念起家鄉，不曉得什麼時候才能再躺在他的戰士窩，聆聽微風在蘆葦間輕嘆。如果午夜說的是真的，貓族必須全部撤離森林，那麼他或許再也沒有機會找到另外一個如此安寧的家園了。

溪兒的雙眼在月光的映照下閃動著。「你是護穴貓還是——」她忽然停下，尷尬地扭動腳掌。「不，當然不是了，如果你們沒有洞穴，又怎麼會有護穴貓呢？你負責看守營地還是狩獵？」

「我們族裡不是這麼分配工作的，」暴毛告訴她：「我們每一隻貓都要負責守衛、狩獵和巡邏。」

「真辛苦，」溪兒說，「我們一生下來就被決定好了，所以很清楚自己該做什麼。我是狩獵貓。」她補充說，「如果尖石巫師允許的話，明天你願不願意跟我一起去狩獵？」

暴毛嚥下一口口水，為什麼聽溪兒的語氣，好像他們這些森林貓要在這兒待很久似的，再說他也不確定，徵詢尖石巫師的意見到底恰不恰當——雖然他們在尖石巫師的地盤上，本來就應該尊敬這裡的領袖，但是尖石巫師並沒有權力命令他們；不過，跟溪兒一起狩獵，應該會很有趣。

他不知道自己該不該直接問溪兒，森林貓是不是被囚禁了？但他還來不及開口，這隻漂亮的年輕虎斑貓就跟他點頭告別了。「你一定很累了，我先離開。」她說。「晚安，希望明天能跟你一起打獵。」

暴毛也向她說再見，望著她離去後才準備休息。耳邊傳來朋友們熟睡的鼾聲，儘管他全身痠痛，累得頭昏腦脹，卻依然輾轉難眠。

⚡⚡⚡

隔天一早，窩坑旁窸窣的腳步聲吵醒了暴毛。他睜開眼，只見一束陽光射進水簾，灑進洞穴裡。這也提醒了他，他們該如何循著東升的太陽回去森林。他爬出小坑，抖落黏在身上的羽屑。

棘爪早就起床了，站在幾條尾巴遠的地方，望著一隊正準備離開主要出口的護穴貓。他們安靜地執行自己的任務，讓暴毛想起了家鄉的巡邏隊。他走向棘爪，動動鬍鬚向他問好。

「褐皮的肩膀昨晚又開始流血了，」雷族戰士說。「我勸她多睡一點，但這也表示我們得在這裡多待個幾天。」暴毛回望褐皮那玳瑁色的柔軟身軀，此時正蜷縮在自己的窩坑裡；羽尾緊張地在她身旁守護著，仔細檢查她受傷的肩膀，鴉掌則陪著她；鼠掌還在睡。

看到自己的妹妹和那位風族見習生親密地待在一起，暴毛已經不再動不動就生氣了。

「嗯，如果我們一定得留下來，那就這麼辦吧。」他低聲嘀咕。「但是我們遲早得找出這群部落貓在打什麼主意，大家都感覺得到，他們有事情瞞著我們。」

「沒錯。」棘爪平靜地說，琥珀色的眼睛迎向暴毛的眼神。「只有配合才能挖出他們的祕密──至少我們可以試著這麼做。」

「你說的沒錯。」暴毛低聲說道。

他突然感覺到洞穴後方有些動靜，接著便發現尖石巫師從其中一條隧道走了出來。鴉掌和羽尾也發現他了，於是鴉掌輕輕戳醒鼠掌，三隻貓輕快地走到暴毛和棘爪身邊。

羽尾一離開，褐皮就抬起頭問：「要走了嗎？」暴毛聽得出她有多不舒服。「如果要走的話，我準備好了。」

羽尾回頭望著她。「還沒，我們還沒有要離開。妳再睡一會兒吧！」

「你是不是要問尖石巫師願不願意放我們走？」鴉掌在棘爪耳邊小聲問道：「如果他覺得他們有辦法關住我們，我一定會把他的耳朵給扯掉！」

「不，不可以，」棘爪趕忙回答，「你明知道褐皮現在最需要的就是好好休息，等她的傷口痊癒了，我們才能提這件事；而且我們現在不能跟這些部落貓起衝突。我來跟他說。」

鴉掌給了這隻虎斑戰士一個白眼，但也乖乖地閉起了嘴巴。

「我確定我們絕對不是囚犯。」暴毛自信地說，同時也想說服自己，那群部落貓對他若有若無的可怕興趣，全都是他想像出來的。「我們怎麼可能被囚禁？我們又沒傷害他們。」

「或許我們有他們要的東西。」鼠掌提出她的看法。

這跟暴毛心裡想的一樣，但他一時間不知該怎麼回答。再說，尖石巫師現在正朝他們走來，實在也沒有機會再多說什麼。

「早，」同時也是醫生的尖石巫師開口道。「昨晚睡得好嗎？」

「很好，謝謝你，」棘爪答道：「但是褐皮的肩傷很嚴重，所以如果你允許的話，我們希望能在這裡待個幾天，直到她的傷勢好一點。」

「好。」尖石巫師一面說，一面把頭轉向暴毛，綠眼睛閃爍著令他害怕的光芒。「我會幫你的朋友檢查傷勢，然後給她適合的藥草。」

「我們希望能跟你們一起狩獵，」棘爪繼續說道，「我們得活動活動，也想自己獵食；我們總不能一直吃你們辛苦狩獵來的獵物。」

尖石巫師豎起耳朵、瞇起雙眼，暴毛猜想他不是很喜歡棘爪的提議。沒想到，尖石巫師毫不猶豫地說：「沒問題，有你們幫忙更好。有些狩獵貓正準備出發，你們可以加入他們。」

他一說，暴毛便發現好幾隻部落貓已經聚在洞口，溪兒也在其中，還有昨天曾見過面的狩獵貓——輕霧。尖石巫師領著部落貓走向他們。

「我們的新朋友也想去打獵，」他宣布，「帶他們一起去，並且教他們我們的狩獵方式。」

他說完便轉身離開。暴毛望著他的背影，想到部族戰士還要學習怎麼打獵，不由得感到一陣悲傷。此時溪兒已來到他的身旁站定。

「你好，」她說，「狩獵貓還不少，所以最好分成兩隊。你要不要跟我一組？」

「好啊，這樣很好。」暴毛回答。他沒想到自己對溪兒還記得昨晚的邀請感到幾分欣喜。部落貓很快被分成兩組，一組由輕霧帶頭，成員有鴉掌和羽尾；另一組則由溪兒負責，成員有暴毛、棘爪和鼠掌。

褐皮望著離去的大家，眼裡閃過一絲擔憂。當暴毛離開洞穴時，他瞥見那隻貓媽媽——星辰——嘴裡叼著一塊食物，朝褐皮走去。

「她會沒事的，」棘爪低聲地說，「運氣好的話，她會睡到我們回來為止。部落貓應該不會傷害她。」

看到星辰溫柔地跟褐皮說話，暴毛知道虎斑戰士說的沒錯。他小心翼翼地沿著水簾後頭的岩架行走，每當水花打在他和池畔的岩石上時，他都忍不住直發抖。

等他甩掉身上的水氣，才發現鷹崖和其他幾隻貓早已經在前面等待他們，每隻貓身上都沾了一條條的泥痕。他們都是肩膀寬闊、強壯的貓，跟那些體態輕盈的狩獵貓不同。暴毛猜他們應該是護穴貓。

他轉向棘爪，小聲地問：「他們來這裡做什麼？」

溪兒聽到他疑惑的低語。「打獵的時候，護穴貓會跟我們一起，」她解釋道，「他們可以幫我們注意有沒有老鷹，還有……」

她驚慌地瞥了暴毛一眼，隨即噤口不語，暴毛看到她欲言又止，很想知道她究竟想說什麼；不過經過溪兒的解說，倒是讓他寬心不少，因為暴毛突然想到，這些護穴貓之所以跟著他們，很可能是為了看管他和他的朋友，避免他們趁機逃跑。他們當然不可能拋棄褐皮，不過尖石巫師並不瞭解這點。

溪兒告訴鷹崖，這群客人也想參加狩獵，於是護穴貓也分別加入了兩隊。其中一隻和鴉掌及羽尾開始攀爬昨天暴毛他們失足掉落的岩石，而暴毛這組則跟著溪兒往溪谷深處前進。

地面崎嶇難行，碎岩上只長了零星的雜草，陡峭的岩壁下隱約看得見幾株灌木叢。雖然雨已經停了，但在晨光的照耀下，卵石依舊閃耀著潮溼的光芒。暴毛放眼望去，看不到任何獵物的蹤跡，忍不住猜想那群部落貓是怎麼找到那麼多獵物的，而且還能慷慨地送給森林貓。他嚐了嚐空氣，只聞到一點點獵物的氣味。

溪兒帶領隊伍沿著溪谷的一側走進灌木叢的陰影中。暴毛終於明白，為什麼他們的身上總是披滿一條條的泥痕——原來這是種保護色，當他們走進岩石區，只要站住不動，就能把自己隱藏起來，很難被發現。雖然暴毛的深灰色皮毛和棘爪的暗棕色虎斑紋都不太顯眼，但鼠掌的暗薑色毛髮卻像血紅色的斑點一樣，格外引人矚目。所有的部落貓全都輕手輕腳地移動，而暴毛也得集中精神，確保自己的腳步安靜無聲。

沒多久鼠掌就停下來，一雙耳朵不停地輕輕彈動，顯得格外興奮。「看，有老鼠！」她低聲地說。

暴毛也看見了，那隻老鼠正在前面幾條尾巴遠的地方啃草籽。鼠掌本能地弓起身體，但溪兒立即在她面前搖尾示意，擋住她的去路。她用嘴形說：「等等。」

暴毛猜想，鼠掌一定會很不高興地抗議，但這隻雷族見習生顯然發現，只要她一出聲，即將到手的獵物就會被嚇跑。鼠掌氣呼呼地瞪著溪兒，但這隻年輕的母貓似乎沒怎麼注意，只是緊盯著前方的小老鼠。

突然間，一道光影掠過暴毛的頭頂，一隻隼忽然從天而降，用牠強而有力的爪子將老鼠一把攫起；溪兒也跳起來，撲到隼的背上，爪子狠狠地插進牠的雙肩。那隻隼拚命地拍動翅膀，載著溪兒飛離地面，卻又因為太重而墜落地面；第二隻狩獵貓衝上來，幫溪兒解決了這隻鳥。

牠的翅膀不再拍動，無力地躺在岩石上。

「老鼠也有了。」鷹崖一面對暴毛說，一面伸出舌頭舔舔嘴巴。

暴毛對溪兒高超的狩獵技巧欽佩得目瞪口呆。如果她在森林裡，將會是多麼了不起的戰士！他的腦袋裡突然浮現她在河族教導大家狩獵的新方法，不過這只是一閃即過的景象罷了。溪兒屬於高山，而且再過幾天，他們就得道別了。一想到這裡，他先是覺得遺憾，後來又對自己的反應感到驚訝。他怎麼會對一隻自己根本不認識的貓產生感情呢？

鼠掌不可置信地盯著那隻大鳥，先前的憤慨早就拋到腦後。「好厲害！」她說，「我也想試試看，」她又對棘爪說：「你覺得我們回家以後，也可以這麼做嗎？」

「我們那裡沒有那麼多老鷹，」棘爪說，「不過我想風族倒是可以試試——鴉掌說過他在荒野上見過老鷹。」

暴毛注意到，溪兒並沒有把泥土堆在獵物身上，把牠們蒐集在一起，只是將老鼠和隼拖進岩石縫中藏好，才回到隊伍繼續帶領大家前進。

這回她走上溪谷的岩壁，躍過幾塊鬆散的石頭，然後走上岩架。暴毛不知道在這種地方能找到什麼獵物，不過他現在很樂意等著看會發生什麼事，因為這群山貓有他和他的朋友從沒聽過的狩獵技巧。

眼前突然出現一堆小樹枝和乾草堆成的小丘擋住了他們，這裡有一股強烈的腐肉味。溪兒敏捷地跳過小丘，其餘的貓則跟著她。

「這是老鷹的巢，」她解釋，「融冰的季節，有時能找到一些老鷹寶寶。」

「融冰？」鼠掌問道。

「我想她指的應該是新葉季，」棘爪壓低聲音回答。「冰塊融化成水的季節，那個時候可以在巢裡找到小鳥。」

「牠們也很好吃，」鷹崖從後頭走上前來，對他們說：「這也表示不會有那麼多長大的老鷹來殘殺我們，比方說這一隻……」他賣力往空中一跳。

暴毛抬起頭，倒抽了一口氣，因為頭上有隻大老鷹就這麼張開利爪地朝他們俯衝下來；但當鷹崖往上一躍，牠居然立刻轉向，振翅往一旁飛去。

鷹崖驚險地落在岩石邊緣，輕輕鬆鬆地穩住身體。暴毛對他更敬佩了——這位護穴貓攻擊飛鳥的勇氣和速度，絕對可以跟部族裡最英勇的戰士相比。

「謝了。」他伏在岩壁上一面喘息，一面望著那隻飛走的老鷹。

鷹崖轉過頭，琥珀色的雙眼閃閃發光。「這是『半大貓』第一件要學會的事，」他半開玩笑地發出嗚嗚聲：「千萬別忘了往上看！」

第十二章

暴毛窩在一塊突起的石脊上，探頭俯瞰幾條尾巴之外的山谷。他與同伴們來到部落貓的山洞已經四天了，雖然對森林的牽掛彷佛一團膨脹的雨雲，盤據在他們心頭，這群森林貓還是無法動身回家。尖石巫師的藥草讓褐皮的肩傷好了許多，但她還是不太能走。

暴毛發現他慢慢抓到了部落貓的狩獵訣竅，重點在於靜止不動，而非速度，因為岩石間並不像森林或他從前捕魚的小河一樣有層層掩護。

他似乎聽到鳥兒振翅的聲音，於是立即豎起了耳朵，緊盯著陰暗處。一隻小鳥落在他的正下方，開始啄食地上的碎屑；暴毛繃緊肌肉，縱身一躍，將爪子一下插進鳥兒的翅膀裡，然後伸出腳掌來個最後一擊，那隻小鳥發出瘋狂的驚叫後便停了下來。

暴毛叼著獵物起身，看見其中一隻渾身泥巴的護穴貓緩緩向山谷靠近，但口中的獵物讓他聞不出對方是誰，直到那隻貓開口說話，他才認出眼前站著的正是鷹崖。

「抓得好！你一定可以成為一名優秀的狩獵貓。」

暴毛點頭致謝，但鷹崖的話也讓他有點不安。他剛才是想說「你一定可以成為一名優秀的狩獵貓」還是「你一定是一名優秀的狩獵貓」？這隻護穴貓有時會假設暴毛會一直留在他們的部落，不過暴毛也沒有機會問他真正的意思，因為溪兒和其他幾位狩獵貓也出現了；整支巡邏隊決定打道回府，並在回程撿起先前獵到的獵物。

來到水池時，暴毛放下嘴裡的獵物稍做休息，接著才爬上岩石，順利穿過瀑布後方的岩架。夕陽西下，山峰的輪廓被天際襯托得一片血紅。暴毛打了個冷顫，試著不要將血這個字跟回家扯在一起；雖然他覺得與部落貓一起狩獵很開心，但他們隨時都準備動身啟程，絲毫不想延遲。

溪兒來到他身邊，雙眼映照著傍晚的微光。「今天的打獵真開心，」她滿足地呼嚕作響，「暴毛，你學得很快。」

暴毛覺得有一股暖流從耳朵一直流到尾巴。他知道自己會捨不得離開她，而這種感覺也愈來愈強烈。過去幾天，她已經變成他的朋友，原本陌生的話語也逐漸感到熟悉，她應該也是這麼想；至少她總是邀他一起打獵，而其他的森林貓總是被分到另一組。暴毛想知道，溪兒是怎麼看待他的。當他準備道別回家時，她是否也會想念他？

他張開嘴，聞到一股很重的臭味，是他從來沒聞過的；有點像貓，卻更刺鼻，還帶點腐敗的氣味。他似乎預測到了危險，脖子上的毛全豎了起來。

「**那**是什麼？」

溪兒睜大眼睛，一臉驚恐，卻始終沒作聲。其他的狩獵貓與護穴貓早已拎起獵物，匆忙地往洞內奔逃。鷹崖嚇得跳了起來，差點把暴毛推下岩石。暴毛往上張望，發現在瀑布頂端好像有個幽暗的影子，但不是很確定。現在最重要的事，就是集中精神，在溼滑的石頭上站穩腳步，並咬好快要掉出嘴巴的獵鷹，在附近找尋前方的路；沒有任何一隻貓解釋他們突然這麼驚慌失措的原因，不過暴毛也知道，就算他問了現在也得不到答案。

回到洞穴後，他將口中的戰利品扔到獵物堆上，走向他的朋友們。暴毛看見他的同伴全都在窩坑附近，便繞過幾隻跟護穴貓練習戰鬥技巧的「半大貓」，朝他們走去。護穴貓用的全是一些他沒見過的技巧，暴毛很想加入，跟他們學個幾招，順便教這些貓一些河族的戰鬥法。**或許待會兒吧**，他對自己說。

部族貓全都圍在褐皮身旁。她站起來，轉頭檢查自己的肩傷，羽尾則在她身邊一直說話。

「現在好多了，」她說：「一點也不腫了，傷口也變乾淨了。褐皮，妳覺得怎麼樣？」

這隻影族戰士縮起受傷的肩膀，擺出狩獵的伏姿，慢慢爬了幾條尾巴長的距離。「尖石巫師挺有一套的，」她說，「我不知道他用的是什麼藥草，不過顯然跟牛蒡根的效果一樣好。肩膀還有一點僵，但已經復原得差不多了。」她又往上一跳，說道：「如果我繼續做運動，相信肩膀很快就會好了。真希望可以親手逮到那隻老鼠！」

「那我們也差不多該離開了，」棘爪說，「我會先跟尖石巫師說一下，我們明天一早就出發。」

「沒錯！」鴉掌的眼裡閃過一道光芒。「他們最好不要攔我們。」

「他們不會的，」羽尾輕推他的身側。「我覺得你太擔心了。自從我們來到這裡，部落貓都對我們很客氣，沒有半點傷害我們的意思。」

「搞不好他們還很開心我們終於要走了呢，」鼠掌高興地附和，「等禿葉季來臨，他們一定也會缺乏食物的。」

「事實上冬天就快到了，」羽尾說，「今天早上，我看見外面的岩石已經鋪了一層白色的冰霜。」

「對啊，」鼠掌甩甩尾巴。「所以他們一定不希望我們繼續留在這裡，瓜分他們的食物。」

暴毛從棘爪注視急水部落的眼神中，察覺他的憂慮，只是棘爪從未說出心中的不安。反倒是鴉掌先開口了，他第一個發現暴毛朝他們走來。

「看看是誰來了！」他大叫著，不高興地噘起嘴。「決定歸隊了嗎?跟你的部落新朋友玩膩了嗎？」

「別這樣。」羽尾低聲勸阻，用尾巴輕打他一下。

暴毛不舒服地走向這隻年輕的風族見習生。「如果他有話想說，就讓他說好了。」

「你把時間全浪費在那群洞穴貓身上，搞不好還想永遠跟他們待在一塊兒吧？畢竟，我們回家的路上可是充滿困難呢！」

「別傻了。」暴毛反駁。他轉身背對鴉掌，發現其他貓全都面色凝重地望著他，彷彿也有點認同這隻風族小貓的話。「拜託，」暴毛焦躁地低吼：「我到底做錯了什麼？我只不過是出去打了幾次獵；棘爪，你自己也說過，我們待在這裡作客，也應該自己狩獵，不是嗎？你們憑什麼認為我對森林的牽掛比較少？」

「沒有貓兒這麼想的。」羽尾溫柔地安慰他。

「他就這麼想。」暴毛用耳朵指著鴉掌。「跟夢境有關，對不對？就因為我不是被選中的貓……你們是不是還有其他的夢沒告訴我？」

暴毛伸出爪子。他討厭自己的爪子抓的不是柔軟的河邊泥土，或糾結的蘆葦叢，而是硬梆梆的石子地。他可以理解鴉掌的不滿，畢竟這個見習生就是喜歡作對，膽子大到甚至敢跟星族爭辯；可是連其他的貓──包括他的妹妹──都懷疑他的忠誠，這就讓他很痛苦了。對暴毛來說，這幾乎就跟虎星合併兩大部族，想要消滅血統不純正的他和羽尾一樣嚴重，至少羽尾應該要記得這件事，並理解他現在的處境；回想起自己在部落的這段日子，暴毛覺得很自在，如今卻因此感到愧疚──但他對河族卻是百分之百地忠誠。

「不，我們沒有再做其他夢了，」棘爪回答，「暴毛，你冷靜一下；鴉掌，不要故意惹他。我們的麻煩已經夠多了。」

「那個瀑布，」褐皮突然開口：「從早到晚一直嘩啦嘩啦地響，都快把我給逼瘋了。說不定星族曾在太陽下對我們顯露徵兆，我們卻沒聽到。如果能重新回到曠野，離開這個幽暗的洞穴，就再好不過了。」

鴉掌用接近咆哮的語氣說道：「我們一定要馬上離開，回到森林裡，然後像英勇的戰士那樣捍衛家園；管暴毛要不要來。」

「閉嘴，你這個鼠腦袋！」鼠掌高聲斥責他：「暴毛的忠誠才不輸你呢！」

暴毛感激地朝她眨眨眼。「我當然會跟大家一起走。」他說。

「好，那麼大家就先吃點晚餐，然後好好睡上一覺，」棘爪吼了一聲。「這可能是我們最後一次吃飽睡足了。」

暴毛抬起頭，接著卻愣住了。原來在他們說話的同時，好幾隻部落貓已經聚在一起，而且一臉嚴肅地看著他們。

鷹崖往前站了一步。「為什麼你們要討論離開的事？」他問道，「你們不可能在河水結冰的季節離開山區的，為什麼不留在這裡，直到太陽出現再走？」

「我們不能！」鼠掌大聲抗議，「我們的家有危機了——剛來的時候就跟你們說過了！」

「我們很感激你的建議，」棘爪婉轉地說，輕甩尾巴掃過鼠掌的嘴，要她住口。「可是我們非走不可。」

部落貓們面面相覷，脖子上的毛也豎了起來。如今他們看起來很不好惹，幾隻強壯的護穴貓移動身體，擋在他們和出口之間；幾隻貓媽媽也開始把小貓趕回育兒室的隧道。這已經很明顯了——暴毛知道，如果現在他們硬要離開，將免不了發生一場血戰。

發現溪兒居然也站在護穴貓身後，暴毛連忙推開站在她前方的貓。「這到底是怎麼一回事？」他焦急地問：「你們為什麼把我們當成犯人？」

溪兒不願看他。「求求你……」她喃喃說道：「待在這裡真的讓你這麼不開心嗎？」

「不是開不開心的問題，我們是有任務的，沒有別的選擇。」暴毛轉身想詢問鷹崖，然而那隻護穴貓卻也故意迴避他的眼神。他知道他們之間的友誼已經被拋到一旁，忠於部落的使命才是主要任務；至於這群部落貓究竟為了什麼而變得如此無情，暴毛怎麼也想不透。他一直相信，部落貓是真心跟他交朋友的，如今這場背叛卻彷彿老鷹的爪子般狠狠撕開了他。

「真是狐狸屎！」鴉掌喃喃自語，想要從這群護穴貓中打開一條通路。

鷹崖伸出了爪子，另一隻護穴貓也發出凶暴的嘶聲想逼退鴉掌；風族見習生立刻豎起毛髮、抽打尾巴，表示他已經準備好隨時跟他們兩個大打一架。

「等一下，」羽尾低聲勸阻，連忙推開快打起來的鴉掌和護穴貓。「我要先搞清楚這究竟是怎麼一回事。」

「這就是我們有麻煩了，」鴉掌吼道。「沒有誰能阻止我離開！」

他一肩撞開羽尾，縱身一躍，跳到鷹崖身上，這隻護穴貓馬上像球一樣滾到地上，不甘示弱地用後掌重重打了鴉掌一下；就在衝突一發不可收拾之際，棘爪一口咬住鴉掌的頸背，把他拉開。

見習生轉頭瞪他，「放開我！」他大吼。

「那你就不要再這麼鼠腦袋了！」棘爪現在跟鴉掌一樣憤怒，發出不滿的嘶聲。「這群凶狠的護穴貓可以把『鴉掌』變成『鴉食』。我們得先搞清楚他們到底想做什麼。」

暴毛痛恨承認失敗，但如果今晚他們要作戰——就算他們打得贏好了——接下來就得面對陌生山頂的漫漫寒冬；再看看那些精瘦卻結實的護穴貓，即使剛才與鴉掌扭打成一團，也能臉不紅氣不喘。暴毛很清楚，如果非打不可，他們毫髮無傷、全身而退的機率幾乎是零；而且一旦有貓受傷，他們回家的路途將會更加辛苦。**為什麼午夜沒有預見這些事？**他覺得很疑惑。或者她早就知道，卻故意不告訴他們？

他看見尖石巫師從隧道口出現。**或許我們可以從他口中得到答案，**他想。

護穴貓紛紛後退，讓出一條路來給他們的領袖；棘爪上前走向尖石巫師，與他面對面。

「我想這其中一定有什麼誤會，」他開口說道。暴毛看得出來他在強作鎮定。「我們明天就要離開了，但您的部落貓似乎不想讓我們走。我們很感激您的幫助，並提供我們休息的地方，但是……」

他突然停下來，因為尖石巫師根本沒在聽他說話。尖石巫師的眼睛就像河床上溼漉漉的小卵石，在群貓身上來回打轉；然後他提高音量說：「我從殺無盡部落那兒得到了一個徵兆，現在是傾聽預言的時候了。」

「預言？什麼預言？」鼠掌問道。

「或許就跟大集會一樣。」暴毛回答。

「這裡又沒有別的部落。」

「或許跟殺無盡部落有關吧。」儘管對於目前被困住的情況感到很害怕，暴毛依舊對部落貓奇怪的信仰充滿好奇。

護穴貓慢慢逼近部族貓，將他們團團圍住，並把他們趕到尖石巫師剛才出現的隧道那頭。

「退後！」褐皮對其中一隻護穴貓高聲喝斥。「你們想帶我們去哪兒？」

暴毛也很納悶。他一直以為，第二條隧道只是通往尖石巫師的窩坑罷了。

「去尖石洞，」尖石巫師回答，「到了那裡，你們心中的疑惑就會得到解答。」

「要是我們不想去呢？」不等對方回答，鴉掌就突然撲向離他最近的護穴貓，對方足足比他大了兩倍。那隻護穴貓只是輕鬆地揮動腳掌，就把鴉掌甩到地上。羽尾朝那隻貓啐了一口，也揮動腳掌、伸出爪子。

暴毛頸背上的毛都豎了起來，然而就在這緊要關頭，棘爪發出嘶聲阻止大家。「不可以！如果他們想要解釋，我們可以先聽完再做決定。鴉掌，聽到了嗎？」

這隻見習生的全身毛髮都亂了，尾巴上的毛也七橫八豎，狼狽不堪地站了起來；雖然他凶狠地瞪著棘爪，卻沉默地服從了命令。

「快往前走！」一名護穴貓吼道。

暴毛跌了一跤，離他最近的護穴貓把他撞向隧道，害他差點失去平衡。他必須非常克制，才能安靜地移動腳步。接著他發現溪兒就走在他身旁，她開口時，眼神彷彿放下了重擔，發出溫柔的光芒。「別擔心，很快就會真相大白了。」

「我不擔心。」暴毛冷漠地說。他曾經以為他們是朋友，卻怎麼也沒想到她竟然會背叛他。「你們不能一輩子把我們關在這裡。」

她退縮的那一刻，暴毛似乎感到一絲勝利。「拜託……」她低語，「你不會明白的，這都是為了我們部落。」

暴毛噘起嘴，轉過身去；他跟著褐皮走進隧道，身後還有兩名護穴貓。

在一片黑暗中，他聽到尖石巫師溫柔地吟誦：「等殺無盡部落召喚我族，我族就傾身聆聽。」

暴毛聽見身後傳來更多吟詠的回應，不只護穴貓，其他的部落貓也紛紛走進隧道裡。「岩石間、池塘裡、空氣中，和水面的光影，墜落的獵物和小貓的哭鬧、一道爪痕與血液的跳動聲間，我族聆聽您的召喚。」

吟誦聲在暗影中迴盪。暴毛看見不遠的前方有一道篩進洞裡的月光，映照出前方褐皮豎起耳朵的灰色剪影。他跨步走進另一個洞裡，就在這一刻，他所有的恐懼和挫折都不見了，只是目瞪口呆地看著眼前的景象，心中充滿敬畏。

這個洞穴比剛才他們離開的還要小。頭頂上是道鋸齒狀的裂縫，一道月光就這麼射進洞內，融化在地上如水的昏暗光輝中。暴毛站在一片尖石林中，這裡的尖石比主洞穴更多，有些從地上拔起，有些則是上下顛倒地懸掛空中，尖角就指著他的頭，有的上下尖石甚至彼此相連，好像在支撐洞穴一樣。淡黃色的水滴緩緩流下，滴入這個硬石池塘，激起陣陣漣漪。

今天早上下過雨，打進洞裡的雨水在暴毛四周留下幾個小水窪。在外面還很清楚的瀑布聲，在這裡卻只聽得到微弱的聲響，他幾乎能聽見從頭上墜落的水滴聲。

每一隻部族貓都靜默不語，他們跟暴毛一樣，眼裡滿是敬畏。這裡讓暴毛想起慈母口，同樣是沉浸在月光下的洞穴，同樣讓他覺得自己很渺小；但這裡不是星族的故鄉，而是殺無盡部落的。他們在離家千萬里的異地，是否也能得到祖靈的看顧呢？他不禁打了個冷顫，並在心中默默向星族禱告：**即使在這裡，也請祢們庇佑、指引我們。**

護穴貓將部族貓趕到洞穴深處，而尖石巫師則昂首走在前方，然後在石林中間停住。他轉過頭來面對貓群。「我們現在站在尖石洞中，」他的聲音很高亢，卻不帶任何情緒。「月升在此，在岩石間、在流水中，以前如此，以後也不例外。說預言的時刻到了。現在就讓我們召喚殺無盡部落，請祂們顯現心中的願望。」

「顯現心中的願望。」其他的部落貓也異口同聲地朗誦。幾乎所有的貓都跟著部族貓擠進了這個小洞中，空氣裡瀰漫著潮溼的氣味，也因為擁擠而變得暖和。

尖石巫師彷彿一個死氣沉沉的影子來回踱步，注視著那幾個水坑。他的雙眼反射著月光，身上的泥巴看起來比以往更邪惡、更像石頭。溪兒曾經告訴暴毛，殺無盡部落賜給她的首領九條命，一如星族賜給每位族長的一樣，不過這個傳說，他直到現在才真正相信。在似水柔光的照射下，被古怪石峰包圍的尖石巫師，看起來比所有的森林貓都要強大。

這位部落首領終於在最大的水池邊停了下來，低聲呢喃道：「我們向您問好，殺無盡部落，同時也獻上我族最誠摯的謝意，感謝您終究還是在尖牙的脅迫下，拯救我們的性命。」

「我們感謝您。」部落貓都低聲呼應。

暴毛緊張地與伙伴們交換眼神，並從他們眼中看見自己也同樣困惑。尖石巫師這句話究竟是什麼意思？誰是尖牙？為什麼要說他們從尖牙的威脅中逃過一劫？

「為什麼……」鼠掌才要開口，身邊的護穴貓就嘶嘶作響，不讓她繼續說話。

尖石巫師繼續說道：「殺無盡部落啊！我們由衷地感謝您帶來這位應許之貓。」

「我們感謝您。」部落貓再度應和，聲音也愈來愈高亢有力。

尖石巫師抬起頭來，宣布：「把他帶到前面來。」

暴毛還來不及抗議，就被兩隻強壯的護穴貓推到前頭。最令他吃驚的是，他滑了一跤，跌進一個水坑中，完美的月光開始不停搖動，然後裂成了碎片。部落貓都倒抽了一口氣，有隻貓還低聲地說：「真是個惡兆！」

暴毛努力地保持鎮定。他甩開爪子上的水，往前走向尖石中央，來到尖石巫師身邊。

「你在做什麼？」

尖石巫師伸出一隻腳掌，要暴毛安靜。當他輕聲低語時，月光照出他眼裡隱藏不住的勝利光芒。「不要發問。這是你的命。」

暴毛環顧四周，發現部落貓也都滿懷期待地看著他。「這是你的命。」他們重覆。

他的感覺果然是對的，他確實享有部落貓的「特殊待遇」，而如今他就要知道為什麼了。

「時間已到，」尖石巫師嚴肅地吟誦，「應許之貓在此，我們終將逃過尖牙的威脅。」

尖石巫師的話彷彿破除了魔法，暴毛的朋友們全都想上前站到他身邊，可是護穴貓卻無情地將他們推回原地。鼠掌啐了一口，鴉掌和褐皮也都忿怒不已，緊抓住冰冷的石塊，只有棘爪力勸他們不要輕舉妄動。這群洞穴貓顯然也不想打架，他們收起爪子，但仍不忘將森林貓團團圍住。

「尖牙是隻巨貓，」尖石巫師說道，因內心的恐懼而壓低了聲音。「他住在山裡，把部落貓當成食物。幾個季節以來，他一直不斷奪取我們的性命。」

「他看上去就像是一隻獅子，」鷹崖說道，還問了一句：「你們知道獅子是什麼嗎？」

「我們有聽過獅族的傳說，」暴毛回答，但還是不懂尖牙跟他有什麼關係。「我們知道獅子具有不凡的力量與智慧，一身金色的鬃毛就像陽光般耀眼。」

「尖牙沒有鬃毛，」尖石巫師說道，「或許是他太邪惡，才會失去美麗的毛髮。他是我們部落的敵人。」他冷冷地說，眼中閃過冰冷的回憶。「我們擔心整個部落的貓都會死在他爪下。」

「但是，殺無盡部落給了我們一隻應許之貓。」暴毛一聽到溪兒的聲音，連忙轉過頭去。她走過來看著他，眼裡滿是仰慕。「暴毛，你就是祖靈揀選的那隻貓。你即將拯救我們的部落；我相信你一定可以的。」

「我要怎麼救？」暴毛發怒了，把腦袋裡亂七八糟的困惑全都拋到一旁。「你們希望我怎麼做？」

「上次月圓，殺無盡部落給了我們一則預言，」尖石巫師向他解釋，「祂們說，有一隻銀毛貓會從尖牙的魔爪下拯救我們。所以當我們一看到你出現在池邊，就知道你是我們的應許之貓。」

「不可能是我，」暴毛抗議：「我來自一個遙遠的森林，而且我從沒見過什麼尖牙。」

「沒錯，」棘爪上前走到暴毛身邊。「很遺憾尖牙攻擊你們，但我們自己的家園也危在旦夕啊！」

「或許還是前所未見的危急，」羽尾憂心忡忡地附和。「所以我們一定得走。」

尖石巫師輕彈了一下耳朵，護穴貓立刻上前將他們圍住，推向洞口，除了暴毛；他被另一個巡邏隊包圍起來。羽尾想盡力突破重圍，朝哥哥奔去，卻被離她最近的護穴貓擊倒在地。

「不准你碰她，你這個狐狸屎！」鴉掌一面咒罵，一面撲向護穴貓，並朝他的耳朵用力一抓。兩隻貓在地上扭打起來，伸出爪子要攻擊對方，直到棘爪把鴉掌拖走。

「現在不是打架的時候，」他對這個見習生發出嚴正的命令。「如果你死了，對我們有什麼幫助？」

「現在就要打！」鴉掌咆哮道：「我寧願戰死也不要困在這裡。」

「只要你一句話，」褐皮在她弟弟耳邊低語，「我就把他們的皮剝下來餵老鷹。」

「星族啊，請幫助我們！」羽尾被護穴貓拖到隧道入口時，忍不住放聲大叫。「請讓我們知道，您並沒有遺棄我們！」

「不要害怕，」尖石巫師試著安撫森林貓。「這是殺無盡部落的心願。」

當暴毛看見朋友們都被拖回主洞時，覺得自己好像掉進一池深水裡。他想追上那些森林貓，卻被鷹崖和其他護穴貓給擋住。

「那裡，」鷹崖一面說，一面用尾巴指向尖石洞的盡頭。「有一個為你準備的窩坑。」可是當暴毛惡狠狠地瞪著他時，鷹崖又尷尬地說：「其實事情沒有你想像的那麼糟啦！你會幫我們殺死尖牙——殺無盡部落是這麼說的——之後如果你想走，我們是不會攔你的。」

「殺死尖牙！」暴毛大叫，回想起那天狩獵時聞到的惡臭，以及在瀑布頂端瞥見的陰暗身影——想必那就是尖牙潛行著靠近洞口，難怪當時溪兒和整個巡邏隊都嚇壞了。「如果連你們都打不過了，我一個怎麼可能打贏？這真是跟老鼠腦袋一樣愚蠢的點子。你們全都瘋了！」

「不是的。」尖石巫師再度開口，朝暴毛走來，站在他身邊。「你要相信殺無盡部落，祂們給的徵兆再明顯不過，加上你來到我們部落——一切都跟預言說得一樣。」

「我只相信星族。」暴毛頑固地回嘴，想要掩飾自己心裡的恐懼。難道他的戰士祖靈真的遺棄他了？

「快去你的窩坑吧，」尖石巫師說，「我們會為你準備獵物；事實上我們一直在等你，你不必擔心我們會虐待或傷害你。」

但你們會把我關起來，暴毛絕望地想。他獨自往洞底走去，找到了鷹崖所說的窩坑，洞裡放了溫暖的乾草和羽毛；幾條尾巴之外的岩石中間也有一個鋪了床的小窩，他猜想那大概是尖石巫師的窩坑。

暴毛在離他最近的水窪舔了幾口水，然後坐下，將頭埋進前掌，思考該怎麼逃走，但是他仍為了遭受背叛而痛苦萬分，根本沒辦法思考。他曾經這麼相信部落貓是真心喜歡他，不像他在河族的友誼，總是蒙上一層質疑他身世或忠誠度的陰影；沒想到這群部落貓也只是想利用他來完成自己的預言。

不久，溪兒出現了，嘴裡叼著一隻野兔，靦腆地把兔子放在他面前。「我很抱歉，」她輕聲地說，「難道待在我們部落，真的讓你這麼痛苦嗎？我……我想當你的朋友……暴毛，如果你願意的話……」她開始吞吞吐吐，接著又說：「如果你願意的話，我可以留在這裡陪你。我們這裡會幫對方整理毛髮，尤其是在痛苦的時候，我們稱之為『親密的安慰』。」

暴毛恍然大悟，她指的一定就是「分享舌頭」。不久前，如果能與溪兒相互分享舌頭，他一定會很開心；可是，現在這個主意卻惹火了暴毛。難道她真的認為，在她的背叛和欺瞞之後，他還會想跟她分享舌頭嗎？

「暴毛……？」溪兒明亮的雙眼流露深深的悲憫，此刻卻像烈火般燙傷了暴毛的心。他轉過頭去，一聲不吭。

他聽見溪兒一聲沉痛的輕嘆，然後她的腳步聲逐漸消失在隧道盡頭。她離開後，暴毛用一隻腳掌將野兔翻了過來。一整天的狩獵早就讓他餓壞了，但現在看見食物卻覺得難以下嚥；他最後還是勉強把獵物吞進肚子裡，因為他知道，不管接下來發生什麼事，都要保持體力。

暴毛蜷縮在窩坑裡，睜大雙眼盯著同伴們消失的隧道。鷹崖和其他護穴貓仍守著洞口，暴毛望著他們，發現尖石巫師也從陰暗處現身，經過護穴貓回到主洞穴。在護穴貓與暴毛中間，有一塊水窪在冰冷的月光下閃閃發光。它讓暴毛想起了河水，但他懷念的是河水流動的潺潺聲，與上頭耀眼的波紋和四濺的水花。

他閉上眼，想要小睡一下，卻一直想著自己根本不該踏上這趟危險的旅程——他既不是星族選中的貓，也沒有得到夢的啟示。他真希望這趟旅途只是一場惡夢，一覺醒來後，就回到溫暖的河族老家。

第十三章

葉掌心神不寧地在皎潔的月光下移動腳步，傾聽風在四喬木的老橡樹間輕聲嘆息。她和煤皮正趕著與其他巫醫碰面、準備一起前往慈母口，現在半圓的月亮已經高掛夜空了。

「他們遲到了，」煤皮說，「我們這是在浪費月光。」

小雲，影族的巫醫，正愜意地躺在一個鋪滿草的淺坑裡。「應該快到了吧。」

煤皮猛地抽動尾巴。「我們要把握在月亮石的每分每秒，尤其是今晚。我們得想辦法對付兩腳獸。」

葉掌也努力忍住對河族巫醫的不耐煩。**他們早就該到了！或許對他們來說，與星族交談是無關緊要的小事吧，反正他們的領土還沒被兩腳獸入侵**。現在好安靜，兩腳獸的怪獸們都睡著了，但葉掌知道，牠們還不會停止破壞樹林間這片傷痕累累的土地。

少了原本只在夜晚才敢出來走動的獵物聲，樹林裡顯得異常安靜。

一想到獵物，葉掌的肚子就餓得咕嚕咕嚕叫。出發前，煤皮先給了她可以抑制食慾的旅行藥草，不過她早就不記得上次吃飽喝足是什麼時候的事了，所以這些藥草也無法充分發揮作用。這次的災難影響了每一隻部族貓，缺乏食物讓他們體弱無力，再也不能跟從前一樣飛跑狩獵。禿葉季已經悄悄逼近，清脆的枯葉被凜冽寒風一吹，在空中轉了幾圈，又飄落地面。葉掌實在看不出來星族能幫他們什麼忙。

更讓她覺得丟臉的是，肚子又不爭氣地叫了起來，聲音大到連其他貓都聽得到。小雲對她拋來一個同情的目光。

「黑星開始派戰士去垃圾場抓老鼠和鴉食了。」他告訴煤皮。眼神暗了下來。「今天還沒有貓生病，不過這是遲早的事。」

「希望你還記得上次生病時，我給你的那些藥草和莓果。」煤皮回答。

「我已經在收集它們了，我想很快就會派上用場。」

「告訴你的族貓，千萬別碰烏鴉食物，」煤皮建議他，「新鮮的鼠肉還可以，但是腐肉千萬不行。」

小雲嘆了口氣。「我不是沒試過。但是黑星已經宣布了，誰敢違背他的命令？我們的貓都已經餓到看見食物就吞了。」

這時，葉掌發現河族巫醫——泥毛，和他的見習生蛾翅，正從河裡爬上岸。見到朋友讓她忍不住興奮地跳起來，儘管發現蛾翅還是吃得飽飽的，光亮的金色長毛仍令她感到嫉妒。

「終於來了！」看見兩隻貓迎面而來，煤皮朝他們大喊：「我還在想該不會有哪隻魚跳出水面，把你們給吃了哩。」

「這個嘛，我們還不是到了。」泥毛停下來打完招呼，隨即帶著大夥兒沿著谷頂往風族的邊界走去。

煤皮和小雲隨後，葉掌則與蛾翅肩並肩地走在最後。

「捕魚課讓我惹上麻煩了，」葉掌低聲說道，「我就知道不該吃你們的獵物。」

「你們族長沒有權力懲罰妳！」蛾翅憤憤不平地說，「我們是巫醫耶！」

「儘管如此，我們也不該偷獵，」葉掌回答，「巫醫跟其他貓一樣，都該遵循戰士守則。」

蛾翅哼了一聲。「我倒覺得漸入佳境，」沒過多久她又說道，「泥毛告訴我治療綠咳症和黑咳症的藥草，還有從肉趾拔刺的妙方，他還說從沒見過動作這麼靈巧的貓呢。」

「太好了！」葉掌發出高興的呼嚕聲。她一點都不在意好友的自誇，因為蛾翅非常沒有安全感。蛾翅是無賴貓的女兒，許多同族的貓都不相信她有資格接受巫醫訓練，所以蛾翅拚了命地想要證明給他們看。

當他們抵達風族邊界時，葉掌突然感到一陣不安。雷族與風族的衝突才剛發生不久，他們的戰士仍然充滿敵意；風族似乎打定主意，不向外界洩露他們面臨饑荒的事，但這卻掩飾不了他們瘦削的體態和無神的雙眼。如果他們這時在領土上發現巫醫，會不會冒險發動攻擊呢？如果她把這個重大的衝突告訴蛾翅，火星知道了一定會非常生氣吧。

巫醫們一刻也不休息地越過邊界，他們配合著煤皮跛行的速度急忙趕路。等貓群爬上一座小山丘時，葉掌低頭一看，只驚恐地發現被兩腳獸蹂躪的大地暴露眼前。風族領域的傷痕，比她和栗尾初次造訪時還來得更長、更寬，幾隻兩腳獸的怪獸蹲踞著，皮膚在月光下散發出刺眼的光芒。如果有一座小山丘擋住怪獸的去路，牠們會毫不留情地張開大口，從中間挖開一條道路，任憑翻開的土壤堆在兩側。牠們該不會是想把整個荒原都吞進肚子裡吧？

葉掌打了個冷顫，然後跳到導師身後。她在離風族營區不遠的地方，看見他們的巫醫——吠臉，正從金雀花叢後方出現。雖然葉掌早已猜到他會變瘦，但沒有想到會這麼嚴重——簡直就像披著破爛皮膚的活動骨架。

煤皮迎上前去，同情地與他磨蹭鼻頭。「吠臉，願星族與你同在。」她說道。

「也與我族同在。」吠臉發出一聲長嘆。「有時我在想，或許星族希望每隻貓都去天上，與祂們同在；現在連傳承戰士守則的小貓都快活不下去了。」

「或許等我們到月亮石分享夢境時，祂們就會告訴我們該怎麼做了。」煤皮試著鼓勵他。

「風族的處境真的愈來愈糟。」蛾翅一面在葉掌耳邊低語，一面睜大她那雙琥珀色的大眼睛。「他們一直跑到河邊偷魚，妳知道嗎？鷹霜已經逮到好幾個了，而且把他們統統趕走。」

「他們非得到其他地方獵食不可。」葉掌知道風族戰士這麼做的確不對，但又不忍心責備他們，畢竟現在河裡也沒有補不完的魚可以給每一隻貓享用了。她猛然想起火星的話，發現他的推斷很正確——兩腳獸在整座森林裡肆虐，而在牠們摧毀森林的同時，也一併破壞了部族間隱形的疆界。或許大夥兒唯一的生存之道，正是打破疆界，一起合作解決困難。

蛾翅停下腳步嗅了嗅空氣。「等等，我聞到野兔的氣味——至少我覺得應該是隻野兔；雖然氣味有點怪……沒錯，你們看，就在那兒！」

她的尾巴指向荒原下方，那裡有一條小溪潺潺流過石塊。他們發現石塊旁有個小小的棕色軀體。

「牠死了。」葉掌說道。

蛾翅不以為然地聳聳肩。「所以牠是烏鴉食物囉。我猜風族現在也沒辦法計較是不是烏鴉食物了。嘿，吠臉！」她叫道：「你看我找到什麼了。」她朝死兔的方向往下衝。

「別動！」吠臉嚴厲地喊道：「別碰牠！」

蛾翅急忙煞住腳步，停在那隻毛茸茸的兔子身旁，回望小丘。「又怎麼了？」

吠臉往山下走去，來到蛾翅身邊，而葉掌和另一隻巫醫也緊跟在後。他小心翼翼地來到野兔前面嗅了嗅，葉掌也學他聞了聞死兔子；她忽然想起這個氣味——跟她和栗尾造訪風族那天聞到的簡直一模一樣。她的肚子不停翻攪，拚命想忍住嘔吐的感覺。不管那隻兔子發生了什麼事情，絕對都不適合拿來當做食物。

「是的，我猜的沒錯，」吠臉低聲地說，眼神彷彿蒙上了一層烏雲。「又是這個氣味……」他轉身面對他們，輕聲向大家解釋道：「兩腳獸們在這片土地上，對野兔做了一些可怕的壞事，所以兔子都死了；如果貓吃了這些死掉的野兔，也會跟著死掉，我們因此失去了一半的長老，以及幾乎所有的見習生。」

接下來是一片死寂。葉掌深深同情起他們來。高星在與火星碰面那天，居然什麼也沒說；

那隻高傲的風族族長，寧可讓其他族認為他們在自己領土上捕不到獵物，也不願讓他們知道自己的族貓們正一個接一個地因為獵物而死。

「你難道幫不上忙嗎？」泥毛問道。

「你以為我沒試過嗎？」吠臉看起來很激動。「我給他們服用蓍草，逼他們把食物吐出來，就像逼他們吐出誤食的死莓那樣。兩隻比較強壯的貓活了下來，但其他貓全都撐不過去。」他的腳爪使勁地撕扯前方的草皮，眼裡全是傷痛與挫敗。「當連獵物都能殺死我們時，我們還有什麼希望呢？」

煤皮一跛一跛地走到他身邊，口鼻部在他的側面來回磨蹭。「我們出發吧，」她低聲說道，「我們可以請星族對這件事，還有其他所有的事指引方向。」

「要不要把這隻兔子埋起來？」當其他的貓開始爬上小丘，葉掌問道。「萬一被其他貓發現了怎麼辦？」

吠臉搖搖頭。「不必了，現在沒有任何風族貓敢碰死兔子。」他張開扭曲的大嘴忿忿地說：「我們現在知道，只有自己活捉的獵物才最保險。」他意志消沉地低下頭、垂下尾巴，沉重地朝高岩山前進。

葉掌對著月亮石上的一片銀光眨眨眼，任憑這光把她照得像一隻沉落深水底下的魚。在高岩山底下，這個深處的洞穴裡，才比較容易相信是星族統治了一切，而上頭那個世界似乎遠得不重要；巫醫到月亮石來，是為了向星族求取智慧，並將智慧帶回家鄉，幫助他們的族貓。尤其在這個黑暗時期，他們需要更多智慧來抵抗邪惡勢力。

其他巫醫跟她一起臥倒在石頭周圍，蛾翅在葉掌的身邊，懾服於眼前閃著微光的水晶石，驚訝得睜大了雙眼。為了集中精神，葉掌將那些關於蛾翅和她哥哥鷹霜的疑問，全都拋在一旁。蛾翅也有權利來這裡——星族允許她成為巫醫見習生之前，曾經在泥毛的窩前留下一隻蛾的翅膀，做為同意的徵兆。

在簡短地對星族禱告、懇求祖先指點迷津後，葉掌閉上雙眼，將鼻子壓向石頭。冰冷的寒意像爪子一般把她給抓住，洞穴堅硬的地面彷彿從她身體底下消失；她覺得自己好像漂浮在半空中。

鼠掌！鼠掌！妳聽得到我嗎？她靜靜地呼喚。她好想知道自己的姊姊是否平安無恙，也想知道：這些被星族選中的貓，是否已經找到解決森林災難的方法呢？只要能找到鼠掌，就能帶給她和其他的貓信心和希望。

但是，今晚似乎有什麼東西擋住了她。宏亮的急流聲劃破寂靜，原本漆黑的前方出現了一道瀑布，流水不斷注入底下的水池；葉掌還沒來得及反應過來自己在看的是什麼時，雲朵便攪亂了一切；葉掌在雲霧中聽見一聲淒厲的吼叫，彷彿瞥見了銳利的毒牙；她好像感覺到戰士祖靈，於是伸出腳掌想擁抱星族，最後只抓到一群在四周徘徊、瘦弱的貓群幻影；他們的身上布滿一條條泥濘和血痕，全都絕望地看著前方，彷彿葉掌的背後有什麼令人害怕的東西。她以為自己在大聲呼喚他們，但對方沒有回應，她甚至不確定這群貓究竟看不看得見她。

一陣旋風吹走了所有幻影；天搖地動般，葉掌驚醒了。她困惑地眨眨眼，環顧陰暗的山洞——這裡除了銀毛星群微弱的光芒外，只有一片黑暗。在昏暗的光線中，她認出蜷伏在她身邊的貓，一隻擁有玳瑁色美麗皮毛、雪白的前胸，和純白腳掌的母貓。她的身上散發出甜美的藥草氣味。

葉掌一開始以為她是栗尾，隨後才想起她的朋友還在雷族的營地。那蛾翅和其他貓又去哪兒了？葉掌恍然大悟，山洞裡只有她，和這隻玳瑁色的母貓。

玳瑁色母貓睜開眼，轉向葉掌，對她眨眨眼睛。「妳好，」她溫柔地說，「別為妳的姊姊及部族憂心。雖然巨大的災難已經到來，但是貓族非常堅強，而且擁有過人的勇氣，貓族會克服這些困難的。」

葉掌愣住了。原來她不是醒過來，而是進入另一個夢境。當她發現眼前這隻玳瑁色母貓是誰後，更是訝異。她聽過許多關於她父親剛進雷族時，某位友善的巫醫曾幫助他的故事，也曾經在夢中為火星指點迷津，協助他順利當上族長。

「祢……祢是斑葉嗎？」她問道。

玳瑁色母貓鞠躬說道：「是的。看來火星已經跟妳提過我了。」

「對。」葉掌好奇地盯著這隻母貓。「他跟我說，祢幫了他很多忙。」

「我愛他，就像愛我的族貓一樣，」斑葉發出高興的呼嚕聲。「身為一隻巫醫，或許我太過偏愛他；要是星族沒有選我踏上祂們的道路，一切會完全不一樣。」祂充滿愛意地瞇起雙眼。「我自己沒有孩子，葉掌，所以無法形容當我知道火星的女兒即將成為巫醫時，心裡有多麼高興。我知道星族一定為妳準備了重要的任務。」

葉掌吞了口口水，「我可以問祢一件事嗎？」她吞吞吐吐地說。

「當然可以。」

「祢可以看見鼠掌嗎？她現在好嗎？」

斑葉猶豫了許久。「我看不見她，」祂最後回答，「但我知道她在哪裡。她很安全，而且正在回家的路上。」

「既然祢知道她在哪裡，為什麼又說看不到她？」葉掌質疑。

斑葉露出和善與同情的眼神。「鼠掌現在落在異族的戰士祖靈手上。」

「祢這是什麼意思？」葉掌回憶起剛才她試圖與鼠掌接觸時，所感受到的那隻可怕的血紋巨貓。在這場夢裡，她瞪大了雙眼，甚至還被這句話嚇得跳了起來。「誰的戰士祖靈？除了星族外，不可能還有其他的戰士祖靈！」

斑葉輕聲笑了起來。「孩子，這世界比妳想像的還要廣闊，那些是其他祖靈所領導的貓，妳要學的事情還很多呢。」

葉掌感到一陣暈眩，她結結巴巴地說：「我以為……」

「星族並沒有掌控天氣，不是嗎？」斑葉溫柔地說，「祂們也無法讓太陽升起，或控制月亮的盈缺。孩子，別因此害怕，」祂繼續說道，「從今以後，無論妳走到何方，我都會守護著妳……」

祂的聲音逐漸消失，身體也變得模糊不清，緩緩化成一片漆黑。過了一會兒，葉掌居然看見祂那星辰般閃耀的雪白胸膛，和祂那雙明亮的眼睛。最後她眨眨眼，從夢中醒來，回到原本的山洞中；蛾翅和其他巫醫都在她身邊伸展身體、交談。

這是真的嗎？她疑惑極了，卻也因為暈眩而沒辦法大聲發問。**鼠掌他們現在真的落在異族的手上——這難道表示他們來不及拯救森林嗎？**

當葉掌搖搖晃晃地站起身時，似乎還能聞到斑葉甜美的氣息。

第十四章

羽尾無奈地轉頭看了隧道入口一眼，接著就被護穴貓推出隧道，回到主洞穴。遠離哥哥的每一步，都好像有看不見的利爪在撕扯她的心。

尖石巫師說，暴毛是從尖牙口中解救部落的應許之貓——這句話到底是什麼意思？她的哥哥的確是個強壯、勇敢的戰士，比這趟旅程的任何一隻貓都更英勇；但是如果尖牙真的像部落貓所說得那樣巨大、恐怖，那麼就算是最勇猛的戰士，又怎麼對付得了牠？

「求求你，」她向其中一隻護穴貓說，那是隻巨大的泥色虎斑貓，寒冬蒼穹下的碎石。「你們不能把暴毛關在這裡，他得跟我們在一起。」

那隻部落貓露出同情的眼神，但還是堅定地搖搖頭。「不行。他是殺無盡部落派來的應許之貓，祂們說過有隻銀毛貓會來這裡。」

「但是……」

「不用再跟他們爭了，」鴉掌在羽尾耳邊大吼；「一點用都沒有。如果真要把暴毛救出來，唯一的辦法就是跟他們打一架。」

羽尾看著這隻風族貓兒一身豎起的毛髮和他眼中好鬥的光芒。「不，我們不能這麼做，」她哀傷地說：「他們太多了。」

「真搞不懂部落貓為什麼這麼害怕尖牙，」他不屑地啐道：「打從我們來到這裡，根本連他的鬍鬚都沒見過，尖牙到底有什麼了不起的？」

「沒見到他是你運氣好，你應該要心存感激。」碎石說道。

鴉掌露出他的牙齒，但這次他忍了下來，沒再跳到護穴貓身上，只是轉身用鼻頭磨蹭羽尾的口鼻處。羽尾很清楚，為了她，鴉掌甚至敢跟整個星族對抗，但他也必須明白，現在開戰對他們一點好處也沒有。

護穴貓將部族貓趕回他們的窩坑。

「怎麼回事？」棘爪意外地說，「你們不是要把我們趕出去嗎？」

「在這麼冷的夜裡？」泥巴護穴貓憤慨地說：「我們可沒這麼邪惡。現在外頭寒風刺骨、危機四伏，你們可以先在這裡休息、吃東西，明天一早再走。」

「所以暴毛也會跟我們一起走囉？」褐皮懷疑地問。

碎石搖搖頭。「不會，我很抱歉。」

其他的護穴貓紛紛離去，只剩碎石和另一隻護穴貓留在幾條尾巴遠的地方看守他們。幾位「半大貓」叼著獵物向他們跑來。

「真是太好了，你說對不對？」第一位「半大貓」興高采烈地說，並將嘴裡的獵物扔到地上。「再也沒有尖牙了！」

「閉嘴啦，你這個甲蟲腦！」他的同伴厲聲斥責，狠狠戳了他的肚子一下。「鷹崖說我們不能跟他們說話。」

他們沒有停留，扔下獵物就趕緊離開，同時還四處張望，確保沒有被其他貓兒發現他們違反規定。

「我才不要吃！」鴉掌啐了一口，氣呼呼地瞪著那一小堆獵物。「我不要部落貓的施捨。」

「萬能的星族！」褐皮大聲地嘆了口氣：「你這個笨毛球，不吃東西哪有力氣？你需要儲備比現在多兩倍的體力——才能拯救森林、拯救暴毛！」

鴉掌喃喃自語著什麼，但是也不再抗議，並將一隻隼從獵物堆裡拖了出來。

「所以，」趁著大夥兒聚在一塊兒分食剩餘的獵物時，鼠掌開口道：「我們不會就這樣算了吧，對不對？接下來該怎麼辦？」

「但是我們能做的不多，」棘爪指出：「光憑我們是不足以打贏護穴貓的。」

「你該不會想拋下暴毛，自己回家吧？」鼠掌不敢置信地瞪大她那雙綠色的眼睛。

棘爪沒有說話。羽尾看得出他的猶豫不決與痛苦；她打了個冷顫——從他們離開森林的那一天起，她就由衷地敬佩這位年輕戰士了不起的戰鬥技巧，並把他當成他們的首領。如果連棘爪都不知道該怎麼做，那暴毛還有什麼希望呢？

「我們根本就不該上山！」褐皮低吼道：「這比在兩腳獸的地盤還辛苦千百倍。午夜跟我們提過部落貓，所以她也一定也知道尖牙。她為什麼還要我們走這條路呢？」

「這一定是她的詭計，」鴉掌發出嘶嘶聲。「我就知道根本不該相信那隻獾。」

「她為什麼要耍我們？」棘爪不同意。「星族派我們去找她，她也跟我們說了兩腳獸會摧毀森林的預言；如果我們不相信她，那這一切還有什麼意義？」

羽尾想支持他，但她突然想起，當他們在森林邊緣討論該走哪條路時，波弟說過的話。

「那時波弟曾試著警告我們不要走山路，」她大喊，「可是午夜不准他再說下去。褐皮說得對，他們兩個都知道。」

她環顧四周，發現自己的驚恐也寫在同伴們的臉上。

「午夜也說過我們需要十足的勇氣，」一陣寧靜的僵持後，棘爪過了一會兒才又開口。「她說過，這條路已經為我們開啟，所以她知道即使山裡有部落貓和尖牙，我們也一定能夠克服難關。這倒提醒了我，我們一定得沿著正確的路回家。」

「隨你怎麼說，」鴉掌輕蔑地笑道：「我想拋下一隻河族貓，對雷族戰士來說也沒什麼。」

「那風族又有什麼好在意的？」鼠掌憤怒地替伙伴辯護：「我還以為少了羽尾的哥哥，最開心的應該就是你吧！」

鴉掌跳起來，發出挑戰的嘶聲。鼠掌的綠眼睛也顯得怒氣騰騰。驚恐的羽尾強迫自己站起身子，把鴉掌擋開。

「不要再吵了！」她叫道：「你們難道看不出來，你們只是把事情愈弄愈糟嗎？」

「羽尾說得對，」褐皮說道，「我們來自哪一族並不重要。我們這裡就有四個擁有兩族血統的貓——你們有沒有想過，星族之所以挑上我們，就是因為這個緣故？如果我們再吵下去，真的會一無所有了。」

鼠掌盯著鴉掌好一會兒，最後才走開來，撕了一口兔肉塞進嘴裡。鴉掌望著羽尾，然後低下頭輕聲地說了句：「對不起。」

「所以或許我們可以不用自相殘殺，和平地坐下來討論吧？」褐皮挖苦地說。看到大家都沒有吭聲，她繼續說道：「別忘了，一開始星族並沒有挑選暴毛。他會跟我們一起踏上旅程，只是因為他不希望羽尾獨自承擔這個重任。」她停了一下，等她再度開口時，眼裡又多了一份不安：「如……如果部落貓沒有說謊，他真的就是從尖牙爪下拯救他們部落的應許之貓呢？」

「那實在太鼠腦袋了！」鴉掌叫道。

羽尾自己也不是很肯定。褐皮說出了羽尾第一次聽到尖石巫師的預言後，就不斷在她心中翻攪的恐懼。雖然暴毛不是純銀色的——比銀色還要再深一點，比較像他們的父親灰紋——但是他的確如部落貓的戰士祖靈所預言的，闖進了他們的地盤。

「妳的意思——」她的聲音開始顫抖，只好再說一遍：「妳的意思是，我們應該把他留在這裡？」

「不，當然不是。」棘爪的語氣異常堅定。「祂們又不是我們的祖靈，星族跟這個部落一點關係也沒有。不過我們不能靠戰鬥來救暴毛，得另外想辦法。明天早上，當他們要我們離開時，我們絕不能跟他們起衝突，一定要乖乖離開；之後再偷溜回來把暴毛救走。」

有好一會兒，這群森林的部族貓都沒有說話。他們看著對方，似乎正在研究這個辦法是否可行。羽尾開始感覺到一絲希望，接著她便警覺到，護穴貓好像在懷疑地打量他們；他們該不會偷聽到我們的談話吧？她輕彈耳朵，其他的部族貓看懂了她的暗號，緊緊地圍成一團。

鴉掌輕聲說：「說的簡單。」從他的口氣聽起來，他似乎很懷疑，但不像之前那樣冷嘲熱諷。「我們還是得想辦法進去裡面那個洞穴，但這整個地方都有護穴貓守著。」

「我們可以等到天黑。」褐皮提議。

「瀑布可以掩蓋我們的腳步聲。」鼠掌樂觀地附和。

鴉掌還是一臉懷疑。「這點我可不敢肯定——你們難道沒發現，部落貓根本已經習慣了瀑布聲，還能聽到在洞穴另一頭小貓發出的喵喵叫聲嗎？」

羽尾知道鴉掌說得對。她四下張望，懷疑起天黑或奔騰的水聲真能幫他們的忙？月光穿過轟隆作響的水簾，在洞穴中漂浮，但是厚重的陰影一下子又籠罩四壁。或許他們真的有一線希望，不管有多困難，他們一定得試試。暴毛是她的哥哥啊！

「我願意試試看，」她宣布。「你要把我留在這裡也沒關係。」

「呃，我……」鴉掌想要說什麼。

「不要想阻止我，」羽尾很快地打斷他的話。「我知道我們必須在兩腳獸把森林毀掉之前，將星族的訊息告訴所有的貓族，不過我們不需要所有的貓來完成這項任務，所以我可以留在這裡。」

「誰說我把妳留在這裡了？」鴉掌忿忿不平地反問她，脖子上的毛髮全豎了起來。「我剛才是要說，我願意幫忙。不過……如果妳不需要我……」

「別鼠腦袋了。」羽尾飛快地舔了他的耳朵一下。「抱歉我誤會了你，我當然希望你能陪我。」

「我認為我們不該分開。」棘爪若有所思地瞇起眼睛。「要就一起走，不然就全部留下。我們一起出發，當然也要一起走完全程──包括暴毛。」他很快地說。「趕快把晚餐吃完，早點休息，我們需要養足精神。」

羽尾很想服從他的命令；她低頭望著部落的「半大貓」為她準備的小隼，卻因為不安而吃不下。她試著把心思放在這群忠心的異族伙伴上。羽尾無法想像，當他們回到森林各自的老家時，會有多捨不得？少了這些曾並肩作戰的好朋友，她又怎麼能適應原本平靜的生活？

羽尾蜷縮在她的窩坑，累得快要睡著，但她忽然坐了起來。**那是什麼？**她將頭轉向一邊仔細聆聽。有誰在竊竊私語，可是這附近只有他們這些部族貓，而他們全都睡著了。羽尾抽了一下耳朵，愣住了。聲音是從瀑布那裡傳來的，幾乎被湍急的水流聲給掩蓋。她費力想聽清楚他們在說什麼。

銀毛貓已經來了，他們好像這麼說。**尖牙就要被消滅了！**

不，羽尾本能地在心中抗議。她想知道自己在跟誰說話。**你錯了，暴毛不是你們的貓，他一定得跟我們一起走。**

她安靜地等著對方回應，但那個聲音已經消失在轟隆隆的水聲中。羽尾開始懷疑，這一切到底是不是她的幻覺。又過了好長一段時間，月光悄悄爬上洞穴的地面，然後逐漸消失，精疲力竭的羽尾才終於帶著不安的心情進入夢鄉。

⚡⚡⚡

有隻腳掌粗魯地搖醒她。羽尾睜開迷矇的雙眼，看見鷹崖嚴厲的臉。「你們該走了。」他宣布。

其他護穴貓也紛紛搖醒她的同伴們。當她仍睡眼惺松、左搖右晃地步出窩坑時，看見尖石巫師站在通往尖石洞的隧道口，兩隻護穴貓機警地站在尖石巫師身邊，羽尾發現隧道裡應該是多了不少護穴貓——部落貓為了避免任何可能的救援行動，確保暴毛的確受到了重重保護。

「我們會帶你們到領土邊界，並告訴你們一條穿越群山的捷徑。」鷹崖說道。

「那暴毛怎麼辦？」棘爪一邊問，一邊甩掉身上的一根羽毛。「沒有他，我們不走。」

這位雷族戰士期盼暴毛能被平和釋放的最後希望，還是破滅了。鷹崖搖搖頭，「你們不能把他帶走，」他說道，「他的命運就是待在這裡，從尖牙的魔爪下解救我們的部落。我們會好好照顧他、尊敬他。」

「那一切就恢復原狀了，對吧？」鴉掌嫌惡地低聲抱怨。

護穴貓將這群森林的部族貓團團圍住，逼迫他們往出口的方向前進。羽尾發現鴉掌因為昨晚那隻護穴貓的一掌，有些吃力地跛行。

「你還可以走路吧？」她在他耳邊低語。

「我想我也沒別的選擇吧，」他不高興地說。過了一會兒才轉向她，用鼻頭輕觸她的口鼻。「別擔心，我沒事。」

當他們來到瀑布前，羽尾聽見自己的名字，轉身看到溪兒朝她奔來。

「我……我想跟妳道別，」她一邊走向她一邊說。「事情變成這個樣子，我真的很抱歉；但是如果沒有妳哥哥，尖牙會毀掉我們部落的。」

羽尾望著這隻年輕狩獵貓的眼睛，知道溪兒對自己的話深信不疑；但羽尾也忘不掉，暴毛曾經真心地相信她是他的朋友。交朋友對暴毛來說，並不是一件容易的事——這是半個部族血統的後遺症。他一直認為，他需要比其他戰士更努力表現，總是以為自己的技巧不夠厲害，或捕的獵物不夠多。眼前的這隻母貓，曾經贏得自己哥哥的信任，如今卻背叛了他，而且還可能眼睜睜地看著他為了拯救部落，死於與尖牙的戰鬥中。

「走吧。」鴉掌用他那被瀑布濺溼的尾巴輕拂羽尾。羽尾什麼也沒說，便轉身離開了溪兒；當她經過那條狹長的小徑時，她努力地想從轟隆隆的流水聲中再聽見什麼，可是今天她只聽見水流不停的重擊聲。

不管你在哪兒……她在心裡發誓，**我們一定會回來救出我哥哥。他是跟我們一起的，而他的命運絕對不在這裡。**

⚡⚡⚡

森林貓開始穿過山區，直到正午。護穴貓走在他們兩側，雙眼直視前方，他們甚至沒有停下來狩獵。空氣中滿是死氣沉沉的緊張氣氛，羽尾身上的毛髮也不斷隱隱作痛。

一路上，她試著將每塊岩石、每棵樹木、每條路的轉彎處都記在心裡，希望之後能循著自己留下的氣味回去洞穴。她現在比較熟悉岩石坡道了，但每條路看起來都一樣。護穴貓就不同了，他們對前面的路瞭若指掌，有時還會繞路避開卵石或懸崖。

有一次，鷹崖領著他們走向有碎石子滾落的下坡路，直通一條山澗。「喝吧。」他命令道，尾巴指向滾滾流水。

鴉掌瞇起眼睛，盯著水邊溼滑的石塊，而褐皮也與弟弟交換了一個疑惑的眼神。

「我們不會把你們推進水裡的，」鷹崖暴躁地說，「在山裡面，一定要把握喝水的機會。」

森林貓儘管滿是懷疑，仍然蹲下舔舐冰冷的溪水。

空氣寒冷而清新，太陽在淡藍色的天空中閃耀；風吹亂了他們的毛髮，不過沒有一點會把氣味沖掉的下雨徵兆。看到鴉掌的腿似乎已經無礙了，也讓羽尾比較放心；這隻年輕力壯的貓活動他受傷的腳，看起來傷勢似乎不太嚴重；褐皮也恢復得不錯，雖然羽尾看見有幾次她準備縱身跳躍時，還是退縮了一下，但褐皮什麼也沒說。

等他們爬上陡峭的岩山後，鷹崖就停了下來。

「這裡就是我們領土的邊界，」他宣布，不過這裡並沒有氣味記號。「你們可以走了。」

羽尾終於鬆了一口氣，她等不及要擺脫這群護穴貓和他們一張張嚴厲安靜的臉。

「朝那座山走，」鷹崖一面說，一面用尾巴指著一座銳利的高山，上方的山坡鋪滿了白雪。「有一條小路環繞那座山，通往綠色的遠方。在黑夜降臨前，你們都不會遇到尖牙的攻擊。」

羽尾覺得他太過強調尖牙這個猛獸了，好像岩石間就沒有其他的危險等待他們似的，而當她瞥見其他護穴貓對鷹崖做出警告的眼神時，心中的疑慮又加深了一些。「快走吧，」部落貓粗暴地說，不給她任何發問的機會。「趁現在還有陽光，快點走。」

他朝棘爪點點頭。「再見了，」他說道，「真希望我們是在比較愉快的氣氛下見面，我們兩族還有很多值得彼此學習的地方。」

「你們才沒有什麼東西值得我們學習，」鼠掌低聲抱怨，而看來鴉掌也唯一一次同意了她的看法。

「我也希望。」棘爪對他的同伴們露出冷峻的眼神，請他們保持安靜。「不過當你囚禁我們朋友時，我們兩族是不可能成為朋友的。」

鷹崖再次深深鞠躬，看來他真的為此懊悔不已。「這是我們的命運，也是他的命運，就像我們的戰士祖靈給我們承諾，你們的祖靈也給了你們承諾。」

他輕彈尾巴，召來其餘的巡邏貓。當棘爪領著部族貓爬上雜草叢生的坡道時，護穴貓們仍守在原處。很快地，綠色野草消失了，只見鬆散的石塊，再往上走則是一個尖石山脊。

棘爪在山頂停下腳步。羽尾回過頭，發現鷹崖和其他護穴貓還是緊盯著他們離開。

「他們想確定我們真的走了，」褐皮大吼。「這也表示他們會預防我們回去山洞。」

鴉掌毫不在意地聳聳肩。「他們會後悔莫及。」他用爪子緊緊扣住光禿禿的岩石。「要是讓我在這兒遇到一隻洞穴貓，我肯定把他變成烏鴉食物。」

棘爪用眼角瞪了他一眼。「如果可以的話，我希望盡可能不要打起來，」他說道，「你要記住，我們回家的路還很長，大家都禁不起再受傷。現在，」他補充道：「我們繼續往前走，讓他們以為我們已經徹底放棄了。」

棘爪在岩石間為大夥兒開路。路的另一邊突然沒有了土地，只剩一個長滿青草的山谷。山泉從裂縫中不斷湧出，注入底下的小池子中。水池旁長了兩、三株灌木。微風中，羽尾聞到野兔的氣味。

「我們可以先停在這裡嗎？」鼠掌懇求，「還記得他們說一有機會喝水，就千萬不要錯過嗎？在我們回去之前，可以先在這裡狩獵、休息。」

棘爪似乎有些猶豫。「好吧，但我們要提高警覺，以免那群護穴貓跑來探看。」

「我負責守衛，」褐皮說，「我的肩傷已經好了，」她補充道，「一有動靜，我就馬上通知你們。」

她彷彿抓老鼠一般，躡手躡腳地溜進岩石間，轉眼間就消失無蹤。鼠掌已經迫不及待地跳進山谷，大喊著：「快點，我餓死了！」

「她會把這裡到高岩山的每隻獵物都給嚇跑的。」鴉掌低聲抱怨，而棘爪則跟在鼠掌後頭，一溜煙跑開了。

羽尾看到棘爪追上那隻年輕的母貓，他們並肩奔馳，身上的毛髮也隨風飄動。即使這兩隻貓沒有察覺，但這趟旅程已經使他們變得更親密了。

「別管鼠掌了，」她轉身對鴉掌說，「我們去看看池塘裡有沒有魚。我可以幫你上堂捕魚課喔，這樣一來，我們回家的路上只要經過溪流，你就可以在抓魚的時候大顯身手了。」她突然住口，尷尬地看著地上。「不管發生什麼事，會捕魚總是一件好事。」

鴉掌的眼睛一亮。「好啊。」他忽然頓了一下，好像想說什麼，最後卻還是沉默地跟著那兩隻雷族貓的腳步往下坡奔去。羽尾跟在他身後奔跑，現在她的心亂成一團，對鴉掌的情感與對哥哥的擔憂不斷在她心裡拉扯。羽尾來到池邊，望向湛藍池水的深處。她和鴉掌有足夠的時間來思考回到森林後，該怎麼處理他們之間的感情；她的心裡有個微小的聲音一直提醒她，如果不同部族的貓想要在一起，一定會惹來大麻煩。可是此刻的羽尾，卻想把這個念頭拋開。她不耐煩地甩甩頭，現在唯一該想的事就是搜尋獵物、填飽肚子，才能儲備體力把暴毛救出來。

一道銀光突然從她眼前閃過，她馬上伸出腳掌、張開爪子，想把魚撈上岸。

「來這裡，」她開始教鴉掌，「這樣你的影子才不會映在水面上。一見到魚，動作一定要快！」

於是鴉掌向她走來，邊走邊對滿是爛泥的池邊做鬼臉。他在她身旁坐下，沒有盯著水面，反而看著羽尾的眼睛。「我知道自己不該問這個問題，但……我們回到森林後，妳還願意見我嗎？」他低頭看著自己的爪子，又說：「我想效忠我的部族，但……我再也找不到像妳一樣的貓了，羽尾。」

羽尾的皮毛開心地刺痛起來。她用鼻頭輕觸他的口鼻，心裡明白變幻無常的世界，讓他不敢相信她對他的愛能夠超越部族界線。「我明白你的感受，但我們也只能等待。不過，或許情況沒有我們想得那麼糟：森林裡發生這麼重大的危機，相信部族們一定得互相合作了。」

沒想到，鴉掌竟然搖搖頭。「我看不出部族間有合作的機會。一直以來都是四個部族。」

「唔，或許這個一直以來的規矩會有所改變，」她悄悄地說，「好，現在看你逮不逮得到那隻魚？」

鴉掌用尾巴輕拂她的肩，然後彎腰蹲在水池前；沒多久他就出掌襲擊，一隻魚被拋彈出水面，落在地上不停扭動。鴉掌趁魚兒來不及溜回池子前，大口將牠咬起。

羽尾興奮地跳起來，親暱地用鼻頭撞了一下他的肩膀。「好棒！看來你也變成河族貓啦。」話一出口，她就慌忙地住口，而鴉掌也領會地對她眨眨眼。

他的眼神很動人，羽尾多麼希望他們的同伴也能看到鴉掌積極熱情的一面，而非他那張充滿戒心、難以相處的臉。

她抬起頭，岩石上的景象打斷了她的思緒。原來是褐皮正伏在一顆平滑的大石頭上。

「護穴貓都離開了，」這位影族戰士對下方的貓兒們喊道：「不過我還是會繼續守衛。」

不久後，棘爪和鼠掌就帶著幾隻野兔和老鼠回來；再加上羽尾和鴉掌抓到的魚，今日的晚餐可說是相當豐盛。

雖然始終沒有部落貓的蹤影，他們還是輪流守衛，接下來的一整天都在灌木的掩蔽下度過。對羽尾來說，安靜空曠的大地遠比密不通風、吵雜的洞穴更讓她自在。

黑壓壓的烏雲籠罩天際，彷彿不祥的預兆遮蔽太陽；風勢轉弱，空氣變得陰沉而潮溼，彷彿大雨隨時會來。

最後，日光消逝，陰影逐漸籠罩山谷。

棘爪舉起腳掌。「時候到了。」他說。

他開始往上坡走。正當其他的貓跟隨他的腳步時，羽尾發現他們的身體在岩石間有多麼顯眼，尤其是鼠掌那身暗薑色的毛髮和她自己淺灰色的皮毛。

「這樣不行！他們一定會發現我們的。」她焦急地說。

「等等。」鼠掌若有所思地瞇起雙眼。「我們可以在泥漿裡打滾啊！這麼一來，我們看起來就跟部落貓沒有兩樣了，還能掩蓋我們身上的氣味。」

褐皮敬佩地看著她。「這是這個月來，我聽過最聰明的主意了。」

鼠掌的綠眼顯得很得意，接著馬上回到水池前，在池邊小心翼翼地嗅聞。「這裡有好多泥漿！」她大喊，然後開始在泥濘中翻滾，將一層溼黏的泥漿塗在身上。

當鴉掌和其他貓跟上她的腳步時，他嫌惡地抽動了一下鬍鬚。「這種事只有她才想得出來。算她聰明。」勉為其難地稱讚了鼠掌的主意。

當羽尾一踏上池邊，就忍不住往後一退，覺得泥漿包住她的爪子；一躺進黏稠的窪地，馬上感覺到一陣刺骨的寒意。羽尾只好安慰自己，至少她厚重的河族皮毛還蠻適合下水的；倒是鴉掌那稀疏平坦的毛髮，一下水可就不好受了，但他一句怨言也沒有。她深情地對他眨眨眼，想起剛才他說回家以後還希望跟她見面的話；此時，她一分一秒都不願鴉掌離開她的視線。

等他們身上全都蓋滿了泥巴後，這群來自森林的部族貓就爬上池畔，往另一頭的下坡路前進，謹慎地走回部落貓的領土。羽尾豎起耳朵，仔細聆聽其他貓的聲響，他們每走幾步路，就停下腳步嗅聞空氣；即使聽了鼠掌的建議，把泥漿塗滿全身，但是他們被認出來的機會還是非常大，而且沒有誰知道，那些部落貓會怎樣嚴加看守暴毛。羽尾曉得部落貓為了實現他們祖靈的預言，絕對會冒一切危險。她和她的朋友，很可能只是回去送死罷了。

棘爪為了嗅出早上他們沿途留下的氣味，整個鼻子都要貼到地上去了；羽尾則絞盡腦汁，試著回想他們經過的地標，但天黑以後，所有景物似乎也變了樣。正當他們走在碎石間一條陡峭的下坡道時，鴉掌忽然停下腳步、抬起鼻口、伸出爪子，然後他轉向羽尾，把她推到一塊岩石後方，並瘋狂地甩動尾巴，暗示其他貓趕緊找地方躲起來。

不一會兒，羽尾也聞到了鴉掌嗅到的氣味：是部落貓！她謹慎地往外一瞥，看到一隊步履輕盈的狩獵貓，正沿著小徑往同個方向前進，他們嘴裡塞滿了獵物，在護穴貓的護送下往前走。羽尾繃緊著神經，擔心對方隨時會聞到入侵者的陌生氣味，並轉身攻擊他們。沒想到部落貓經過他們時，一步也沒有停下，就這麼消失在黑暗中——泥漿果然掩蓋了他們的氣味。

「這是我第二次救妳了。」鴉掌故意逗她。他退了幾步，讓羽尾站直身體。

她開心地輕碰他的鼻頭，發出滿足的呼嚕聲。「我知道。別擔心，我不會忘記的。」

棘爪從小徑另一頭的岩石堆中鑽了出來，示意繼續前進。這回由褐皮殿後，隨時監視後方的動靜，以免被更多回家的狩獵貓發現。當他們來到河邊時，一輪明月正升上群山的頂峰，在雲朵的掩蔽下發出柔白的光暈。森林貓們一面留意部落貓的聲音，一面沿著湍急的水流行走，直到聽見遠方瀑布震耳欲聾的怒吼聲。

「現在保持安靜，」棘爪輕聲說道：「我們已經接近山洞了。」他們躡手躡腳地攀爬，來到瀑布頂端。羽尾趴在河邊，看著滾滾黑水滑過岩石；突然，一道閃電劃過天際，轟隆作響的洪水上空也像比賽似的響起巨大的雷鳴。

「暴風雨要來了。」鴉掌在她耳邊低聲說道。

一大滴雨水掉在羽尾頭上，她搖搖頭，把水甩開。暴風雨引起的聲響或許能幫他們一把，但同時她也擔心會引來更多防守的貓。暴毛已被層層包圍了，他們可不希望到時得對付整個部落的貓。

「我們快走吧。」棘爪不耐煩地嘀咕。

當他們凝視下方時，一道閃電再度劃過天空，然後他們的頭上又傳來一陣震耳欲聾的雷聲。羽尾只能辨別出灌進池子裡的雪白泡沫，然後她忽然在小徑盡頭的陰影處，發現了一個可疑的身影。

「那是什麼？」鴉掌也發覺了。

又是一道駭人的閃電劃破天空，好像在回答鴉掌的疑惑。羽尾聽到褐皮驚恐地倒抽一口氣。時間彷彿暫停在這重要的一刻，銀白色的閃電照亮了一隻黃褐色巨貓的輪廓，牠正沿著小徑伺機潛行。雷聲響起時，牠先停下腳步，接著再往前，然後消失在瀑布後方。

尖牙！

第十五章

山洞裡傳來一聲淒厲的喊叫，穿透了打在他們身上的滂沱大雨和瀑布聲。羽尾嚇得跳了起來；她身上的每根毛髮都要她趕緊逃離山洞，逃得愈遠愈好，但是一想到暴毛有危險了，她還是決定站在原地。

「我們走吧！」棘爪的聲音異常緊張。

其他貓都不敢相信地盯著他。

「到下面去？」鴉掌問道，「你瘋了嗎？」

「想一想！」棘爪已經等不及往山洞入口奔去，他停下腳步，轉身面對那位見習生。「有尖牙在，沒有貓會多看我們一眼；這可能是我們救走暴毛的唯一機會了！」

也不管其他貓是否跟上他的腳步，棘爪頭也不回地跳進岩石堆裡，沿著通道入洞。

「我想他真的瘋了！」雖然嘴裡唸唸有詞，鴉掌還是緊追著棘爪往山洞跑去。

羽尾倉促地緊跟在後，腳掌不時在溼轆轆

的石塊上打滑，為了保持身體的平衡，也不管會把爪子刮傷，羽尾一鼓作氣地衝向水簾後方的岩架，根本沒時間擔心自己會滑倒，然後掉進底下波濤洶湧的水池裡。刺耳的尖叫聲再度響起，比上次更響亮；一想到他們即將在山洞裡遭遇的猛獸，恐懼就湧上她的心頭。在這一瞬間，或許尖牙的利齒已經戳進暴毛的脖子、撕裂他的身體，把他生吞活剝了。

她滑進洞裡，停在棘爪身後，一時間也分辨不出眼前的景象。烏雲遮住了月亮，洞裡幾乎一片漆黑；尖牙龐大的身影好像無所不在，牠跳來跳去、巨大的腳掌落在地面，洞穴便一陣天搖地動；鮮血濺滿了牠的肚子，濃稠的唾液從牠的大嘴滴下來，眼前駭人的情景完全超乎羽尾的想像——暴毛絕對沒有機會活著打贏牠。

部落貓四處竄逃，盲目地從各自的窩坑奔離。羽尾突然瞥見溪兒的身影，她正慌亂地將一隻小貓推進通往育兒室的隧道，嘴裡還叼著另一隻晃個不停的小貓；而在另一條隧道附近，有隻英勇的護穴貓奮不顧身地撲向那隻獅子般的大貓，緊咬牠的脖子不放，沒想到尖牙毫不費力地就把他甩開、扔到牆上，可憐的護穴貓無力地滑落地面，動也不動地躺在那兒，鮮血從他的嘴角流了下來。正當羽尾盯著這恐怖的場面，動彈不得時，有幾隻貓驚叫著、跌跌撞撞地從她身邊跑過，完全沒有注意到他們是部族貓。

「這邊！」棘爪下令。他輪流看著每位部族貓，目光停在鼠掌身上最久。「為了暴毛，我們拚了。」他提醒在場的每位戰士。

尖牙拖著沉重的步伐，跳上洞穴深處的山壁；有隻部落貓蜷縮在那邪惡魔爪上方的岩架上，尖牙則伸出爪子想逮住那隻嚇壞的貓。棘爪繞過山壁，緊貼著最陰暗的角落，然後迅速奔向通往尖石洞的隧道，羽尾和其他貓則緊跟在後。黑暗中，他們撞上了部落貓，跌成一團；但是部落貓有的受了傷，有的嚇呆了，恐懼和血腥味充滿整個山洞，所以沒有一隻貓認出他們。

在隧道入口，仍有兩隻護穴貓堅守崗位，他們毛髮直豎、瞪大了雙眼。羽尾突然欽佩起他們的膽量，當其他部落貓紛紛倉皇逃生時，他們選擇盡忠職守、奮戰到底。

「就趁現在！」棘爪和鴉掌奮力撲向護穴貓，露出牙齒、揮舞利爪。鼠掌緊跟在後，而羽尾聽到其中一位護穴貓驚恐的叫聲，認出他正是鷹崖。她看到棘爪撲倒他，緊咬住他的脖子；鴉掌則猛打另一個護穴貓，把他拖出洞口。鼠掌也加入戰局，使勁咬著鷹崖的尾巴不放。

清除入口的障礙後，羽尾和褐皮往隧道深處狂奔。還沒抵達尖石洞，他們就先遇到了兩隻貓，雖然處在黑暗裡，很難看清他們的長相，但羽尾立刻認出了暴毛的氣味，欣喜得鬆了一口氣；另一隻貓則是尖石巫師。當他倉促地從她身邊經過、往主洞穴移動時，羽尾瞥見他火焰般熾烈的雙眼。

「快點！」部落首領對著暴毛高聲斥喝：「你的時間到了。哦，偉大的殺無盡部落！請賜給我們力量！」

「羽尾！」暴毛叫道，「發生什麼事了？」

一時間，羽尾沉浸在與哥哥重逢的喜悅，深深吸了一口暴毛的氣味，纏住哥哥的尾巴——她一直擔心他們會發現一個空蕩蕩的尖石洞，而暴毛會被推上戰場與那隻獅子般的巨貓搏鬥，最後他們就會在山洞幽暗的角落裡尋獲他倒在一片血泊中的冰冷屍體。

「沒時間慶祝了！」褐皮氣沖沖地喊道：「快往出口跑，千萬不要停下來！」

她回頭往外狂奔，羽尾和暴毛也加緊腳步，死命地奔跑。他們抵達外洞的那一刻，一聲淒厲的慘叫衝破了黑暗，比雷電還要響亮。一道閃電照亮了尖牙的身影，牠正朝著出口走來，嘴上咬著一隻部落貓；羽尾打了個冷顫，發現那隻貓正是星辰，那隻他們初次抵達山洞時與他們說話的貓媽媽。星辰張開嘴，絕望地發出無聲的哀嚎；她死命地揮動四隻爪子，在地上留下無數爪痕，但這些努力都沒有用，星辰還是無法從尖牙口中掙脫。山洞再度陷入一片黑暗，羽尾隱約在水簾上看見那頭獅子般巨貓的輪廓；牠猛地轉身，消失在出口處。

有好一會兒，山洞裡充滿震驚和絕望的氣氛；然後痛失親友的痛苦哀嚎在洞內此起彼落地響起。羽尾突然發現有隻貓在輕推她，轉身一看原來是棘爪。

「趁現在——快跑！」他厲聲叫道。

他縱身跳出洞外，鼠掌和褐皮緊跟著他；鴉掌猛推羽尾，雖然她在沒確定暴毛跟上來之前，說什麼也不肯走。沒有貓上來阻止他們，部落貓們全都驚魂未定，深陷無盡的恐懼中；有的貓軟弱無力地趴在地上，有的豎起毛髮、瞪大雙眼望著尖牙離去的方向。

棘爪在出口停下，嗅聞空氣，再沿著小徑帶領貓群前進。羽尾嗅到了暴毛，還有星辰的恐懼與鮮血的惡臭；不過它們全都開始消散了，尖牙帶著牠的獵物消失了，留下許多死傷的貓。

此時開始下起傾盆大雨，刮起強勁的風，同時他們頭上又再度響起震耳欲聾的雷聲。才不過一瞬間，羽尾就渾身溼透，毛髮緊黏著她的身體，不過她根本沒費心注意這些。她跟著棘爪爬上岩石，這回依然由他帶領部族貓踏上回家的路。在他們身後，部落貓們令人心碎的慟哭聲也愈來愈模糊，淹沒在滴滴答答的雨聲和永無止盡的瀑布巨響聲中。

第十六章

冰冷的雨滴濺到葉掌身上，她不耐煩地把水滴甩開。彷彿一刻也靜不下來的微風不停地搖動樹木，一片片清脆的紅葉和黃葉就這麼隨風飄落至空地上。只剩不到一個月的時間，禿葉季就要到了，但現在看來，這還不算是貓族最大的麻煩。

「那隻兔子聞起來實在糟透了，」煤皮向火星回報：「吠臉說，吃了死兔肉的貓都會死掉。我相信他說的。我們看到的那隻死兔子，死於一種我所未見過的疾病，那肯定是兩腳獸害的。」

葉掌蜷縮在雷族營地的獵物堆旁，憂心忡忡地聆聽她的導師向火星報告他們前往高岩山途中所發現的怪事。當她看見父親的綠眼珠露出驚恐的神情，葉掌彷彿整顆心都揪了起來，感到非常同情。

「這麼說來，我們也不能吃兔肉了，」他說。「萬能的星族啊！接下來還會有什麼災難呢？我們統統都要餓死了。」

「到目前為止，還沒有貓在我們的領土上死掉，」沙暴坐在幾條尾巴遠的地方說道，她的尾巴俐落地圈住爪子。一片落葉輕拂過她的耳朵，沙暴輕輕抖了一下。「或許只有風族碰到這樣的麻煩。」

「但兔子會在各族間跑來跑去，」煤皮回答，「或許抓邊界另一頭、靠近鋸木場的野兔來吃會比較安全；不過我想即使是那邊的野兔，最好都不要冒險嘗試。」

「妳說得對。」火星長嘆一聲。「我會向大家宣布這個消息。不准吃兔肉了。」

「呃，我們總得吃點什麼吧！」沙暴很快起身。「我馬上召集我的狩獵隊，看還能不能找到其他野味。」她離開，消失在戰士窩的樹枝間。

「而且，」煤皮說道，「我們最好把獵物堆裡的兔子全都扔掉。」

葉掌望著那可憐兮兮的獵物堆，裡頭只有一隻野兔，看起來非常肥美；葉掌一看見牠，口水就溢滿口中。她已經好幾天沒吃到像樣的食物了，如今她的肚子裡卻滿是兩腳獸對那隻兔子所做的壞事。她彷彿可以聞到那隻野兔傳來的一絲惡臭，但兔子的氣味已經和其他獵物混在一塊兒，所以她也不敢肯定。

「把牠拖出營地燒掉。」火星下令。

「等等，別用嘴去叼牠，」煤皮補上一句：「只准用爪子拿，丟掉兔子後記得用苔蘚清理腳爪。」

葉掌才剛把兔子從獵物堆裡挑出來，族裡最年長的貓——花尾，就走了過來，高興地望著那隻野兔。

「希望這是給長老的，」她高聲說道：「我的肚子現在就跟風裡抖個不停的落葉一樣。」

「不行。」煤皮連忙將她和葉掌在風族領土上見到的事告訴她。

「什麼？我從來沒聽過這麼荒謬的事！」花尾哼了一聲。「風族有點小麻煩，雷族就不能吃兔肉？這說不定只是吠臉欺騙我們的伎倆罷了，想要削弱我們雷族的力量。他們風族一直以來都是自以為是、善於欺騙；你們難道沒想到這點嗎？」

葉掌和她的導師交換了一個眼神。她知道自己再怎麼說，花尾都聽不進去。看來老貓是要定那隻野兔了。

「我已經決定了，」火星以族長的身分堅定地說：「不准吃兔肉！葉掌會把牠拖到外面燒掉。」

「不行！」花尾憤怒地叫了起來，隨即撲向那隻野兔；餓壞的她不顧一切地朝死兔子伸出爪子，胡亂吞下好大一口兔肉。

「不！」煤皮驚聲叫道：「不要吃！」

火星跳到長老和野兔中間，輕輕把她推開。「花尾，我現在命令妳不准吃兔肉，這是為妳好。」

老貓瞪著火星，眼裡充滿敵意。看著她骨弱如柴的身軀，黃褐色的毛髮毫無光澤，毛色也不太均勻，葉掌很清楚為什麼花尾要冒這個險——花尾曾是位溫和、有如皇后般高雅的老貓，都是飢餓逼得她出此下策。

「你還敢說自己是族長？」她對火星咆哮。「全族都快餓死了，這全是你的錯！」

「火星的決定是正確的！」煤皮幫族長說話。「不能讓大家吃那種比飢餓更快招來死亡的食物。」

花尾轉向煤皮，縮起嘴脣，作勢咆哮；不過最後她還是轉過身，驕傲地穿過空地，走進長老窩。

葉掌看著她離去的背影，「星族，懇求祢，保佑這隻兔子是可以吃的。」她一面喃喃自語，一面推著那隻只剩下一半的死兔往營區洞口前走去。

ϟϟϟ

葉掌跟煤皮並肩走向山谷，一片棕色枯葉旋轉著落在她腳前。這是他們從高岩山回家，然後跟花尾為了兔肉起爭執的第二天。煤皮正在儲備幫助族貓度過禿葉季的藥草——因為饑荒而衰弱的族貓，會比平常更容易感染綠咳症和致命的黑咳症。

「沒有必要靠近兩腳獸的怪獸，」煤皮說：「牠們到過的地方什麼東西也沒有，還不如去陽光岩那裡，看看能不能找到寶貝。」

凜冽的強風吹起地上厚厚一層枯葉。當葉掌還是隻小貓的時候，她就很喜歡把枯葉拋在空中，追著它們玩耍；但如今她卻連走路都提不起勁兒了。

陽光岩一下就出現在她們面前，平滑的灰色土墩聳立在草叢間，很像熟睡動物的背脊。煤皮很快找到了濃密的蘩縷叢，興高采烈地啃咬它們的莖桿；葉掌環顧四周，看看還有什麼可找。她滿懷希望地往土墩下面張望，看著植物茂密的河岸，那些植物的根都深入水中；但那裡是河族的領土，而且自從跟蛾翅上了堂捕魚課而遭受懲罰後，葉掌知道自己最好不要再跨越邊界一步。

她聽見身旁有陣翻動泥土的聲音，原來是隻田鼠正沿著離她最近的一塊石頭底下竄過去。就在葉掌發現牠的同時，田鼠也發現了她，於是加速往裂縫逃命；可惜葉掌搶在牠鑽進裂縫前跳了起來，狠狠咬住牠的脖子。

她的肚子叫個不停，似乎在大聲請求葉掌，趕緊把田鼠給吞下去；但是葉掌忍著飢餓，強迫自己把獵物拎起，然後回去找煤皮。她的導師仍在原地整理一根根的藥縷，準備將它們全部搬回營地。

「妳瞧！」葉掌說，並將田鼠放在煤皮腳前。

她的導師抬頭看著她，感激地朝她眨眨眼。「不，葉掌。這是妳抓到的，所以應該是妳吃才對。」

葉掌聳聳肩，裝出一點也不在乎的表情說：「我還會再抓到別的。」她心裡很清楚，跛腳的煤皮跟其他族貓相比，更不擅長狩獵。「快拿去吃吧，」看到煤皮還是不動，葉掌繼續慫恿她。「如果我們的巫醫病倒了，雷族該怎麼辦？」

煤皮發出一聲開懷的呼嚕聲，用鼻頭輕觸葉掌的口鼻。「好吧。葉掌，謝謝妳。」

她趴在田鼠面前，一口一口迅速俐落地將牠吞進肚子裡。葉掌正準備尋找更多藥草時，突然聽見有個聲音在嚎叫：「煤皮！煤皮！」

只見巫醫從地上猛地跳起，豎起耳朵。「我在這兒！」她叫道。鼠毛的見習生蛛掌從樹林間竄了出來，灰黑色的長腿飛也似地越過草地，在煤皮面前煞住。「快回營地去，」他氣喘吁吁地說：「花尾病倒了！」

「怎麼了？」煤皮問道，而葉掌有種不祥的預感，心也撲通撲通地狂跳。

「她一直在抱怨身體不舒服，」蛛掌回答：「她說肚子痛得不得了。」

「是那隻兔子！」煤皮驚叫。「我就知道。好吧，」她又對蛛掌說：「我現在就回去，你先回去告訴大家，我馬上就到了。」

蛛掌馬上往回跑，而煤皮則轉身面向葉掌。「妳留在這裡，我們不必都回去，」她說，「多採點藥草，別忘了帶回那堆蘩縷。」

一說完，煤皮就用自己最快的速度，一跛一跛地往樹林那頭奔去。葉掌看著導師的身影消失在蕨葉叢中，然後遵照她的指示繼續尋找藥草。吠臉說那些用來搶救誤食致命野兔的藥草，到底叫什麼名字？他曾拿蓍草給患者吃，但幾乎每位病患最後都撐不過來，只有極少數強壯的貓才能活下來——但是花尾年紀已經很大了，而且早就被饑荒折磨得很虛弱了。

哦，星族啊，請發發慈悲吧！葉掌向祖靈祈禱。**在兩腳獸毀掉貓族之前，請告訴我們該怎麼做才好。**

當她正準備尋找藥草時，突然聽到尖銳的哭嚎聲從河那邊傳來。葉掌猶豫了一下，不知道是否應該跨過河族的邊界；不過當那淒厲的叫聲再度響起時，她決定過去看一下——看來有貓遇上麻煩了。葉掌不再遲疑，立刻往山坡下奔去。

河水在河道裡放肆奔流，因為落葉季的雨水而更來勢洶洶。樹枝和小碎石也被流水捲走，在白色的漣漪上旋轉擺動。葉掌望著水面，想知道叫聲到底從哪兒來的，才發現有根樹枝緊靠著河族的邊界載浮載沉；僅剩的幾片葉片半掩著一個小小的深色貓頭。葉掌望著那隻小貓，他一面緊抓著救命用的樹枝，一面張開嘴，再度發出一聲淒厲的嚎叫。

葉掌繃緊神經，想要跳進河裡，但是她的理智又告訴她這麼做並不聰明。水流實在太湍急，而且那隻溺水的貓又離她太遠了。

當她準備跳進河裡時，突然看到對面河岸的蘆葦叢間有隻貓竄了出來，縱身跳進水裡；她擺動強有力的腳掌往那根漂浮的樹枝前進；葉掌認出那隻藍灰色毛髮的貓：是河族的副族長，霧足。

葉掌在岸邊看著，只見霧足抓到樹枝，開始將它推往河族岸邊，在葉掌看來真是驚險萬分，她焦急地伸出爪子；但霧足他們還沒來得及碰到河岸，一陣浪花就把樹枝給捲走，並無情地拖走霧足，她的身影瞬間消失在黑水中。葉掌驚慌地倒抽一口氣，不過一陣水花濺出河面，霧足的頭又再次浮了上來，這回她離河岸更近了，而且找到了小卵石可以踩；當葉掌看到霧足死命拖著那隻小貓的頸背，並在他身邊蹲下來時，忍不住打了個冷顫，但同時也放下心來。那個滿身泥水的小貓動也不動地躺在地上，河水不斷從他的毛髮間流下。

「需要幫忙嗎？」葉掌叫道，一方面也懷疑霧足是否記得她是巫醫見習生。

霧足抬頭看了她一眼。「好啊，過來這裡！」

葉掌沿著河岸跑，看見水面上有一塊塊的踏腳石。大水不斷拍打著踏腳石，但她毫不猶豫，奮力躍上第一顆石頭。對這隻深色小貓來說，一分一秒都攸關生死。

當她跳上第三顆石頭時，腳掌居然一個不小心打滑了。她發瘋似地在溼滑的石面上亂扒，而河水就在她身邊湍急的流著；一瞬間，葉掌以為自己肯定會被洪水給捲走，在深不見底的黑水中不斷翻滾，然後被淹沒；恐懼像冰冷的海浪包圍住她，但葉掌卻突然感覺到身旁有隻溫暖的腳掌，把她推回踏腳石上。一陣異常熟悉的甜美氣息圍繞在她四周。

「斑葉？」葉掌低聲說道。

雖然她什麼也沒看見，卻能感覺到那個鼓舞人心的身影，如同在月亮石的夢中那樣靠近她。葉掌彷彿長了翅膀，飛快地跳過其他石頭，沿著河岸朝遠處的霧足和她救起的小貓奔去。

葉掌還沒來得及跑到他們面前，鷹霜和蛾翅就從蘆葦叢中跳出，擋住她的路。

「發生什麼事了？」鷹霜問道。

「蘆葦掌剛才掉進河裡。現在我們需要泥毛，」霧足說：「可以幫我請他來嗎？動作快！」

「他出去採藥草了，」蛾翅對她說：「我現在馬上去找他。」

她沿著那條通往上游的小徑奔去，但她哥哥把她叫了回來。「這太浪費時間了，」他高聲喝道，耳朵朝那隻動也不動的小貓輕彈。「妳來照顧他，看看該怎麼醫治。」

一直到現在，鷹霜才發現朝他們走來的葉掌。他抬起頭，用那雙可怕的冰藍色眼睛憤怒地盯著她；葉掌打了個冷顫。「她來這裡做什麼？」

「我叫她過來的，」霧足跟他解釋，「蘆葦掌需要所有可能的幫助。」

鷹霜不以為然地噴了一聲鼻息。葉掌假裝沒看到他那副不屑的態度，逕自在那隻小貓身邊蹲下。葉掌猜想他應該剛當上見習生，身材還非常瘦小，涓涓細流從他裂開的爪子間緩緩流出；他的肩膀上有一道很深很長的傷口，汩汩鮮血不斷滲進他溼透的毛髮。

「他一定是不小心掉進河裡，」霧足憂心忡忡地說。「見習生就喜歡在河邊玩，看樣子這個傷口是被樹枝割出來的。」

葉掌俯身湊到蘆葦掌面前。當她發覺他還有一絲微弱的氣息時，才如釋重負地吐了口氣。他還有呼吸——不過很短淺，而且在葉掌觀察的同時，似乎還變得愈來愈微弱。葉掌轉頭望著蛾翅，等她動手醫治這隻受傷的貓。

蛾翅琥珀色的眼睛盯著這個見習生孱弱的身體。

「怎麼樣？」鷹霜不耐煩地說：「快點動手啊！」

蛾翅抬起頭，葉掌看到她眼中的驚慌失措。「我……我不敢肯定。我手邊沒有應急的藥草，我現在就趕回營地……」

「蘆葦掌沒有那麼多時間了！」霧足大叫。

葉掌可以理解她好友的恐慌，因為他們還只是見習生而已，還沒有心理準備拯救病貓的性命。泥毛到底去哪兒了？

這時，突然有個溫柔的聲音在她心中響起。**葉掌，妳可以的。還記得煤皮教過妳什麼吧？用蜘蛛網來止血……**

「對……對，我現在記起來了。」葉掌大聲回答。

鷹霜瞇起眼睛盯著她。「妳知道該怎麼辦嗎？」

葉掌點點頭。

「好，那就快點。妳，不要擋路。」鷹霜用肩膀把妹妹撞到一旁，好讓出位置給葉掌。

蛾翅輕輕喵了一聲抗議；葉掌抬頭看了她一眼，發現她依然驚魂未定，瞪大雙眼，耳朵垂在兩旁。

「幫我找一些蛛蜘網來，」葉掌說：「快點！」

蛾翅驚慌地瞧了她一眼，立刻轉身朝河岸奔去，接著鑽進坡道頂端的灌木叢中。

現在幫他將水排出身體，斑葉低聲說道。於是葉掌彎下身子，用肩膀把蘆葦掌的上半身頂起來，撐著他的身體，讓河水從他的嘴裡流出來。

很好。現在他可以正常呼吸了，然後妳就可以專心處理他浸溼的毛髮。

這隻煤灰色的見習生開始虛弱地咳嗽，然後輕輕發出一聲痛苦的呻吟。

「躺著別動，」霧足對他說，在他嘴邊輕舔了一下，替他打氣。「你會沒事的。」

「很好，」葉掌急忙對這位河族副族長說：「繼續舔他——逆著毛髮舔，這樣可以幫他弄乾身體，讓他溫暖起來。」

霧足立刻彎身蹲在這隻年輕見習生身邊，開始奮力舔他的毛髮；鷹霜遲疑了一下，也趴在蘆葦掌的另一邊做一樣的動作；而葉掌則輕舔蘆葦掌肩上的傷口，幫他清掉樹皮和樹葉碎片——她知道傷口一定得清乾淨，才能避免感染。

「這兒，」蛾翅叼著一團蜘蛛網出現在葉掌身旁，上氣不接下氣地說：「這樣夠不夠呢？」

「夠了，蛾翅。把它們放在那裡。」

她仔細檢查這隻河族貓敷上蜘蛛網的方式，確定整張蛛網都蓋住了那道深長的傷口，才謹慎地輕拍蜘蛛網，將它固定。葉掌覺得自己好像變成了蛾翅的導師。

「這樣就對了，」她說道，「蘆葦掌，你還有哪裡會痛嗎？」

見習生又咳了起來；多虧有霧足和鷹霜積極地舔舐他的毛髮，蘆葦掌再度恢復了元氣。

「沒有了，」他粗啞地說，「就只有肩膀。」

葉掌還是耐心地幫他檢查身體其他地方，不過都沒發現其他傷口。「你很幸運。」她說。

「因為有妳在這裡，所以他很幸運，」鷹霜大聲咆哮，並滿懷敵意地瞪著自己的妹妹。

「蛾翅，妳是怎麼搞的？妳將來可是要當巫醫的！」

蛾翅嚇得退了幾步，不敢正視哥哥的眼睛。

「蘆葦掌，你可以站起來嗎？」葉掌問道，避免對她朋友的窘境做出回應。

見習生蹣跚地站了起來。霧足撐著他身體的一側，讓他受傷的肩膀可以倚靠著她。

「你覺得可以自己走回營地嗎？」鷹霜問道。

蘆葦掌點了點頭。「謝謝……」他一面看著葉掌，一面向她道謝，不過他突然瞪大雙眼，聲音也變小了。「妳有雷族的氣味！」

「沒錯。我叫葉掌，是煤皮的見習生。馬上帶他回去吧，」她對霧足補充道，「如果泥毛回你們的營地了，最好請他再檢查一下；如果泥毛不在的話，就給他嚼百里香的葉子，可以幫他安定情緒。」

「還可以用罌粟籽幫他止痛。」蛾翅也裝出一副自信滿滿的模樣。

「呃……要是我的話，我不會這麼做。」葉掌很不希望讓朋友難堪，「現在最好還是讓他自然入睡。他受到這麼大的驚嚇，一定很好睡。」

鷹霜再度朝蛾翅投去一個輕蔑的眼光，蛾翅只好垂頭喪氣地盯著自己的腳掌；鷹霜沒再吭聲，就逕自轉身往上游走回營區；霧足也攙扶著蘆葦掌，跟在後頭——那個煤灰色的見習生現在還是步履蹣跚，但他依舊一直往前走。葉掌看著這三隻貓漸漸消失在自己的視線裡。

他們一離去，葉掌終於忍不住嫉妒起他們光滑的毛髮和強壯的肌肉。即使是蘆葦掌，他的毛髮在寒風中很快被吹乾，看起來也是強壯、飽足的模樣。河族是唯一一個不必擔心獵物的貓族，也是唯一一個沒被兩腳獸入侵的部族。

甩開這些忿忿不平的念頭，葉掌瞥見了蛾翅。她沒有跟著自己的族貓回去營地。「別難過了，」她說，「都結束了，沒有貓受傷，蘆葦掌也不會有事。」

「才沒有結束哩！」蛾翅馬上轉過來面對葉掌，拉高了嗓門說：「我失去了……第一個證明我有能力成為巫醫的機會。我完全搞砸了！」

「每隻貓都會犯錯啊。」葉掌試著安慰她。

「妳就不會。」

那是因為我有幫手，葉掌想。她希望可以告訴她的朋友有關斑葉的事，但是她也很清楚這個重大的祕密，永遠都無法與異族的貓分享。她對父親的朋友獻上一個無聲的感謝。

「我應該可以治療蘆葦掌的……」蛾翅繼續痛苦地說。

「妳醫治他的每一個步驟我都知道。上回風族貓追趕妳和妳的朋友時，我還給過妳們百里香葉；可是這一次……不知道怎麼搞的，我就是腦袋打結，就因為我慌了，所以什麼急救方法都記不起來。」

「下次妳就會記得了。」

「如果還有下次的話，」蛾翅惡狠狠地用她那彎曲的爪子刨著泥土。「鷹霜一定會跟每隻貓說我是多麼沒用，然後泥毛就會希望當初沒有選上我當他的見習生。然後全族上下就永遠都不會尊重我了！」

「他們當然會尊重妳。」葉掌走向她的朋友，將鼻子伸進蛾翅那一身美麗的金黃虎斑毛中磨蹭。「妳馬上就會知道，他們很快就會忘了這件事。」葉掌沒想到蛾翅這麼肯定她哥哥會將她的失敗告訴全族；她一直以為，鷹霜對自己的親妹妹應該會比較好。

「我知道妳在想什麼，」蛾翅悲傷地說，把葉掌嚇了一跳。「鷹霜只對部族好，而不是對我或對其他任何一隻貓；他唯一在意的事就是成為一位偉大的戰士，對他來說這比什麼都重要。」

就像虎星，葉掌想著，冷不防打了個冷顫。

「妳真的好幸運，葉掌。」蛾翅聽起來絕望透了。「妳是血統純正的貓，父親又是族長；我呢？我的母親是隻無賴貓，沒有貓會忘記我的出身。」

她垂頭喪氣地轉身離去，尾巴拖在地上，邁著有氣無力地的步伐緩慢地往上游走，好像每走一步路，都要花費她好大的力氣。

「下次見了！」葉掌叫道。但是她的朋友並沒有回答。

葉掌實在幫不了她。她悶悶不樂地走回踏腳石，不像剛才為了營救蘆葦掌那樣奮不顧身地飛奔，這回她更加小心翼翼地過河。

等她踏上雷族的邊界，心情也變好了。隨著禿葉季的到來，蛾翅一定會有一大堆的機會等著她大顯身手，證明自己的巫醫本領，而她的族貓也就會遺忘她曾經的失誤；除此之外，葉掌也無法掩飾自己成功的喜悅。她第一次救了一隻貓，當然她也希望千萬不要是最後一次。

「斑葉，謝謝妳。」她大喊，彷彿又聞到了那隻巫醫身上甜美的氣息。

葉掌現在的心情，比當時在月光下要樂觀得多。她收集煤皮要的藥縷，然後急忙趕回營地。當她抵達山谷頂端時，突然停下腳步——一陣淒厲的哭嚎從下方的空地傳來，她的樂觀態度頓時煙消雲散，彷彿一隻冰冷的腳掌往她胸前一踢。她仔細往下看，發現鼠毛和雨鬚從金雀花叢隧道鑽了出來，頭也不回地往山谷上方奔來；他們與葉掌擦身而過，卻好像沒看到她。

葉掌急忙衝回營地，焦急地穿過隧道，害怕即將看到的景象——難道兩腳獸終於走了這麼遠、攻進營地了嗎？火星站在高聳岩底下，灰紋、沙暴、蕨毛則圍在他身旁，白掌則蜷縮在見習生窩外，像隻小貓一樣嚎啕大哭；潑掌和蛛掌在一旁安撫她。

狂奔的葉掌緊急停下腳步，心裡困惑極了。為什麼大家都這麼沮喪？營地內沒有被異族入侵的氣味，也沒有兩腳獸蹂躪領土的跡象；她發現煤皮跛著腳、意志消沉地走進通往巫醫窩的蕨葉叢隧道。

葉掌追上她。「怎麼了？」她扔下蘩縷問道：「發生什麼事了？」

煤皮轉過身，看著她的眼睛；葉掌發現煤皮藍色的眼中盡是哀傷。「花尾死了，」她說。

接著，煤皮冰冷的語氣更將葉掌推入恐懼的深淵。「雲尾和亮心也失蹤了。」

第十七章

暴毛的四肢痠痛，而他那被雨水浸溼的毛髮讓他踩在石塊上的每一步都吃力極了；他覺得自己好像從暴風雨的黑暗裡逃向月亮，整個世界彷彿只剩下岩石、狂風，和大雨。

當他手忙腳亂地爬上一塊破碎的岩石，才發現風雨開始變得緩和；不久，原本的狂風暴雨就變成了微風和幾滴小雨。天空逐漸放晴，月亮則奮力地從雲朵間綻放光芒。

棘爪停了下來，其餘的森林貓也聚在他身旁。他們現在站在一面寬廣的岩架上，前方是布滿了岩屑的坡道，下方的岩石則通往無盡的黑暗。

「我不知道這是哪裡，」棘爪實話實說。「我很抱歉，原本我想帶大家沿著當初護穴貓送我們走的路回去，可是這個地方我連看都沒看過。」

「這不是你的錯，」鼠掌回答，同時瞥了

鴉掌一眼，好像預期這個風族見習生貓又要說什麼挑釁的話。「大雨把氣味全沖散了，而且四周一片漆黑，根本什麼也看不見。」

「這些都不重要，」褐皮說道，「但是我們現在應該怎麼走？不小心的話，很可能會被部落貓給逮住。」

「或是尖牙。」羽尾邊說邊發抖。

暴毛清清喉嚨。一想起自己錯把部落貓當朋友，他就覺得很愧疚，而且覺得自己遭到背叛；現在他只想快點將部落貓以及有關他們的一切統統忘掉，但是他們曾傳授他一些技能，而它們似乎能在緊要關頭派上用場；如果不用的話，那他就太鼠腦袋了！

「我想我能找到出路，」他說道，「我曾經跟部落貓一起狩獵，記得吧？比你們有經驗。」

「那麼你來帶路吧，」棘爪立刻回答。「帶我們離開山區。」

雷族戰士的信任讓暴毛覺得很溫暖。在他與部落貓打成一片、適應他們的生活方式後，如果棘爪不再相信他，暴毛也不會意外——現在他才知道，棘爪的友誼對他來說有多麼重要。

「離開山區要花好幾天。」他提醒這位虎斑戰士。暴毛憶起當初溪兒曾帶他到一座峻嶺的頂峰，放眼望去只見到高聳的岩塊一路連到天邊；至少現在快天亮了，日光會帶領著他們前進。「不過至少我可以先帶大家離開部落貓的領土。」

「愈快愈好。」鴉掌嘀咕道。他與羽尾並肩站在一塊兒，近得毛髮都貼在一起。他們之間似乎有一條無聲的連結，而暴毛想知道，當他被囚禁在山洞裡時，究竟發生了什麼事。

暴毛帶領大家沿著岩架斜行，走上岩屑坡道，腳掌不時在碎石上打滑。抵達山脊後，他停下腳步，仔細研究岩石上苔蘚生長的方式和多節瘤的樹幹，來判斷行進的方向。當他發現利用部落的方式找路是多麼簡單省力時，又忍不住內疚起來——這好像他已經變成一隻道地的部落貓，而非效忠河族的戰士。

「怎麼了？」羽尾輕聲問道。她走過來，親暱地用身體輕拂他的身側。他應該要知道，妹妹對他現在的壞心情感同身受。

「我是那麼相信他們……」暴毛幾乎哽咽地說不出話來。「相信溪兒、鷹崖，和其他的部落貓；我從沒想過……他們居然會把我關起來，害你們還得冒生命危險來救我。」

「我們不能拋下你不管。」羽尾發出一陣安慰的呼嚕聲。

「他們從沒跟我提起那個預言，妳知道嗎？即便當我跟他們一起狩獵時，他們什麼也沒說；所以當尖石巫師在尖石林宣布預言的時候，我跟你們一樣驚訝。」

「嗯，我們都知道。」他的妹妹低聲答道。

「我們一定得站在這裡談這件事嗎？」鴉掌走向山脊加入他們，不以為然地說：「我們快點走吧。」

「他們一定是搞錯了。」暴毛沒理會這個風族見習生。他望著羽尾的雙眸，試圖說服她，同時也說服自己。「我不可能是那隻應許之貓，對不對？這完全沒道理。」

「當然，你不可能是應許之貓，」羽尾回答，「別再自責了，暴毛。我們大家都不知道會發生這些事；還有那些部落貓，他們不是真的那麼壞——只是一時情急，不擇手段而已。」

暴毛希望妹妹不要看穿他心中的歉疚。但如果預言是真的，殺無盡部落真的挑選他幫助部落貓，那該怎麼辦？星族也選了四隻貓來拯救森林，但他不是其中之一——他之所以會跟來，完全是因為不願看羽尾離他遠去；現在他開始思考，是否殺無盡部落已經影響了他的行動，所以他可以隨時隨地就戰鬥位置，為部落貓消滅尖牙。

但他卻在部落最需要他的時候離開。他還記得尖牙離開山洞的那一刻，嘴裡緊咬著星辰，星辰只能無助地放聲求救。如果下一個喪命的是鷹崖呢？或是溪兒？暴毛想到那隻漂亮的母貓被猛獸一口咬住，趕緊把這幅景象甩開。

他打了個冷顫，沒注意到他的朋友全在等他帶路。

「有什麼問題嗎？」棘爪問道。

暴毛搖搖頭。「沒有，」他說。「走這邊。」

山脊的另一頭是條由斷崖組成的下坡路，斷崖很淺，所以貓兒們可以一階跳過一階。當他蹲在其中一個斷崖旁邊時，暴毛發現有隻山鳥就站在他下方的岩架。

鼠掌戳戳他的肩膀，動了動耳朵指示方向。為了安全起見，暴毛輕彈尾巴掠過她的嘴邊，並示意其他的貓保持安靜。

「我去抓牠，」他輕聲地說：「你們留在這裡。」

當他發現自己竟然可以這麼輕鬆地運用部落貓傳授給他的技巧，彷彿他的天賦一般，這樣暴毛感到很震驚。那隻鳥站在一片狹長的岩架上，所以他勢必得冒著跌落谷底的危險下去抓牠。在森林裡，貓兒們總是毫不遲疑地從樹上往下跳，那是因為他們可以降落在柔軟的土地，而不是可能劃破爪子、刺傷肋骨的鋸齒狀石子地上。

他謹慎地往下爬了幾條尾巴長的距離，用碎石當掩護，躡手躡腳地走向鳥兒；等他一靠近那隻山鳥，馬上朝牠撲上去，將鳥兒撞向岩石。那隻鳥無力地拍了幾下翅膀，就一命嗚呼。

「好厲害！」鼠掌驚呼，欽佩地捲起尾巴。「暴毛，你現在真像一隻高山貓了！」

「我一點也不想。」暴毛回答。

六隻貓兒圍成一團，開始享用野鳥大餐。吃完後，天空開始飄起細雨，烏雲也再度罩籠天空，遮蔽了月光。

「天氣真糟，」棘爪說，伸出舌頭舔舔嘴邊。「我看今晚得找個地方避雨了。」

「只要不被部落貓追上就好，」褐皮警告。暴毛發現她的肩膀已經活動自如了；尖石巫師的藥草的確很有用——至少這件事情值得他們向部落貓致謝。

「我想我們離部落貓已經夠遠了，」暴毛說道。「棘爪說得對，我們沒辦法一直在雨中趕路。看看能不能找個山洞稍微休息一下吧。」

他再度領隊上路，這回要帶大家找個臨時避難所；沒過多久，他就在岩石底下發現一個通往山腰的漆黑洞穴，還有幾株茂盛的灌木懸在洞口上方。

他謹慎地走近山洞，嗅了嗅。「腐爛的野兔，」他回報。「這裡以前可能是兔子洞。」

「還有部落貓的氣味，」鴉掌說道，來到暴毛身邊又聞了聞。「而且還很新鮮。我可不要進去那裡。」

「那你就待在外面淋雨好了。」鼠掌回嘴，然後邁步向前。

「等等。」褐皮伸出尾巴擋住鼠掌的路，不許她貿然進洞。「讓我先檢查一下。」她躡手躡腳地走進洞裡，鼠掌則不開心地盯著她的背影。這是暴毛今晚頭一次感到振奮，因為雷族見習生的勇氣而深受感動。她不會只讓戰士們負責所有的危險任務。

不一會兒，洞裡就傳來褐皮的回音，好像她在底下一個寬敞的地方講話似的。「進來吧，這裡很安全。」

暴毛領著大家走進狹窄的通道，他的毛髮不時磨擦到兩旁的牆壁。愈往裡頭走，通道就變得愈窄，暴毛只好深吸一口氣，緊縮身體，免得卡在半途中；就在此時，通道突然又變得寬敞起來。雖然洞裡依然漆黑，但根據自己踏在地上的回音，暴毛知道自己處在一個非常寬敞的洞穴裡。

「太棒了！」鼠掌的聲音從他身後響起。他感覺到她正甩開身上的雨珠，接著她又說道：「現在只差沒有一個豐盛的獵物堆了！」

暴毛聞出六隻貓都進入洞內了，包括鴉掌。當他正準備鬆懈下來時，一陣氣味飄來，讓他瞬間愣住，這裡有部落貓，不過都不是他認識的。

同時，陰影裡傳來一個聲音：「你們是誰？」

第十八章

雷族整晚都在為花尾守靈；現在，天空漸漸露出了魚肚白，長老抬著花尾離開營區，準備埋葬。空地上霧濛濛的一片，昨夜大雨已經停了，一顆顆雨珠從光禿禿的樹枝上滴落。葉掌靜靜地看著。那隻老貓曾是她生命的一部分，如今她死了，彷彿也宣告了其他葉掌所認識的一切，都將隨她而去。

當長老從金雀花叢隧道離開，剩下的貓開始三三兩兩地聚在一起，急慮地交頭接耳；每隻貓都心神不寧、面面相覷。葉掌沒聽到他們在說什麼，不過她猜得出來——大夥兒肯定是在討論雲尾和亮心失蹤的事。算下來，雷族已經有四隻貓失蹤了，不過葉掌不信星族也召喚了雲尾和亮心——除非第一批探險隊失敗了，那些貓再也回不了家。**星族啊，如果您不能幫助我們**，她絕望地想道，**為什麼又要將貓兒一隻隻帶走呢？**

煤皮打斷了她的思緒，她無聲地將鼻子伸

進葉掌的毛髮中安慰她，然後跛著腳向前走了幾步，加入火星和灰紋。葉掌也發現鼠毛帶著刺爪和灰毛穿過空地，跟著火星他們。

「我準備帶領黎明巡邏隊外出巡邏了，」鼠毛宣布。「還需要我們搜尋雲尾和亮心嗎？」

「如果他們是故意離開的話，搜尋也就沒什麼意義了。」灰毛陰鬱地說。

當葉掌回想起當天全族是怎麼辛苦尋找失蹤的兩隻貓時，她的心又往下一沉。巡邏隊搜遍整個雷族領地，循著失蹤貓兒的氣味一路跟到了被兩腳獸破壞的森林。在一個巨大的砍樹怪獸旁邊，氣味突然消失了，而那裡之後什麼都沒有。

「總之還是要睜大眼睛，」火星答道：「這是你們唯一能做的。」

「我想雲尾一定又回兩腳獸那兒去了，」鼠毛大聲說道。「森林裡獵物這麼少，所以就算是兩腳獸的食物，現在看起來也很誘人。」

「而且他還是見習生的時候，就常偷吃兩腳獸的東西。」灰毛附和。

「沒錯，別忘了上次他是怎麼拋下我們的，」鼠毛指出，「還要其他貓冒險從兩腳獸那裡把他救出來！」

「夠了！」灰紋嘶聲制止。

「不，她說的沒錯。」葉掌不敢相信，父親的聲音聽起來竟如此疲憊不堪。「雲尾一直都和兩腳獸有聯繫，不過我相信他現在對雷族的忠心。」

「他當然對我們很忠心了，妳這樣說對他太不公平。」煤皮也高聲說道：「雲尾吃寵物貓的食物，已經是很久以前的事了，當時他只是隻不懂事的小貓。」

「亮心從未吃過兩腳獸的食物，」灰紋眨眨他那雙黃色的眼睛，聲援他失蹤的朋友。「而且多虧了她，雲尾再也不曾留戀兩腳獸的寵物貓食。我們得查出來他們同時失蹤的原因。」

「何況他們怎麼會拋下白掌？」刺爪說道。「她是他們唯一的女兒。」

鼠毛嘀咕道：「也是。他們會不會去河族了？去那裡偷捕魚？」

「現在我倒不排除雲尾會做這種事。」煤皮贊同地說，但聲音裡沒有一絲不高興。

灰紋想了一會兒，接著搖搖頭。「如果河族逮到他們的話，一定會把他們驅離，到了下次大集會時，我們的麻煩就大了；可是他們不可能就這樣失蹤。」

除非他們掉進河裡，葉掌想，但不敢將這個想法說出口。她忘不了當她準備營救蘆葦掌、險些從踏腳石上落水時，那令人害怕的洪流。

「他們留下的氣味並沒有通往河族那裡，」火星指出這點。「我還是覺得，最後聞到的氣味這麼靠近兩腳獸的怪獸，實在很不尋常。會不會是……」

他欲言又止，但葉掌從他眼裡看見了焦慮，也猜到了他在想什麼。她曾經看過第一隻兩腳獸怪獸是怎麼從轟雷路轉向，開始傷害森林；如果有隻貓不小心擋住牠的路，怪獸很有可能就不知不覺地用那些強大的巨口碾過貓兒。她冷不防地打了個冷顫，與父親的目光交會。他們都非常喜歡雲尾這個親戚，即使他這麼情緒化；而葉掌更是非常喜歡亮心，因為她在面對被狗群咬傷的傷口時，展現了極大的勇氣，讓葉掌非常敬佩。少了這兩位戰士，對全族來說都是相當大的損失。

「鼠毛，照常巡邏，」火星做出決定。「一發現奇怪的事情，立即告訴我。」

「好。」鼠毛匆匆帶著兩位年輕戰士離開。

火星甩甩身體，好像想把那些沒用的想法拋到腦後。「煤皮，星族有向妳顯示任何有關雲尾和亮心的消息嗎？」

「沒有，」煤皮回答：「一點徵兆都沒有。」

「那有沒有顯示會有更多戰士從森林中失蹤的徵兆？這……這距離棘爪和鼠掌失蹤的時間，並不是太遠。」就像吐掉吃到一半的骨頭般，他哽咽地差點沒辦法把話說完。

煤皮又搖了搖頭。「星族什麼也沒說。我很抱歉。」

葉掌此刻再度陷入掙扎，因為她又有一股欲望，想把星族召喚棘爪和鼠掌，派他們去找出幫助森林的辦法這一連串的祕密，全都告訴她的父親和導師；不過她現在不知道該如何開口，因為每次當她試圖聯繫鼠掌時，得到的回應總是湍急的洪水、黑暗、耙子似的利爪、鮮血、岩石，和水一起劇烈翻攪等等不知如何解釋的恐怖印象。她不能向火星保證鼠掌的平安，也無法給灰紋任何有關他失蹤的河族孩子的樂觀消息。

「或許我該去一趟高岩山，」火星回答，「星族可能會與我交談，如果……」

他的話被蕨毛和他的見習生白掌的出現打斷了。葉掌的思緒全飛到了白掌的身上，這隻年輕的小貓垂頭喪氣，尾巴無力地拖在泥土地上，顯然在為失蹤的雙親悲傷。

「火星，我想你應該跟白掌說幾句話。」蕨毛憂心地說。

火星豎起耳朵。「為什麼？她怎麼了？」

白掌抬頭看他。「我想先暫時停止受訓，」她哀傷地蹙著眉。「我想去找雲尾和亮心。」

「我已經跟她說過，不可以單獨去找她的父母，」蕨毛繼續說道：「可是她……」

「拜託，」白掌插嘴道：「我只是個見習生而已。雷族不需要我。我一定得去找他們。」

火星搖搖頭。「白掌，我很抱歉，」他和藹地說：「對部族來說，見習生跟其他任何一隻貓都一樣重要；況且蕨毛說得很對——妳不可以單獨外出，尤其是現在這個時候。妳連外面有什麼危險都搞不清楚，更不該貿然出去。事實上，每隻貓都不准單獨離開營地。」

「我們每個地方都找過了，」灰紋說：「我們已經盡力了。」

「但這樣還不夠啊！」白掌嚎啕大哭。葉掌知道，要不是白掌真的太想父母親了，絕不會這麼無禮地跟雷族副族長說話。

「無論他們現在在什麼地方，星族都會與他們同在。」煤皮輕聲安撫她，用鼻頭輕推白掌的毛髮。

「蕨毛，組織一支狩獵巡邏隊，」火星下令。「星族知道我們可以好好利用狩獵的機會。白掌，妳一起去，好好尋找雲尾和亮心——但是不准離開妳的導師半步，知道了嗎？」

白掌點點頭，看起來好像又重拾了一絲希望。

「我跟你們一起去，」灰紋自告奮勇地說，「我會找沙暴一起。最有能力搜尋他們的，就屬沙暴了。」

「火星，謝謝你。」白掌說。她恭敬地對他點點頭，然後跟著導師走向營地入口。

葉掌看到灰紋和沙暴上前加入他們，四隻貓一同走進金雀花叢隧道。

「就連在自己的領土上也不安全了，」火星喃喃自語。「但可以確定的是，四隻貓不可能同時失蹤，除非……」

火星的話被育兒室一聲微弱低沉的慟哭聲打斷。葉掌轉過頭，發現是塵皮。他腳步蹣跚地走了幾條尾巴長的距離，接著腿一軟，整個身體倒在地上。

葉掌瞄了父親一眼，立刻衝向塵皮，一個不幸的畫面在她腦裡閃過。火星與煤皮也趕忙走到塵皮面前。

「你受傷了嗎？」火星問道。

這隻棕色虎斑貓抬頭望著族長，雙眼如小卵石般晦暗。「那不是她的錯，」他輕聲喊著：「蕨雲已經盡力了。但是食物少得可憐，她連自己都吃不飽了，更別提那三隻小貓了。」

話才說完，塵皮再度哀嚎起來，與其他為全族擔憂的哀悼聲相互呼應。

「到底怎麼了？」葉掌叫道。

塵皮絕望地盯著她。「小葉松死了。」

聽到這句話，煤皮馬上拋下塵皮，奔回育兒室找蕨雲；火星用尾巴輕拂那隻棕色戰士的肩頭，無能為力地想要安撫他；塵皮將鼻子埋進族長火焰色的毛髮裡。當葉掌看見這兩隻交情不好的貓，此時居然為了共同的哀痛而緊緊依偎，她頓時覺得喉嚨好緊、好乾。

「接下來還有什麼厄運？」火星說道，抬頭仰望早晨陰暗的天空。「星族啊，接下來還要帶什麼災難給雷族？」

第十九章

那是什麼？暴毛嚇得毛髮直豎。他和朋友們被困在這黑暗的山洞裡，不管剛才說話的是誰，那個傢伙現在已經擋住往外的通路，而這裡也沒有其他出口。他拚命地猛吸幾口空氣，聞到了好幾隻貓的氣味，他們聞起來都像部落貓，但又不完全像。

「你們是誰？」他問道。

他感覺到有一隻陌生貓走進洞中，將他推到一旁；接著又有一陣輕柔的腳步聲跟著那隻貓進來。

這時他聽到棘爪緊張卻故作鎮定的聲音。「我們準備回去遙遠的家鄉，只想在這裡休息一晚。我們不想跟你們打起來。」

陌生貓再度開口。「這是我們的地盤。」

「那我們馬上離開。」褐皮說道。於是她朝洞口走去，其他貓也拖著腳步緊跟在後。

暴毛這時才鬆了一口氣，毛髮也平順下來。他們能夠順利地離開這裡，真是天上掉下來的好運。這些貓不可能來自急水部落，否則他們怎麼可能認不出他和他的朋友？可是他們身上的確帶有部落貓的氣味。暴毛覺得很奇怪，不過只要他們能平安離開山洞，即使這個謎團永遠解不開，他也無所謂。

「沒這麼簡單，」新來的貓兒咆哮道。「我們怎麼知道你們沒有撒謊？我不認識你們，也不認得你們的氣味。」

「鷹爪，我們應該把他們關起來，」其中一隻貓輕聲說道。「或許可以把他們當做引出尖牙的誘餌。」

「你們知道尖牙？」暴毛驚叫道。

「我們當然知道。」最先開口說話的就是那隻叫鷹爪的貓。他啞著嗓子說道：「每隻山裡的貓都知道尖牙。」

當他開口講話的時候，暴毛才發現山洞裡並非全然的黑暗。滲進隧道的微光逐漸映出那隻陌生貓的輪廓，當暴毛看清這群貓的身影時，他身上的毛髮再度因為恐懼而豎了起來。

第一隻叫鷹爪的貓，是他這輩子看過最大的貓，全身是棕色虎斑花紋，肩寬腳大，蓬亂的皮毛充滿敵意地豎立，長長一道疤痕劃過他的半邊臉；他噘起嘴脣，發出一聲可怕的怒吼。鷹爪這時瞇起一雙琥珀色的眼睛，打量著這群森林貓。

他身後還有另外兩隻貓，其中一隻是乾癟的黑色公貓，尾巴像是鋸齒狀的樹木殘幹；另一隻則是棕灰色的母貓。他們全都彈出了爪子，好像迫不及待要將它們戳進部族貓的毛髮中。

雖然部族貓比陌生貓多了幾隻，暴毛還是不想冒險；不過看樣子，如果不打上一架，他們應該是出不去了。他的同伴們此刻也跟他有相同的想法；即使是平時好鬥的鴉掌，如今也保持沉默。他提心吊膽地盯著這群陌生貓。

「我們看過尖牙，也知道他有多殘暴。」棘爪仍不放棄與陌生貓和平交談的機會。「但是我們有很重要的任務，真的非走不可。」

「我說走，你們才能走。」鷹爪咆哮道。

「你別想把我們困在這兒！」鼠掌的話嚇得暴毛退了一步，她綠色的眼睛閃閃發光。她的確很有勇氣，可惜有時候比一隻蜉蝣還不會看情況說話。「我們才從急水部落逃出來。」

鴉掌憤怒地發出嘶聲，暴毛也很想這麼做。鼠掌實在該留意她想說的話。

沒想到，這反而說服了鷹爪一些。「你們是跟部落貓在一起的？」

「沒錯，」棘爪回答。「你認識他們嗎？」

「再清楚不過，」鷹爪答道；而那隻母虎斑貓也說：「我們也曾是部落貓。」

暴毛錯愕地瞪著她，猜想他們可能是無家可歸的無賴貓。如果他們真的曾經是部落貓，就可以解釋他們身上奇怪的氣味。可是他還記得，部落貓當時不讓他們在夜晚離開山洞，以免他們遇上尖牙；如果他們會關心陌生的貓，又怎麼會讓同部落的伙伴在山洞外頭居住呢？除非他們做了什麼比尖牙更可惡的事……

「是部落貓要你們離開的嗎？」他問道。

「可以這麼說，」鷹爪大聲咆哮，原本豎起的毛髮也漸漸平緩下來。他輕彈尾巴，向他的兩位同伴示意；他倆好像將這視為鎮守入口的命令，於是挪動腳步，分別坐在洞口的兩邊。

「請坐，」鷹爪對森林貓們說。「坐下來，我們聊聊。但是別想走，除非你們不怕被咬掉兩隻耳朵。」

暴毛相信鷹爪並非在恐嚇他們；他絕對說到做到。他謹慎地坐下，他的同伴們也是，盡可能在這個空曠的沙地中找到一個舒適的坐姿。當光線愈來愈明亮，暴毛終於看清四周的環境。山洞上頭是糾纏的樹根，甚至向兩旁延伸至泥土牆，而且到處可見突出的樹根和石塊；但是這裡沒有床鋪、沒有獵物堆，或是任何顯示這三隻貓長久居住在這裡的跡象，但鷹爪卻說這裡是他們的避難所，想必這裡的生活一定很辛苦。

「我是來自飛撲鷹的鷹爪，」高大的虎斑貓一面說，一面伸出腳掌指指自己臉上的傷疤。「有隻飛鷹在我臉上留下這道疤痕，所以我有了這個名字，提醒我死亡曾經離我這麼近。他們兩位分別是聚雪的岩石和御風的飛鳥。」他的尾巴依次指著黑色公貓和母貓。

暴毛漸漸沒那麼害怕了，知道這些陌生貓的名字，彷彿就不必再把他們當做敵人。

「許多個季節前，」鷹爪繼續說道，「殺無盡部落傳遞給尖石巫師一個徵兆。他們選了六隻貓離開山洞，進入深山與尖牙決鬥，並將他殺死。我們就是那六隻貓裡的其中三隻。」

「另外三隻怎麼了？」鴉掌插嘴道。

「尖牙突然出現，」岩石從入口的位置大聲回答他。「他差點把我給殺了，不然你以為我是怎麼失去尾巴的？」

「所以，等等，」褐皮說道：「你是說，部落貓派你們去殺尖牙？」

鷹爪點點頭。「尖石巫師告訴我們，沒有把尖牙的皮剝下來見他，就不准回去。」

「這實在是太鼠腦袋了！」鼠掌忿忿地嚷著。「如果一整個部落都不能打敗尖牙，你們六個又怎麼辦得到？」

這隻虎斑貓再度抬起頭來，眼中的痛苦讓暴毛發抖。「我也不知道，」他回答。「難道我們沒問過自己這個問題嗎？即使犧牲背上所有的毛髮，只要能拯救部落，我都願意；但是光憑我們幾個，實在辦不到。」

羽尾想要安撫他們。「你難道不能回去見尖石巫師，告訴他你們已經盡力了？或許他就會讓你們回家了啊。」

「不！」鷹爪目露凶光，惡狠狠地瞪著羽尾。「我絕對不會爬到他面前求他原諒！況且就算我這麼做，又有什麼用？我們全都得服從殺無盡部落。」

暴毛眨眨眼。有時他自己祖靈的話，聽起來是嚴厲刺耳、難以理解沒錯，但他卻從沒聽過星族把貓放逐到野外、任他們自生自滅的。**如果祂們真的把我驅離，我會有勇氣服從這個命令嗎？**暴毛想。

「沒想到他們從來沒告訴過我們這件事，」棘爪說道。「他們提過尖牙，不過沒有一隻貓提到你們。」

鷹爪哼了一聲。「他們搞不好已經忘了我們。」

「或羞愧到不敢說。」飛鳥冷酷地說。

「你們才剛離開部落嗎？」鷹爪問道。棘爪點點頭，接著鷹爪又滿懷希望地說：「有一隻貓……來自小魚游溪的『溪兒』。你們有見到她嗎？」

暴毛馬上豎起耳朵。那一刻，他突然感到一陣嫉妒；眼前這隻粗野的獨居貓，在提到溪兒這隻狩獵母貓時，口氣竟然充滿了關切。

「有，我們見過溪兒。」羽尾回答。

「她還好嗎？她過得快樂嗎？」

「她很好，」褐皮告訴他。「她和部落裡的每隻貓都過得很快樂，只要尖牙沒有咬斷他們脖子的話。」

「因為我們失敗了……」鷹爪所有的悲痛彷彿全集中在這幾個字裡。「溪兒是我妹妹……」他又說，發出一聲尷尬的呼嚕聲，聽起來似乎有點俏皮，也有點難為情。「你們絕對想不到，像她這麼漂亮的貓居然跟我有關係吧？她是在我之後出生的貓。當尖牙帶走我們的母親時，我希望能留在那裡照顧溪兒。」

暴毛鬆了一口氣。不過這跟他有什麼關係？他何必要在意溪兒是鷹爪的妹妹，還是他的另一半？

「她原本可以跟我一起走的，」鷹爪繼續說道。「但殺無盡部落不肯放她走。這樣也好，她就不用跟著我受苦了；這裡的生活真不是貓過的。」

暴毛知道他說的沒錯，一想到尖牙帶給部落貓這麼多災難，就讓他發抖：不只是尖牙殺害了多少條性命，對那些設法想殺掉他的貓也是——貓群被放逐、與家人分離，過著不能回家的日子……

如果他真的是殺無盡部落選中的貓，注定要從尖牙的爪下拯救部落貓，那該怎麼辦？他有權力拒絕接受自己的命運嗎？他突然有一種應該回去部落的念頭，隨即被這個想法嚇到，於是他決定暫且不去理它。他和同伴們還有任務，他們必須將午夜的話轉告整個貓族，不該有任何延遲——暴毛他們一定得在兩腳獸的新轟雷路毀掉森林前，通知貓族撤離家園。

山洞裡的光線變得更明亮了，洞裡充滿金黃色的光暈；外面的雨好像已經停了，太陽也在山頂升起。暴毛覺得他一刻也不願待在這個地洞中，於是站起身來。

「可以讓我們出去打獵嗎？我們需要吃點東西。」

鷹爪瞄了他的同伴一眼。

「我們不會亂跑的，」棘爪向他保證。「我們全都累了，只想好好休息。」

這隻碩大的虎斑貓頓了一下，然後聳聳肩：「要去要留，隨便你們了，這與我們無關。剛才岩石只是在嚇唬你們罷了，我們不會抓你們去餵尖牙的。」

暴毛立刻奔向狹窄的隧道，跑到洞外的山腰上。朝陽高掛山頭；這才是他們該前進的方向，循著日出的東方，回到森林老家。

鼠掌跟在他身後奔出洞外，她機警地環顧四周，一點也沒有昨夜冒雨跋涉的狼狽模樣。

「好吧，」她說，「去哪裡找吃的？」

經過昨晚的大雨和一片漆黑，暴毛在找到山洞後，直到現在才有機會觀察附近環境。暴毛發現山洞入口正下方的石塊破碎，稀薄的土壤卡在裂縫中，長出小草和幾株權木。有一條小山澗流過。「到下面看看。」他提議。

鼠掌朝山洞甩甩尾巴。「其他貓想要睡一會兒，真像禿葉季的刺蝟，」她說道。「我們一起狩獵吧，等他們醒來，用一大堆的獵物給他們一個驚喜！」

「好啊！」能跟這麼一隻讓人開心的貓一起狩獵，還沒有總是與她形影不離的雷族戰士跟著，讓暴毛很高興；但是自從他們踏上回程，他就注意到她和棘爪變得十分親密——對鼠掌來說，與同族的棘爪在一起，要比跟暴毛產生感情容易得多；而且他開始明白自己對溪兒的感覺，與他對鼠掌的顯然很不同。

他一直壓抑自己對鼠掌的情意，因為他們來自不同部族；但是溪兒對他的吸引力，簡單的難以忽視：她虎斑毛髮的光澤、眼中的神采、她的速度和技巧，是即便暴毛逃離了山洞也忘不掉的。難道這就是鴉掌和羽尾對彼此的感覺嗎？他突然這麼想，同時也以過去不曾有過的同情看待他們；他能像他們一樣跨越部族的界線，與溪兒在一起嗎？

暴毛要自己別再胡思亂想了，他跟溪兒永遠不會再見面，所以想這些又有什麼用？他試著在這個豔陽高照的早晨集中注意力，並享受跟身邊這位厲害的伙伴一起狩獵的樂趣——把身旁的鼠掌當成普通朋友，其實比較好，以免嫉妒影響了他和棘爪間的友誼。

「快啊！」鼠掌已經跳到灌木叢間了。「快教我那些新學的山貓技巧。」

接近中午時，他們經過稀疏的草木，開始在洞外的岩架上築起一座獵物堆。鼠掌很快就學會新的狩獵技巧，像隻小貓一樣開心地跳到空中，抓下她的第一隻獵鷹。

「我們得教教家鄉的貓這些本領，」她一面說，一面用爪子輕輕彈掉鼻頭的一根羽毛。

「我們總是在樹叢裡打獵，不過學會這招之後，就算到曠野也沒問題。」

暴毛突然想到森林黯淡的未來。鼠掌想必是猜到了他的想法，臉上原本閃耀的勝利光輝逐漸褪去；她黯然地說：「或許我們有機會教他們。」

當他們帶著比一開始獵到更多的獵物回到山洞裡時，鷹爪蜷伏在岩架上，半閉雙眼，讓一身蓬亂的毛髮沐浴在日光下。

當兩隻部族貓接近洞口時，他睜開了雙眼。「大豐收？」他說道。

「別客氣，自己來。」暴毛邀他一起享用野味。

「謝了。」他走到獵物堆前，拖出一隻野兔。

鼠掌快步走進洞裡。「我現在要把那些懶惰的傢伙叫起床了。」她說。

暴毛發現鷹爪咬了一口兔肉就停下來，並滿懷期待地盯著他瞧。暴毛大概猜出他想做什麼，便從獵物堆裡拉出一隻隼，咬了一口，然後將這隻禽鳥推到鷹爪跟前；這隻部落貓向他點點頭，也將自己那隻野兔推向暴毛。

「我知道你們一定也會分享食物。」鷹爪說。暴毛難為情地低下頭，看著自己的腳掌。

有好一陣子，他們就這樣安靜地享用美食。暴毛不知這群被放逐的貓何時從敵人變為他們的朋友，但是他可以確定的是，部族貓現在不必再害怕他們了。他現在只希望有辦法能幫助這群可憐的貓。

「我看得出來你很擔心部落貓那邊。」他笨拙地開口，然後吞下滿嘴兔肉。

「當然。」鷹爪銳利的琥珀色眼睛盯著他。「看得出來你也在為他們擔心，即便你不是我們的同胞。」

暴毛緩緩地點頭。其實他一直想否認這份感情，甚至不敢對自己承認；難道他真的表現得這麼明顯，連一隻陌生貓都看得出來？

「他們每天都活在恐懼中，」鷹爪繼續說道。「洞外的每一個腳步聲都讓他們提心弔膽；對他們來說，每一個岩石背後都可能藏著尖牙。」

暴毛回想起與狩獵隊一起外出的護穴貓，不禁點了點頭。他試著想像：永遠不能在自己的領土裡自由馳騁、永遠活在爪子和牙齒的恐懼中，會是什麼滋味。當他想起第一天待在部落時，與溪兒一同外出打獵的情景，不由得打了個冷顫；她當時告訴他，隨行的鷹崖和護穴貓，是為了幫狩獵貓注意老鷹；如今他才明白，鷹崖他們同時也在留意尖牙的行蹤。事實上，當時他和部落貓的處境，不比他們狩獵的對象更安全。

「真希望我能知道該怎麼做，」他說道。「我們會踏上這趟旅程，全是因為星族的一個預言……」

「星族？」鷹爪反問。

「星族是我們的戰士祖靈，」暴毛解釋，「就像你們的殺無盡部落。」

他繼續跟鷹爪說明星族是如何預言森林裡的大浩劫，並從四個部族中分別挑了一隻貓，讓他們踏上旅程並聆聽午夜的建議。

「我不是那四隻貓之一，」他說道。「我是陪伴妹妹來的。」

「然後現在你們要回家了？」鷹爪說道。

「是的，雖然我們不知道來不來得及拯救森林。」即使在他開口說話時，暴毛仍想到他們最後能平安回家；鷹爪和他的部落伙伴卻不能。

「你的部族伙伴說，你們剛從急水部落逃出來。」鷹爪困惑地說。「所以他們把你關起來嗎？這實在不像我認識的部落。」

「其實也不完全像他們說得那樣。」暴毛頓了一下。如果他想要贏得這隻貓的信任，就得告訴他實話，但他不知道鷹爪聽了之後會有什麼反應。這隻大虎斑貓搞不好會想盡辦法把他拖回部落，然後實現預言，以便重返家園。「還有另一個預言，」他對鷹爪說：「殺無盡部落傳遞給尖石巫師一個徵兆……」

鷹爪用他琥珀色的眼睛望著暴毛，專注地聆聽這個故事。「一隻銀毛貓？」聽完故事後，他低聲問道：「你相信自己就是那隻應許之貓嗎？」

暴毛一開始想要否認，卻發現自己辦不到。「我不知道，」他老實說。「我本來以為自己不可能是，但現在……第一個預言，也就是星族的預言，對我來說比什麼都重要，可是我不是星族選中的貓，所以我不得不懷疑，拯救部落貓才是我的使命。」他嘆了口氣。「但是我不能同時服從兩個預言。到底哪個才是對的？」

鷹爪沉默了一會兒，然後沉重地說：「這兩個預言沒有一個是對的，也沒有一個是錯的。」他的喉嚨深處發出一個輕柔的低吼。「預言很玄妙，說的話總是很模糊。」

暴毛點點頭，想起他和他的朋友曾經以為，「午夜」就只是「深夜」的意思，怎麼知道那是獾的名字，而且她還要他們回去森林、向貓族提出警告。

「都看你是怎麼解讀的。」鷹爪繼續說道。「而一個預言是否能實現，也是看貓兒自己決定怎麼看待它。應該由我們自己來選擇我們生存的規則，這不也適用於你們嗎？」

暴毛吃驚地望著這隻年長的貓。他說的沒錯！如果他們懂得如何解讀徵兆的話，他們就會明白：星族和殺無盡部落對祂們守護的貓提出一模一樣的要求，並且承諾給予他們相同的保護及指引。

「你接下來想怎麼做？」鷹爪問他。

暴毛搖搖頭。「我不知道。」

「但是總有一天你會知道的。」這隻巨大的虎斑貓站起身子。「你的信念及勇氣會告訴你該怎麼做。」他琥珀色的眼睛閃過一線饒富深意的微光。「但是別猶豫太久。」他一面說一面鑽回通往地洞的隧道。

鷹爪離開後，暴毛疲累地嘆了口氣。這些謎團對他來說實在太沉重了——他是一名戰士，只想按照戰士守則的規定來做；只是當守則說得不夠清楚時，他又該怎麼辦呢？

陽光曬得他的毛髮暖暖的，暴毛已經睡了好一陣子。他的肚子塞滿了獵物，感覺很舒服。他閉著眼睛，打了個呵欠。

時間好像靜止不動了，暴毛才發現自己躺在一個空地上。雖然他不太清楚這裡究竟是什麼地方，但綠色植物充滿四周，還能聽見潺潺流水聲。他睜開眼，發現月亮透過他頭頂的樹葉灑落地面。

他很疑惑，稍稍挪動了一下身體。這是一個位在高地的綠葉林，雖然在禿葉季，樹葉早已掉光了。忽然，另一種氣味引起了他的注意，一種既芬芳又讓人振奮的氣味；雖然他不記得自己曾經聞過，卻覺得很熟悉。接著他的身後傳來一個聲音：「暴毛。」

他轉過頭來，一時間以為出現的是羽尾。不，雖然這隻貓擁有與他妹妹極為相似的銀灰色毛髮，他卻不認識她。

「妳是誰？」他起身問道。

那隻貓並沒有回答，只是朝他走來，然後用鼻頭輕柔地碰觸他。暴毛在她的腳掌周圍看到閃爍的星光。他打了個冷顫，知道自己正在作夢，而一位星族戰士正來到他的夢中。

「我最最親愛的暴毛，我真的為你和羽尾感到萬分驕傲，」陌生的戰士說道。「你們經歷了重重考驗，一再證明了你們的勇氣和信念。你們服從了星族所有的旨意，我們對此非常滿意。」

「呃……謝謝妳。」暴毛猶豫地說。

「不過部落貓們也是。雖然他們信仰與服從的，是另一群戰士祖靈，但你也應該尊重他們和殺無盡部落。」

「我知道，」暴毛認同地說道。不管眼前的星族戰士是誰，唯一能確定的就是，她十分瞭解他的感受。「請告訴我該怎麼做——還有妳究竟是誰？」

這隻貓趨身向前，她身上的香氣立刻圍繞著暴毛。「你還不知道嗎？」她輕聲地說：「我是你的母親銀流。至於你該怎麼做——暴毛，你要記住，一個問題可能會有許多不同的答案……」

她身邊的光芒開始消散，只剩下暴毛孤伶伶地留在空地上。

「不要走！」他懇求道。

他四下張望，想知道她消失到哪裡去了；他猛地睜開雙眼，發現自己還躺在山洞外，而他的朋友們正在不遠處分食獵物。

他蹣跚地站了起來。星族居然向他捎來一個夢！他看見自己從未謀面的母親——母親在生下他和羽尾後便難產死了，只是現在沒時間哀悼不能見到在世時的母親——至少他知道自己該怎麼做了。雖然對於該怎麼採取行動，他還是一點頭緒也沒有。

羽尾抬起頭，湛藍的眼睛驚訝地盯著暴毛。「怎麼了？」

「我……我得回去，」暴毛高聲地說。「我得實現部落的預言。」

「什麼？」褐皮丟下吃到一半的老鼠，跑到他身邊。「蜜蜂飛進你腦袋了嗎？」

暴毛搖搖頭。「我跟銀流——也就是我們的母親說過話了，」他對羽尾說。「她出現在我夢裡。」

羽尾不敢置信地睜大雙眼。「然後她叫你回去部落？」

「呃，也不能這麼說啦！但是她告訴我，一個問題不見得只有一個答案。我想我的其中一個答案，就是回去部落，並且接受殺無盡部落為我安排的命運。」

「暴毛，但是……」棘爪看起來很困惑。「那你對星族的義務又怎麼辦？還有我們的預言，難道你不在乎嗎？」

「我並不是被選中的四隻貓之一，」暴毛回答。「而且銀流也說，我應該尊敬殺無盡部落，畢竟他們也是戰士祖靈，只不過不是我們的。」

他看得出來，棘爪不是很滿意他的決定，他也暗自希望這位雷族戰士不要命令他繼續踏上回家的路——他很尊敬棘爪，而且情願接受他的領導；但是現在，他知道自己已經找到了正確的方向，沒有任何事能扭轉他的心意；即使是他與棘爪之間的友誼也不例外。

「你們覺得呢？」棘爪說道。

部族貓猶豫不決地望著彼此。他在等待任何一隻部族貓開口時，發現鷹爪、岩石和飛鳥正坐在不遠的地方。這是暴毛第一次覺得，自己在鷹爪眼中發現一道希望之光；但當鷹爪一遇上他的目光，卻馬上別過頭去，好像不願意在這場辯論中發表意見。

「這個嘛，我覺得這是個再鼠腦袋不過的主意。」褐皮的尾巴來回抽動。「我要跟棘爪一起回森林。難道你忘了森林裡會發生什麼災難嗎？」

「我沒有要求你們跟我一起回部落，」暴毛連忙澄清。「這是我自己必須完成的使命，你們可以繼續接下來的旅程。」

羽尾起身走到他的面前，並用鼻頭輕觸他的肩膀。「傻毛球，」她說：「你以為我會留下你嗎？」

「那我也跟你一起回去。」暴毛並不意外鴉掌想跟羽尾在一起，只是沒想到風族見習生居然繼續說：「暴毛，事實上我覺得你說得對。自從我們把你救出來後，你就像少了尾巴的兔子一樣，整天無精打采的。光是看到你這個樣子，我的毛髮就痛了起來。如果不設法救那群貓，我看你也不想留在我們身邊。」

暴毛感激地朝他點點頭。鴉掌的話再怎麼不好聽，也掩飾不了他對暴毛的支持。沒有一隻部族貓能保證，部落貓會歡迎他們回去，更別提尖牙的威脅了。

「我也想加入你們！」鼠掌跳起來，綠色的眼睛充滿鬥志，尾巴也興奮地捲起。她轉頭哀求棘爪：「我們能不能一起去？我們不能讓暴毛自己跟尖牙打。」

「他並不是只有自己而已，」棘爪冷冰冰地回答。他哀傷地瞄了褐皮一眼，然後說道：「看來他們已經決定好了。如果我們之中有誰要去，那麼就得一起去。我沒有忘記森林——但是我們也要記得戰士守則。」

鼠掌發出一聲勝利的嚎叫。

褐皮迅速甩了一下尾巴。「我覺得你們跟新葉季的野兔一樣，全都瘋了，」她大吼道。「但是，棘爪，既然我說要和你一起走，就會尊重你的決定。」

暴毛望著身邊的伙伴，朋友的支持讓他感到一陣溫暖，打從心底感動起來。除了他的妹妹，其他的貓都沒有理由非支持他不可。午夜曾經說過，四個不同的部族將合而為一，看來她說的都是真的；最令暴毛開心的是，古老的部族界線已被消滅，而他現在也想知道，森林裡的各個部族，是否也在面對兩腳獸的威脅時化敵為友、一起合作？或許他半個部族的血統，最後能得到比較公平的對待，他也才能找到一個真正有歸屬感的家。「謝謝你們。」他莊重地說。「殺無盡部落將會非常敬重你們的勇氣，」鷹爪開口了。「不過你究竟想到什麼殺死尖牙的妙計？」

「我想到一個主意了！」鼠掌興致勃勃地說。

大夥兒全望向她，鷹爪不可置信地發出嘶聲。

「繼續說啊。」棘爪鼓勵她。

「銀流不是說過……」鼠掌開口：「每個問題都可能有許多答案嗎？嗯，這麼多的貓努力想殺死尖牙，但最後全都失敗了，就連像鷹爪這麼厲害的戰士也沒成功，所以我們應該想想其他的辦法，而我想我應該知道，那個辦法是什麼。」

「什麼？」鴉掌一本正經地問：「妳該不會想走到他面前，無法勸他走開吧？」

「鼠腦袋！」鼠掌大叫：「當然不是囉，如果我們不能靠自己的力量殺死尖牙，就得找別的東西幫我們解決牠！」

第二十章

老鼠的尾巴從葉掌張開的爪子間溜走，她只好沮喪地盯著那隻小動物消失在裂縫裡。她離開營地，為煤皮採集更多藥草，並且遵照火星任何貓都不能單獨外出的命令，請栗尾陪她一起。

「運氣真糟，」玳瑁色戰士同情地喵道。「但那隻老鼠實在太瘦了，難怪妳抓不到。」

「牠總是一隻獵物，」葉掌反駁。「要不是我餓到沒力氣看，早就抓到牠了。」

她開始從灌木底下往後撤退；她轉過頭，突然注意到灌木那看起來很眼熟的深綠葉片，以及掛在樹枝和散落在樹幹周圍的紅莓。

「老鼠屎！」她嘶嘶叫道：「我的腳踩到髒東西了。」

「怎麼了？」

葉掌連退好幾步，指著尾巴上沾到的紅莓。「死莓，」她說：「我光顧著抓老鼠，居然沒注意到這裡有死莓。」

栗尾打了個冷顫。「快用水把它們沖掉，快！」

葉掌困惑地看著她朋友驚恐的眼神。死莓確實很毒，但只有吃進嘴裡才會致命。栗尾是她知道最有勇氣的貓之一，不過當她看見死莓時，卻眼神呆滯、毛髮直豎。

「妳還好嗎？」葉掌問道。他們一面走回森林，一面尋找可以讓她洗腳的水坑。

「我很好。」栗尾對她眨眨眼。「妳知道我差點吃了死莓死掉嗎？」

「不！」葉掌停住，驚恐地瞪著她。「怎麼會？」

「事情發生在妳出生前，當時我還只是一隻小貓。有次我跟著暗紋走進森林——妳應該不記得暗紋是誰了，他是虎星在雷族最得力的左右手。我看到他跟黑星——當時他是虎星的副族長，叫黑足——說話，於是他就逼我吞下死莓，好阻止我洩漏這件事。」

「太可怕了！」葉掌用口鼻輕推栗尾的身側。

「是煤皮救了我，」栗尾說，「不過這些事都過去了。不管兩腳獸會怎麼對付我們，至少我們不用再擔心虎星了。」她轉了一圈，精神抖擻地翹起尾巴。「來吧，先想辦法把妳的腳清乾淨，倒楣的雷族現在可禁不起再碰到死莓。」

當葉掌跟著她的朋友走進樹叢深處，突然，一個陰鬱的想法掠過她的心頭。如果虎星真是鷹霜和蛾翅的父親，那麼麻煩可能還沒完。

當他們抵達轟雷路時，兩腳獸怪獸們的咆哮聲就愈響亮。最後他們終於在低地找到一個小水池，葉掌將腳掌浸到水裡好幾次，然後在青草上擦乾淨，直到她確定沒有死莓沾在腳上為止。儘管如此，葉掌知道在接下來幾天，她在舔腳掌時都會覺得毛毛的。

「好了，」她說。她得提高音量，才能蓋過怪獸的吼叫聲。「應該沒問題了。妳看！那裡有一大叢山蘿蔔耶！煤皮會……」

她話還沒說完，就倒抽了一口氣。怪獸的怒吼聲突然逼近，一頭閃閃發光的龐然大物鑽出樹叢，彷彿是把天空劈成兩半的閃電，將她剛才發現的山蘿蔔叢全部碾平。栗尾發出一聲慘叫，嚇得連忙往她最近的一棵樹奔去，拚命往樹皮上猛抓，想爬到樹上躲起來。最後她終於爬到第一根樹枝上，停在那裡，甩鬆自己一身豎直的毛髮。

葉掌則蹲伏在一個窪地裡。被這一幕可怕的情景嚇得目瞪口呆——怪獸輕鬆地抓住一棵年輕的梣木，將樹從地上連根拔起，比她拔起一株牛蒡根還要容易；牠高舉梣樹，截斷它的樹枝，把它變成一根巨大、扭曲的樹幹。樹枝的殘骸像冰雹般地掉在葉掌身邊。

「葉掌！」栗尾的叫聲一時讓她忘了害怕。她的朋友或許是發現樹上也不安全，於是趕緊跳了下來，越過空地一路奔向葉掌，並用腳輕推她，大喊：「快跑！」

葉掌看了怪獸最後一眼，驚恐地發現怪獸正將梣樹切成薄片；她跟著栗尾在森林裡狂奔，一下子經過有刺的灌木，一下子又跌進泥巴坑裡。

當後方怪獸的怒吼聲終於變成微弱的隆隆聲，兩隻貓才停下來喘口氣。

「森林裡有愈來愈多的樹都被砍掉了，」栗尾上氣不接下氣地說：「我們很快就會沒有地方住了。」

葉掌嚇得直發抖，不時回頭張望，深怕怪獸又會突然從樹林中衝出來追趕她們。「我討厭牠們！」她高聲抗議：「牠們怎麼可以傷害我們的家？我們曾經傷害過牠們嗎？」

「這就是兩腳獸。」栗尾回答。她已逐漸平靜下來，肩膀上的毛髮也變得平坦；過了一會兒，她用尾尖輕觸葉掌的耳朵。「走吧，我們到河族邊界附近找點藥草。還是離怪獸愈遠愈好。」

嚇得說不出話來的葉掌，朝栗尾點了點頭。她跟著玳瑁色戰士穿越樹林，一想到這裡再也不能回復往日的寧靜、樹木永遠不能在新葉季冒出嫩芽，提供他們遮陽蔽雨的地方，她就覺得難過極了。葉掌知道，如果星族阻止不了這場災難，一定也感到非常悲傷。

「我們現在該怎麼辦？」過了一會兒，栗尾問道。「我已經不記得，上一次我、或是其他族貓吃飽喝足是什麼時候了，妳看蕨雲，她一直覺得小葉松的死是她的錯，可是根本不是這樣。」

葉掌想到親切的蕨雲，就為她死去的孩子感到悲傷；以及塵皮是怎麼努力地安慰，卻也無法幫助蕨雲從傷痛裡恢復過來。接著她又想到了花尾，餓到吃下有毒的野兔，最後也死了。如今霜毛也孱弱到無法離開長老窩，而且開始咳嗽；煤皮每天都在擔心綠咳症會突然爆發，並輕易轉變為致命的黑咳症。

「有時我在想，在我們全都死光光之前，兩腳獸是不會停止的。」葉掌輕輕地說。

栗尾輕聲表示同意。「好像星族已經拋棄我們了。葉掌，祂們有跟妳或煤皮說話嗎？為什麼祂們沒有警告我們？難道戰士祖靈再也不關心我們了？」

葉掌閉起眼睛。她多麼想告訴她的朋友，星族早就預言了這一切，雖然不是對巫醫或巫醫見習生說的，但是她已經答應要為那些被星族選中的貓保守祕密；如果真的要說，也一定得先告訴火星或煤皮。

她又想起那些被星族派上旅途的貓。無論他們現在身在何方，看樣子回家的機會也很渺茫。她上次與鼠掌心電感應，已是好幾天前的事了。想到也許再也沒有機會看見姊姊和棘爪，葉掌就覺得心好痛。她不必將這個祕密告訴栗尾，給她一線希望，最後再奪走它。

當她們抵達河族的邊界——山坡變得平緩，一路延伸到河流和兩腳獸橋，葉掌的心情又平靜下來了。兩腳獸怪獸的咆哮聲還傳不到這裡，森林寧靜如昔，就好像什麼事都沒發生。

她嗅了嗅空氣，聞到野兔的氣味，接著就看見那隻小動物在蕨葉叢間蹦蹦跳跳。她幾乎想跳起來追捕那隻野兔，但是她記得火星的命令，花尾的死更讓她不敢忘記。

「真討厭，對不對？」栗尾低聲抱怨，悻悻然地彈了一下尾巴。「我敢保證那些愚蠢的動物一定在嘲笑我們。」

葉掌點點頭，事實上她一聞到獵物，嘴裡就滿是口水。她忍不住懷疑，他們過沒多久就會像花尾一樣，寧願冒險吃野兔也不願意再挨餓。

在她前頭的栗尾已經悄悄做好狩獵的伏姿，葉掌則謹慎地不去驚動她的朋友，免得害她分心；她緩緩前進，想知道栗尾究竟發現了什麼，原來是隻松鼠慢吞吞地走在曠野上。太好了！葉掌想。如果抓到這隻獵物，就可以帶回營地給蕨雲和霜毛吃了。

只見栗尾蹤身一躍。雖然她沒有發出半點聲響，那隻松鼠卻在這隻戰士的前爪撲向牠之前，搶先一步逃跑了。栗尾沮喪地叫了一聲，當松鼠爬上最近的一棵樹上時，她也毫不氣餒地跟過去。

「栗尾，不可以！」葉掌發現那棵樹位在邊界的另一側，也就是河族的領土時，立即朝栗尾發出警告。

然而飢餓的栗尾顯然已經聽不見她的呼喊，仍緊追松鼠不放。當松鼠躍上枝頭，她也跳到樹上，伸出一隻爪子準備抓住牠的尾巴；但那隻松鼠扭動身體，還是從栗尾的爪子下逃脫。栗尾倏地跳到地上，怒氣沖沖地咒罵。

「快回來！」葉掌大喊。「妳現在跑到河族去了！」

栗尾匆忙站起身，毛髮上沾了幾根青草。「狐狸屎！」她大吼：「我差點就抓到牠了！」

葉掌還來不及再次開口，一股熟悉的氣味就飄了過來。一隻虎斑貓的身影出現在樹後，栗尾一轉身就被一隻大掌重重擊倒，動彈不得地困在那兒。

「看看是誰來了？」鷹霜怒吼：「雷族貓竟然敢偷跑進我們的領土？」

第二十一章

栗尾瞪著鷹霜，死命地在他的掌下扭動身體，爪子也使勁地在他腿上猛扒，但是餓了這麼多天讓她發揮不了戰鬥力；河族戰士毫不畏懼，反而伸出另一隻前掌，用力壓在栗尾的耳朵上。

「跟我去見豹星，」他咆哮道：「她會決定怎麼處置妳，雷族貓絕不能對邊界視而不見。」

「放開她，」葉掌說：「她才踏進你們領土幾條尾巴的距離而已！」

鷹霜不懷好意地瞪了她一眼。「哦，又是妳啊！」

「對，又是我。」葉掌走到鷹霜面前，迎向他那雙冰冷的藍色眼睛。「蘆葦掌出事的那天，你應該很慶幸有我在附近。」她繼續勸說：「你欠雷族一次人情，快放栗尾走。」

鷹霜嘲諷地翻起嘴唇。「部族間沒有誰欠誰人情的道理。戰士守則說要尊重邊界，而她……」他輕蔑地用尾巴掃了一下栗尾，「顯然沒把守則放在眼裡。」

葉掌頓時覺得毛髮豎直、肌肉緊繃，身體好像在叫她與鷹霜戰鬥。她和栗尾合力或許還有機會將他打倒……但理智告訴她要保持冷靜，留在雷族的領土上，不要輕舉妄動。她可以想像，如果火星發現她在自己的領土上攻擊異族貓，會有什麼反應。

要向這麼討厭的貓求饒是件非常困難的事，但她總得試試。「拜託，她不是故意的。」

鷹霜的藍眼睛彷彿兩片結凍的薄冰。「她在偷獵。」

「她沒有！」葉掌瞪大雙眼說：「那隻是雷族的松鼠。」

栗尾原本無力地躺在鷹霜腳下，突然拚命地從他的腳掌間掙脫。栗尾在他腿上狠狠地咬了一口，鷹霜發出刺耳的叫聲；兩隻貓在地上扭打了好一陣子，可惜勇敢的栗尾在體形和力氣上都不是鷹霜的敵手。不久，栗尾再度被他壓在腳下。

「好啊，你帶我去見豹星好了，」她高聲叫道：「不過這一路我會讓你好看的！」

鷹霜哼了一聲。「好啊，隨便妳。」

葉掌焦急地四下張望；為什麼火星或煤皮不在這兒？他們或許有可能說服鷹霜。靠近她這頭的邊界連一隻貓的身影都沒有，不過她卻在河對岸的蘆葦叢間發現一道金黃色的閃爍亮光，接著葉掌就看見蛾翅越過兩腳獸橋飛奔而來。那隻河族見習生躍上山坡，在她哥哥身邊停下。

「怎麼了？」

「妳自己看，」鷹霜用尾巴輕拍栗尾。「我逮到一個入侵者，我要帶她去見豹星。」

「她不是故意的，」葉掌懇求道，覺得蛾翅可能可以幫栗尾脫困。「她剛才在追一隻松鼠——雷族的松鼠——沒注意到自己已經越過邊界了。」

蛾翅的眼神從哥哥移到葉掌身上，然後又轉回她哥哥身上。「放她走吧，」她說：「這又沒什麼，反正她什麼也沒抓到。如果你帶她去見豹星，很可能會挑起兩族間的戰爭。」

鷹霜冷峻的藍眼睛瞪著妹妹。「戰爭有什麼不好？大家都知道雷族現在自身難保，這可是我們進攻占領他們的好機會！」

葉掌倒抽一口氣，**難道這才是鷹霜的目的嗎？**

蛾翅也不甘示弱地瞪著她哥哥。「不要鼠腦袋了，」她冷淡地說。「還記得豹星欠火星一個人情吧？當時虎星想要接管河族時，是火星把河族還給豹星的，所以她絕不可能向他發動戰爭。」

「如果理由充分的話，她不見得不願意，」鷹霜反駁，「這跟欠誰的人情無關，重點是偉大的戰士守則。邊界可不是拿來開玩笑的！」他上揚的音調中帶著一股決心；他深深吸了口氣，接著大聲地說：「蛾翅，注意妳的發言，別忘了妳可能是在跟部族副族長的接班人說話呢。」

「什麼？」葉掌脫口而出。「那霧足呢？」

「霧足只是個膽小鬼，」鷹霜大吼：「她無法接受森林裡發生的一切，所以逃走了。」

「好幾天沒有貓看到她了，」蛾翅向葉掌解釋，眼裡滿是焦慮。「自從她去四喬木附近巡邏後，就再也沒出現過；我們不知道她發生什麼事了。」

「就算她回來，也不再是副族長了，」鷹霜咆哮：「副族長不能愛去哪兒就去哪兒。」

葉掌感到一陣暈眩，她不敢相信這是真的。霧足並非如鷹霜所說的，是隻膽小怕事的貓，而且她認為其他三族遭受的不幸，應該還沒蔓延到河族，因為他們的領土是唯一一個尚未被兩腳獸入侵的區域。但如今霧足竟失蹤了？

到底有多少貓失蹤？是不是每一個部族都有貓消失？一股寒意爬上葉掌的心頭，這一連串的失蹤事件不可能跟星族有關；即使第一批貓兒失敗了，星族也不可能一而再、再而三地把貓兒推向不可知的命運；倒是兩腳獸應該跟這件事脫不了關係。

她沒有將內心的想法告訴蛾翅和鷹霜，而且慶幸栗尾沒有把雲尾和亮心失蹤的事告訴他們。河族對雷族的狀況應該知道的愈少愈好，特別是在鷹霜如此渴望對他們發動戰爭時，只因為他認為現在的雷族不堪一擊。

沒想到蛾翅首先打破沉默。「鷹霜，你知道嗎？你真是個白痴。」她說。

她哥哥頓時氣得豎起毛髮。「妳在說什麼？」

「如果你想征服雷族，就用錯方法了。」

「妳又知道該怎麼做了？」鷹霜嘲諷地說。

「沒錯，我當然知道。」蛾翅的語氣異常冷淡。葉掌不敢相信她聽見的，好像她從來都不認識這隻貓。

「那妳倒是說說看，我該怎麼做？」

蛾翅轉頭舔了舔自己的肩膀。「對他們友善一點，讓他們心存感激。這麼一來，當他們的力量愈來愈弱，自然就會乖乖聽我們的話了。何必冒著受傷的危險戰鬥呢？讓兩腳獸幫我們解決他們不就得了?我們大可以坐著等，然後搬進他們的領土。」

鷹霜若有所思地瞇起雙眼。「妳說的話或許有點道理，」他咆哮道，並退了一步，讓栗尾起身。「滾!不准再回來了!」

栗尾抖抖身體，瞪了他一眼，然後往回走了幾步，回到自己的領土。栗尾跨過邊界的時候，葉掌仔細看了看她；除了幾處表面的抓傷外，鷹霜應該沒有傷到栗尾。

「我會把你剛才說的每句話都告訴火星，」葉掌努力保持鎮定，對蛾翅說道：「下次大集會時，他會將這件事轉告給豹星。」

兩雙眼睛，一雙是冷冽的藍色，另一雙則是琥珀色，全都盯著她瞧。

「去啊，去打小報告啊，」鷹霜毫不在意地鼓勵她。「就算他相信妳，他又能拿我們怎麼樣?難道妳認為豹星不會支持我趕走一隻雷族貓嗎?」

栗尾輕推葉掌的肩。「走吧，我們回營地去。」

葉掌垂頭喪氣地轉身離去，尾巴也拖在地上。她曾經如此喜歡並信任蛾翅，看來她的朋友如今已背叛了她。就算蛾翅選擇效忠河族，葉掌也沒想到她這麼有心機。

她才走了幾隻狐狸身長的距離，就聽見蛾翅在小聲地呼叫她的名字。她停下來，回頭看了一眼。蛾翅還站在邊界上，而鷹霜早就離開了。

「葉掌!」蛾翅甩甩尾巴，呼喚葉掌。

「不要理她，」栗尾低聲地說：「誰稀罕這種友誼?」

「葉掌，拜託……」蛾翅懇求地說，「聽我解釋好不好?」

葉掌猶豫了一會兒，才心不甘情不願地走回邊界，栗尾也跟著她往回走。葉掌感覺得到她身上那股緊繃的情緒，看見她厭惡地望著那隻河族母貓的眼神，讓葉掌忍不住退縮了一下。

「在鷹霜面前，我非得這麼說不可，」蛾翅連忙解釋，「難道妳看不出來嗎？如果我不這麼說，他不可能放妳的朋友走。」

葉掌鬆了一口氣。她一點也不想錯怪蛾翅，畢竟她倆有巫醫對巫醫的關係。

她看得出來這隻河族母貓也鬆了口氣。蛾翅又說：「妳相信我對吧？我們還是朋友吧？」

「我們當然是朋友。」葉掌往前走了幾步，與蛾翅親暱地碰碰鼻頭，故意忽略後頭栗尾懷疑的鼻息。「謝謝妳。」

她看見蛾翅後方的山坡下，鷹霜正從灌木從中鑽了出來，大步走過兩腳獸橋。一想起他野心勃勃的眼神，葉掌就打了個冷顫。除了虎星，還有哪隻貓會像他一樣貪戀權勢呢？

「蛾翅，」她輕聲問道，再也無法掩飾心中的疑惑。「妳父親是誰？是不是虎星？」

蛾翅琥珀色的雙眸閃過一道驚恐的眼神，她遲疑了好一會兒，最後開口說：「沒錯。」

第二十二章

這太瘋狂了，實在太瘋狂了。當暴毛答應讓鷹崖和另一個護穴貓送他回水簾後面的山洞時，這句話就一直隨著他的腳步不斷在他腦袋裡響起。其他的森林貓則緊跟在後，身旁有更多護穴貓守衛；鷹爪和他另外兩個朋友則走在後頭。他們一抵達河邊，一隻巡邏隊就立即發現了他們；暴毛很清楚，現在他們是囚犯，而非賓客，也不曉得部落貓會怎麼對待他們─他們前兩個晚上才冒死逃離，難免要受到敵視，但鷹爪和他的朋友們則是冒著天大的危險，因為他們被命令：在尖牙死掉之前都不許回家。

第一道微弱的曙光悄悄穿過水簾、爬進洞口，而尖牙想必很快就會埋伏在四周。暴毛甚至不知道，部落貓聽不聽得進鼠掌的計畫；當他想找回內心深處的勇氣時，一股淡淡的銀流香味居然又漂浮在他左右。暴毛回過頭，不知羽尾是否也聞到了母親的氣味，然而妹妹只是跟在他身後，茫然地望著他。當護穴貓一如往常地頂著層層泥紋從岩石後頭出現時，沒有一隻森林貓害怕畏縮，同伴們的勇氣、忠誠，與即使離森林這麼遠也絕對服從戰士守則的決心，讓暴毛覺得自己很渺小；他知道朋友們願意為部落做任何事，即便得冒生命危險。

尖石巫師顯然已經得到通知了，早就在主洞中央等待暴毛與其他貓兒。暴毛看得出來，尖石巫師那一層泥衣底下，有一道毛髮在與尖牙的打鬥中被狠狠的連皮剝下，一隻耳朵上也有新的傷口。

暴毛走上前，並將自己翻過山、一路帶來的獵物放在面前：那是隻皮毛因為禿葉季而變得雪白的野兔。

「這是什麼？」尖石巫師冷淡地說，眼裡則充滿敵意。「你為什麼又回來了？」

「幫你們打敗尖牙。」暴毛回答。

當暴毛看見這位部落醫生的表情既沒有特別歡迎，也沒有放下戒心時，他的心開始狂跳。

「你認為你能幫上什麼忙？」

暴毛的目光掃視山洞，接著看見部落貓紛紛從陰影處走了出來。他們看起來都很好奇，但也很恐懼。暴毛他們一開始對這些貓所展現的友誼，如今都因為尖牙的攻擊與暴毛沒能實踐預言——將他們從痛苦中拯救出來——而消失殆盡。許多貓跟尖石巫師一樣，身上有新的傷疤，有的貓負傷跛行。暴毛四下搜尋溪兒的身影，卻怎麼也找不著。

「尖牙昨天把星辰帶走了，」尖石巫師咆哮。「許多貓在驅趕他時受了重傷，一位身亡，還有兩位倒在殺無盡部落的邊界。你當時沒有選擇留下來幫助我們，反而逃走。」

尖石巫師對他的輕蔑彷彿一隻利爪，無情地刺進暴毛的心。聚在一塊兒的部落貓也陸續傳出贊同聲，彷彿在責備他的背叛，一如當時他被他們囚禁時的心情。他聽到部族貓裡傳出一聲敵意的嘶聲——他猜想是鴉掌，並希望這隻見習生能保持安靜。

「我當時並不相信我就是那隻應許之貓，」他誠實地回答。「而且我也不想被關在尖石洞裡。但是從我逃走以後，我就開始想……這次我自願回來，即使我不是預言中的那隻銀毛貓，還是願意盡力幫助你們。」

「我們也是。」棘爪附和，並走到暴毛身邊。

這位部落醫生鬆了口氣，四周響起貓兒的竊竊私語，有的貓還讚美他。

他聽見溪兒的聲音出現在身後。「暴毛，我就知道你會回來。」

暴毛轉身看見她從貓群中擠出一條路，朝他走來。當他看著她發亮的雙眼與歡迎的語氣時，暴毛欣喜得打了個寒顫。

「我們應該聽聽他怎麼說，」她鼓勵尖石巫師。「殺無盡部落派他來幫助大家，否則在看到尖牙的力量後，他怎麼還有勇氣回來呢？」

尖石巫師似乎再也沒有力氣相信任何事了，但他還是彎身鞠躬。「太好了，」他說：「但我們什麼辦法都試過了，你們有什麼新點子嗎？尖牙把我部落裡最優秀的戰士都當成弱不禁風的小貓殺光了。」

暴毛輕彈尾巴，示意鼠掌上前。她抓著一團樹葉。「讓尖石巫師看看妳有什麼法寶，」他說，然後在她耳邊嘀咕：「希望妳沒把它們吃進肚子裡。」

鼠掌扔下樹葉。「我可沒這麼鼠腦袋！」她生氣地低聲回嘴。

暴毛轉頭面向尖石巫師，用一隻腳掌戳了野兔一下。「這是獻給尖牙的，」他說道。「而在兔子裡面，我們會放進這個東西。」他輕輕地打開那團樹葉，裡頭包著一顆顆光亮的紅莓。

在部落貓前方，有隻靠在母親身邊的小貓，上前小心翼翼地朝紅莓嗅了嗅。鼠掌伸出尾巴擋住他，並將他推回母親身邊。

「別碰它，」她說。「只要一顆就能讓你肚子痛——那還是你運氣好、沒有死掉的話。」

小貓睜大眼睛，安靜地望著她。

部落醫生盯著紅莓，輕輕嘶了一聲，後退一步。「暗夜種子？」

「你知道這種植物？」暴毛問道：「在我們族裡，我們叫它死莓。」

「我知道所有在山間生長的藥草和莓果，」尖石巫師回答。他突然露出感興趣的眼神；接著他再度彎腰鞠躬，說起話來也變得有些失意。「但我在植物方面的知識，都不能保衛部落。尖牙實在太強壯，我想即使是死莓也對付不了他。」

「三顆死莓就能殺死最強壯的戰士。」鼠掌大膽地發表意見。「我想我們手邊有的數量，已經足夠殺死尖牙了。」

尖石巫師訝異地說：「妳確定嗎？」

「萬一這些莓果不能殺死尖牙，」暴毛也說：「也能讓他變得虛弱，到時我們就能一口氣殺掉他。」

尖石巫師依然很猶豫。他弓起雙肩，好像被群山重壓著。

接著暴毛在部落貓中聽到一陣騷動，原本不友善的呢喃漸漸變成憤怒的嚎叫。是鷹爪從貓群中擠出一條路，大步走向部落醫生——要不是幽暗的陰影籠罩洞穴，大部分的部落貓都沒發現這些被放逐的貓回來了。

鷹爪冷靜地聽他以前的部落同胞咆哮。

「你應該要殺死尖牙的！」

「你辜負了我們的期望！」

「尖石巫師，他違背了你的旨意回來。殺了他！」

部族貓本能地將鷹爪團團圍住，準備保護這位新朋友。鴉掌脖子上的毛髮直豎，褐皮伸出了爪子，就連向來溫柔的羽尾也左右來回抽打她的尾巴。暴毛的這群戰士朋友，跟他的族長一樣讓他驕傲。

尖石巫師舉起尾巴示意大家安靜，但過了好一會兒，喧嘩聲才漸漸變低。「啊，」部落醫生吼道：「希望你給我一個好理由，解釋一下你有什麼資格回來？」

「最好的理由，」鷹爪回答，「就是如果你想殺了我也沒關係，但是那無法幫助你對抗尖牙。你的敵人在洞外，而不是在洞內。銀毛貓已經出現，現在就是相信殺無盡部落預言的時刻。如果我們還是沒能成功，你大可將我們處死。」

整個部落陷入一片寧靜。他們原本的敵意化為遲疑，暴毛脖子上的毛髮再度放鬆下來。

「我們不能在那隻野獸的巢穴消滅他，」鷹爪繼續說道：「因為我們不曉得牠藏在哪裡；所以我們得引牠過來，然後才能宰了牠。」

「引來這兒？」在眾多憤慨的驚叫聲中，溪兒驚呼道。「引來我們的洞裡？」

暴毛伸出尾巴，放在溪兒的肩上安撫她。她必須相信他們，無論他們的計畫有多危險。

「是的，引來這裡，」鷹爪咆哮道：「這裡是我們最熟悉的地方，我們可以躲在牠不知道的角落。如果我們要給尖牙致命的一擊，整個部落的貓都可以埋伏在山洞裡，趁機攻擊牠。」

「你要怎麼引牠過來？」尖石巫師冷淡地問。

「用血。」

鷹爪舉起他的大掌，張開嘴一口將腳掌撕裂；鮮血如雨水般潑濺在地上，然後他仰頭咆哮，怒吼聲迴響在山洞裡，甚至壓過外頭的瀑布聲。他轉了一圈，然後往洞口衝，岩石和飛鳥也跟著跑了出去。

除了瀑布聲外，鷹爪他們留給洞穴貓和森林貓的，只有一陣令人暈眩的寂靜。暴毛吐出一口長長的氣。計畫開始；鮮血之路已經展開。

棘爪首先打破沉默。「鼠掌、暴毛，你們負責將死莓塞進野兔裡，確定紅莓的毒汁沒有沾到自己的毛上；如果沾到了，立即洗乾淨。」

「遵命，巫醫。」鼠掌裝模作樣地鞠了個躬，假裝聽命於棘爪；她的綠眼睛閃過一道光芒。「我們知道該怎麼做。」

暴毛仔細聽鼠掌和棘爪討論放野兔的位置；尖石巫師對護穴貓下達命令，並將小貓和貓媽媽們送至育兒室，並在育兒室的隧道入口加派許多守衛。此外，更多護穴貓和狩獵貓藏在山壁的岩石上，好抓緊機會跳到尖牙身上突襲。他們泥紋的毛髮跟山壁結合在一起，連尖石巫師也很難發現他們究竟躲在哪兒。

恐懼一直潛伏在暴毛心底，總覺得某件可怕的事就要發生了。但是如果這是殺無盡部落的安排，他為什麼又要害怕？他猛吸一口氣，然而空氣中並沒有銀流的氣味。

「一切都會沒事的。」羽尾朝他走來，與他相觸口鼻。「我知道你一定很害怕，但是星族不也透過我們的母親託夢給你，派你來協助部落貓嗎？所以我們一定得這麼做。」

鴉掌這隻灰黑色的貓跟在羽尾身後，沉默地朝他點點頭。

彷彿被冰冷的利爪給揪住，暴毛知道有什麼事不太對勁。有件事他們還沒有搞懂，有件事似乎沒有納入計畫裡；他四下張望，搜尋棘爪的身影，希望能告訴他心中的恐懼，卻發現他拖著野兔，將牠放在離入口幾條尾巴長的洞口內。褐皮在一旁觀察，並測量誘餌和入口間的距離，而鼠掌則在一旁用尾巴指揮放置的方向。

暴毛朝他們走去，一路都能感覺到藏在山洞各個角落裡的部落貓，正在監視他的舉動。但在他還來得及開口前，洞外傳出一陣刺耳的尖叫聲。鷹爪、岩石和飛鳥奔進洞內，然後急忙停下腳步。

「尖牙！」飛鳥上氣不接下氣地說道。

「牠到這裡了！」岩石驚叫道，聲音轉為哀嚎。「牠來了！」

第二十三章

暴毛愣住了。怎麼會這麼快？三隻被放逐的貓衝進洞穴的岩壁後，還沒就位的部落貓也慌忙逃到通往尖石洞的隧道中。暴毛和他的朋友則被留在山洞正中央，驚慌地環顧四周。

他們顯然遲疑太久了。一陣可怕的咆哮聲穿透瀑布，龐大的身影在月光下出現在洞穴前，接著尖牙便現身在他們面前。

就像部落貓說的，牠長得就像長老故事裡的獅子，只是頭上少了火焰般的鬃毛環繞——牠的短毛下是一身精瘦結實的肌肉，牠低垂著金色的大頭，不停地搜尋鷹爪的鮮血。牠看到那隻野兔，卻只是將牠揮到一旁。

「不！」鼠掌發出一聲哀嚎。

這聲驚叫反而引起這頭野獸的注意；牠轉過頭，興致勃勃地抽動兩隻長滿毛的圓耳。

「回來！」棘爪大吼一聲：「全都躲起來！」

他先是跳到那隻獅子般的巨貓面前伸出兩隻前腳，在尖牙逮到他之前滾到一旁；暴毛看見鼠掌從另一邊衝了上來，立刻跳到尖牙背上，爪子狠狠刺進牠的尾巴根部。

「鼠掌！」棘爪大吼，「星族在上，妳到底在做什麼？」

當那隻獅子般的巨貓抽動身體，試圖將她從身上甩開時，鼠掌已經從尖牙背上跳下，然後飛快地躲進沿著洞壁排列的巨石。尖牙發出一聲怒吼，追了過去，但是她的速度實在太快，只見鼠掌倉皇爬上一塊突出的岩石，氣喘吁吁地站著，一身暗薑色的毛髮也因為戰鬥而亂成一團。

暴毛逃到對面的石壁，跟著羽尾沿著岩石間的幾個縫隙往上爬，最後抵達洞頂下方一個隱蔽的小岩架裡。在這個狹小的空間中，他蜷縮在妹妹身旁，觀察洞底的情況。

部落貓全都躲在各自的藏身處，嚇得不敢動。棘爪也安全了，逃到鼠掌下方的另一個岩架上躲了起來。他往上方朝鼠掌大吼，看起來跟尖牙一樣生氣；雖然暴毛聽不見他在罵什麼，但他大概猜得出來。

暴毛找了老半天，都沒看見褐皮的身影；後來他才在入口附近洞穴上方的V形裂縫中，看見她鬼鬼祟祟地探出頭。現在只剩鴉掌了。暴毛感覺身邊的羽尾繃緊了身體，低聲地說：「噢，糟了！」

尖牙幾乎走在他們正下方的洞穴岩壁上。暴毛瞥見牠可怕的眼神，在冷峻的月光下閃耀著不祥的光芒。尖牙縮起雙唇，露出兩排凶殘且沾滿唾液的牙齒；鴉掌被困在洞底的裂縫中，但淺的無法遮掩他的身體。只見鴉掌拚了命地想擠進岩壁中，想逃開尖牙的利爪。恐懼的尖叫攫住了暴毛。

暴毛突然感到胃裡一陣翻攪，每件事都不在他們的預料內。尖牙不但對那隻野兔視若無睹，反而開始追殺其他的貓，再過幾秒他就會逮到鴉掌，星族的任務也將宣告失敗——如果風族貓死了，四族該如何團結為一呢？暴毛低聲咒罵自己，覺得自己什麼都做不好，因為他不是部落祖靈口中的應許之貓。他既愚蠢又考慮不周的傲慢，這回可真的害死大家了！

他聽到身邊的羽尾輕呼。「鴉掌，」她意味深長地看了暴毛一眼，眼中充滿愛意和悲傷，藍色的大眼睛在月光下閃爍著。「現在我聽得見那些聲音了，」她低聲呢喃：「這是我的任務才對。」

接著暴毛隱約感到她隆起肌肉。在他意識到她要做什麼之前，羽尾就蹤身一躍——不是往下跳，而是跳向洞頂。她的爪子緊攀著石塊狹長的尖狀突出部，然後發出一聲讓暴毛心碎的尖叫。

「不！」他叫道。

岩石負荷不了羽尾的重量而裂開，開始掉落地面。她發出一聲恐怖的慘叫，直直落在尖牙身上。那隻獅子般的巨貓抬起頭，發現片片岩石朝牠砸了下來，嘶啞的咆哮聲頓時轉為悽慘的尖叫；他痛苦地在地上扭動身體，而羽尾則重重摔在地上，倒在尖牙身旁。

暴毛從岩壁上起身，從岩石上滑了下來，爪子全都因磨擦到石塊而裂傷；他跑到妹妹面前，只見羽尾雙眼緊閉，動也不動地躺在地上。尖牙仍然不停地掙扎，但當暴毛在牠身邊停下時，這隻獅子般的巨貓猛然抖了一下身體，吐出最後一口氣，一命嗚呼了。

「羽尾？」暴毛輕聲呼喚。

他發現鴉掌也從岩縫中爬出來，蹲在她身旁。「羽尾？」這隻風族貓焦急地說：「羽尾，妳怎麼樣了？」

羽尾依然動也不動。暴毛抬起頭，看到其他部族貓紛紛聚在他身邊，驚恐的部落貓也從藏身處緩緩爬了出來。他繼續低頭望著自己的妹妹，看見她的胸膛仍有微弱的起伏，這表示羽尾還有呼吸，只是氣若游絲。

「她會沒事的，」他的嗓音變得粗啞。「她一定得好起來。她……還有預言等著她。」

鴉掌爬到羽尾面前，用鼻頭輕觸羽尾的毛髮。他吸了一口羽尾身上的氣味，開始輕柔地舔她。他肩膀上傷口流出的鮮血，弄髒了她的皮毛。「醒醒啊，羽尾，」他低語。「求求妳。」

羽尾沒有回應。一陣熟悉的氣味再度圍繞在暴毛四周，他抬起頭。「銀流？」

在洞口附近，月光穿過瀑布、發出蕩漾波光的地方，暴毛隱約發現一隻淺灰色看似銀毛貓的身影。她看起來只是一道微弱的銀光，隨後悲傷在他的腦中氾濫。「哦，羽尾！」

此時鴉掌突然倒抽一口氣，暴毛連忙將目光移回妹妹身上，發現羽尾已經睜開雙眼。他顫抖地呼喚她的名字，只見她轉過頭來，眨了眨眼睛。

「哥哥，這次我不能陪你回家了，」她低聲說道。「記住拯救貓族的使命。」

接著羽尾凝望著鴉掌，暴毛在她深情的眼神中，發現她對這個難以相處的年輕見習生的深情，足以抹滅部族間長久以來的對立。「就想你有九條命吧，」她輕聲說道：「這回我救了你一次……別讓我再救你一次。」

「羽尾……羽尾，不要啊！」鴉掌乾啞的嗓子勉強吐出這幾個字。「不要離開我。」

「不會的。」現在她的聲音愈來愈小，大夥兒幾乎都要聽不見她的話了。「我永遠都會在你身邊，我保證。」

然後她閉上雙眼，不再開口。

鴉掌抬起頭嚎啕慟哭。暴毛低頭趴在妹妹身旁，悲傷凍結了他的四肢，讓他傷心到無法動彈。他聽見朋友們哀傷的聲音，鼠掌依偎在棘爪身上低語：「她不可能死的……不可能。」棘爪則低著頭輕舔她的耳朵。褐皮站在他倆身邊望著羽尾，琥珀色的眼裡充滿哀傷。

部落貓開始竊竊私語，山洞深處突然響起歡欣的叫聲：「尖牙死了！我們自由了！」暴毛退縮了一下。拯救部落的代價實在太高了！他轉向洞口，發現銀毛貓模糊的身影仍矗立在月光下。

銀流的聲音穿過瀑布，傳進他的耳中。「親愛的兒子，請你不要悲傷。羽尾現在會跟星族一起狩獵，我會好好照顧她的。」

「我們也有好好照顧她啊。」暴毛悲痛地回答，然後發現自己根本只是在說謊。他們的計畫澈底失敗，否則羽尾現在也不會倒在地上、命喪黃泉；如今她只剩一身光滑柔順的淺灰色毛髮，在月光下如銀毛般閃閃發亮。

「她來了，」溪兒低聲叫著。「銀毛貓來了。」

「不，」暴毛咆哮：「是我帶她來的。」

鴉掌茫然地轉過頭來。「都是我的錯，」他粗啞地低語：「如果我拒絕回來山洞的話，她就會跟我在一起兒了。」

「不……」暴毛輕聲地說，他伸出一隻腳掌，但鴉掌卻垂下頭。一個溫柔的聲音輕喚他。原來是溪兒來了，尖石巫師也跟在她身後。她害羞地用鼻頭輕觸暴毛的口鼻。「我很遺憾，」她輕聲地說：「我真的感到很遺憾。」

「殺無盡部落說的果然都是真的，」尖石巫師說道，「一隻銀毛貓拯救了我們部落。」

但我不是那隻銀毛貓，暴毛想。**我真希望自己就是。**

鴉掌趴在羽尾身邊，鼻子伸進她鬆軟的毛髮中；暴毛轉過頭，凝望著瀑布水簾，不去看這兩隻可憐的貓。就在那一刻，他彷彿在微光閃爍的昏暗光線中，看到兩隻貓並肩凝視部族貓所留下的殘破景象。

他一眨眼，兩隻貓就消失了。

第二十四章

「不，救救他們！」葉掌發出一聲悲痛的驚嚎。她猛地睜開眼、跳了起來，發現自己躺在煤皮窩外自己的小窩中。晨光微弱冰冷，在她的夢魘中的怪獸也已抵達現實生活的營地；空氣中瀰漫著牠們的惡臭。

葉掌冷不防打了個冷顫。她把自己捲起來，縮進苔蘚深處，企圖在溫暖的窩裡尋得一絲安慰，只是剛剛的惡夢卻像迷霧般在她腦中徘徊不去。她站在轟雷路附近，看著兩腳獸的怪獸在森林裡一邊咆哮，一邊用巨大黝黑的爪子將貓兒碾碎。鮮血像小河般在林間四處流竄；斑葉站在她的身旁，葉掌焦急地懇求：「救救他們！求求祢！為什麼祢不幫幫忙呢？」

斑葉哀傷地望著葉掌垂死的朋友。「星族也無能為力，」祂輕聲低語。「我很抱歉。」

然後斑葉就消失不見了，接著葉掌也從惡夢中驚醒。

她蹣跚地起身，走向煤皮的窩。巫醫不在窩裡；葉掌在V字形裂縫後方看見一堆床鋪，忍不住猜想是否發生了什麼緊急的事，煤皮不得不趕著出門。又或者森林裡發生了另一場他們不得不面對的悲劇。她的喉嚨深處忍不住發出啜泣的嗚咽，葉掌緊咬著嘴，以免哭出聲來——不管接下來的命運多麼曲折，就算他們的祖靈也無能為力，只要她還有一口氣，她就會繼續幫助族貓度過難關。

葉掌身後傳來窸窸窣窣的聲音，她轉過頭，原來是煤皮穿過蕨類隧道回來了。巫醫看起來很喪氣，拖著尾巴；即使煤皮在看見葉掌時勉強打起精神，還是難掩她的沮喪。

「發生什麼事了？」葉掌緊張地問。

「我剛才去看霜毛了，」巫醫回答。「別用那種眼神看我；她沒死。事實上，她的身體已經好多了。我很確定她沒有染上綠咳症。」

「那就好。」葉掌真希望自己能聽起來更開心一點，但她忍不住繼續說道：「這次禿葉季我們的真正麻煩其實是饑荒，不是綠咳症。」

煤皮點點頭。「說的沒錯。如果有愈來愈多貓失蹤，就沒有足夠的戰士為小貓和長老提供食物；即使這些戰士能找到獵物，也未必夠大夥兒吃。」她沮喪地嘆了一口氣。

「需要我去幫霜毛獵點食物嗎？」葉掌問道。「如果妳不需要我去採藥草，我倒是可以加入狩獵巡邏隊。」

「不必，我們現在的儲藏還算充裕。不過這倒是個好主意，葉掌——雖然我不確定外頭還有多少獵物可找。」

葉掌沒有反駁。她穿過蕨類隧道，走進大空地上。葉掌邁開步伐的那一刻，還以為自己踏進的是以前那個寧靜安詳的營地。沙暴和雨鬚剛從金雀花叢隧道出來，兩隻貓嘴裡都叼著獵物。蛛掌和潑掌躺在見習生窩外舒服地享受日光浴，塵皮和蕨雲則在育兒室入口小聲說話。葉掌還看見火星和蕨毛在高聳岩底下聊天。

葉掌仔細一看，才發覺出事了。父親和蕨毛都一臉憂慮，兩位見習生不像過去那樣拖著腳步相互嬉鬧，反而動也不動地躺在地上；沙暴和雨鬚扔出食物的獵物堆看起來小的可憐。當葉掌經過育兒室時，發現塵皮正把一隻老鼠推向蕨雲——那隻母貓的外表嚇了葉掌一大跳：蕨雲瘦得像骷髏似的，黯淡無光的毛髮下，每根肋骨都清晰可見。

「妳一定得吃東西，」塵皮說道。「小冬青和小白樺都還需要妳。」

怪獸的臭氣瀰漫著整個空地，葉掌覺得牠們的怒吼比過去更響亮了。她眼前突然浮現怪獸衝破荊棘圍籬、衝進營地的景象，還有怪獸碾平慌亂的雷族時，明亮的外皮在豔陽下閃閃發亮的模樣。她眨眨眼，強迫自己揮開這些恐怖的幻象。她無法阻止兩腳獸的惡行，但她至少可以盡自己的力量幫助她挨餓的族貓。

當她朝火星和蕨毛走去時，突然想起昨天與鷹霜相遇的事。她還沒有跟任何貓提起鷹霜想要侵占雷族領土的計畫，也要栗尾絕口不提。她實在不曉得如何開口把鷹霜的話告訴父親，因為這只是增加火星的煩惱而已，尤其是他現在要擔心的已經夠多了；她要如何告訴火星他的頭號大敵，虎星的邪惡血脈，已傳到他兒子鷹霜的身上，而他就在不受饑荒和兩腳獸傷害的強大部族中、住在他身旁？她知道自己一定得想出適當的說法，但現在她還需要一點時間思考。

葉掌靠近父親時，聽到他對蕨毛說：「你可以帶一支巡邏隊到兩腳獸地盤附近，差不多是夠你遠離那群怪獸的距離。」

此時，一隻貓痛苦的哭喊聲打斷了火星的話。葉掌急忙轉過身，發現灰紋和鼠毛跌跌撞撞地從金雀花叢隧道鑽了出來。灰紋一臉憂慮，而鼠毛則用三隻腳一跛一跛地前進，其中一隻前腳無用地懸著。她棕色的毛髮豎得筆直，好像剛經過一場險惡的打鬥，但葉掌沒看見血跡，也聞不到血的氣味。

火星朝她奔去，葉掌也是。

「發生什麼事了？」火星問：「是誰幹的？」

鼠毛痛得說不出話。她咬著牙，發出痛苦的呻吟。

「是兩腳獸，」灰紋高聲地說，眼中滿是驚恐。「我們剛才太接近怪獸了，一隻兩腳獸突然抓住她。」

火星驚愕地瞪大眼。

「快讓煤皮看看妳的傷。」葉掌趕在她父親詢問更多問題前，急忙地說。

在前往煤皮窩的途中，她走近那隻負傷的母貓。鼠毛眼神呆滯而痛苦，儘管她表現得很勇敢，拖著腳蹣跚前行，但是回到營地的這段路顯然已經讓她用盡所有的力氣。葉掌讓鼠毛靠著她，以減輕她的疼痛。

灰紋和火星並肩走在他們後方。「兩腳獸通常都待在自己的怪獸裡，不會出來，」他說道。「但今天牠們從周圍衝出來——星族才知道牠們為什麼要這麼做；其中一隻兩腳獸還對著鼠毛大叫，她逃跑，沒想到正好落進另一隻兩腳獸手裡。」

「這實在太鼠腦袋了。」火星很困惑。「兩腳獸一向都不理我們的。」

「現在不一樣了。」灰紋嚴肅地說。

「至少我留給牠幾道抓痕，讓牠永生難忘。」鼠毛上氣不接下氣地說。

葉掌先往煤皮的窩奔去，通知鼠毛他們來了。她發現煤皮正坐在洞口仰望天空，彷彿想從雲朵移動的方向解讀星族的訊息。

「鼠毛……她受傷了！」葉掌氣喘吁吁地說。

煤皮急忙跳起來。「哦，萬能的星族！」她驚叫。「接下來還會有什麼災難？」她緊閉雙眼，好像再也沒有辦法打起精神、面對接下來的挑戰，但是她的聲音卻一樣那麼鎮定、冷靜。「來這裡躺下，讓我看看妳的傷。」

鼠毛躺在窩前，讓煤皮的鼻子檢查她受傷的腿，並謹慎地嗅了嗅她的肩膀。「脫臼了，」最後她宣布。「鼠毛，振作起來！我可以幫妳把骨頭接回去，不過這會很痛。葉掌，幫我拿點罌粟籽來。」

葉掌立即拿過來，鼠毛舔了舔罌粟籽。在他們等待罌粟籽減輕這隻母貓的疼痛時，葉掌聽到她父親和灰紋在隧道入口附近的對話。

「我得下令禁止大家接近兩腳獸，」火星說道。「相信再過不久，營地外頭就沒有安全的地方了。現在有些貓已經不敢出去巡邏了。」

「我們還沒放棄呢，」灰紋固執地回應：「星族絕不會眼睜睜地看著我們滅亡。」

火星搖搖頭，大步走回通往大空地的隧道。過了一會兒，灰紋凝重地望了鼠毛一眼，隨後便跟著火星的腳步離開。

「好了，葉掌，」煤皮說。只見這隻棕色戰士昏昏欲睡，頭懶洋洋地垂在腳掌前。「開始吧，先把妳的腳放在這裡，」她一面解說，一面指向鼠毛的另一隻前腳。「待會兒我把她的腿接回去時，妳要把她抓牢。我可不想被她給抓傷。別忘了仔細看我怎麼做，」她又補充一句。「妳從來沒看過如何醫治脫臼。」

葉掌小心翼翼地按照導師的指示就定位，而煤皮此時則緊緊含住鼠毛的傷腿，將她的一隻腳撐在自己肩上。接著煤皮使勁一拉，葉掌聽到一聲尖銳的喀嚓聲，鼠毛冷不防抽動身體，發出一聲怒吼。

「太好了。」煤皮低聲說道。

她再次檢查鼠毛的肩膀，只見這隻母貓全身顫抖地癱在地上。「很好，」她說，輕推這隻棕色母貓的腳掌。「看看現在能不能站起來。」

葉掌想，大概是因為疲倦，加上罌粟籽的藥效還沒全退，鼠毛站得搖搖晃晃，應該和腿傷沒什麼關係。最後她終於站穩了。

「妳最好先去睡一覺。」煤皮領著她進入空地旁的蕨葉叢中休息。「等妳醒來，我會再幫妳檢查一遍，但我想應該不會有什麼問題了。」她回頭看了葉掌一眼，對她說：「妳剛才做得很好。如果現在妳想出去打獵的話，就去吧；這裡的事交給我就行了。」

煤皮將鼠毛安置在蕨葉叢中，這時葉掌突然停下腳步。「妳確定這裡不用我幫忙了嗎？」

煤皮搖搖頭。「沒事了，至少沒有我們能做的事，」她放低聲音說：「星族依然保持沉默。」

她絕望的口氣嚇著了葉掌。無論兩腳獸帶來什麼災難和混亂，她一直都相信煤皮對星族的信心是很堅定的，而如今似乎連煤皮也漸漸絕望了；更糟的是，她居然不知道該說什麼安慰她的導師——畢竟連斑葉都承認，星族已經跟森林裡的其他貓一樣束手無策，她還能說什麼呢？

「我不去狩獵了，」她堅定地說。「我要去查清楚失蹤的貓到底發生了什麼事。」

煤皮困惑地盯著她。「什麼？」

「難道妳還不明白嗎？如果鼠毛沒有掙扎脫逃，兩腳獸就會把她抓走，而我們可能永遠都不曉得她發生了什麼事。我想雲尾和亮心會失蹤，絕對和兩腳獸有關係。」

這隻巫醫頓時展開眉心、恍然大悟。「是的，我明白了。但是葉掌……萬一妳回不來了，該怎麼辦？」

葉掌望著她，似乎有點後悔把計畫告訴煤皮。萬一煤皮不讓她去，又該怎麼辦呢？

「這是我們第一次發現關於失蹤貓的線索，」她回答，「我們一定要試著找出真相。」

煤皮遲疑了一會兒，最後終於點頭答應，讓葉掌鬆了口氣。煤皮說：「很好，但千萬要小心。找另一隻貓跟妳一起。」當葉掌準備離開時，煤皮又說：「葉掌，妳很勇敢。記住族貓們可不能失去妳啊。」

葉掌點了點頭，導師的稱讚讓她有點難為情，她一溜煙地鑽進蕨葉叢裡。等葉掌回到林中空地時，她感覺整個雷族彷彿被烏雲籠罩一般，出現不一樣的轉變——鼠毛被兩腳獸攻擊的消息已傳開來了，空氣中瀰漫著一股恐懼和絕望的氣息。葉掌多麼想跳上高聳岩向她的同胞呼喊，告訴貓兒一定不能放棄希望，只要活著，就有希望！但是有誰願意相信一個見習生的話呢？她又能找到什麼說服族貓的說法呢？

葉掌深吸一口氣，做了一個非常重要的決定：她要告訴火星，星族派其他貓兒離開的事。雖然她不知道他們現在在哪裡，或他們最後能不能平安回家，但至少這項消息能讓火星和雷族的其他貓寬心，讓他們知道星族並不是不管森林裡發生的災難；她也要告訴火星鷹霜預謀占領雷族領土的計畫。她不想再隱瞞這些祕密了，如果能將一直以來她壓在心頭的祕密告訴火星，對葉掌來說，也算是放下了心中的一塊大石。

但首先她得去找那些失蹤的貓，以免火星會為了她沒有盡早說實話，而把她拘禁在營地裡。她迅速跑到戰士窩外，對洞裡叫道：「栗尾！」

她的朋友從枝葉中探出頭來。「葉掌？有什麼事嗎？」

葉掌想起不久前的一個清早，她曾請栗尾跟她一起拜訪風族。那時一切似乎都還有希望；栗尾當時生氣勃勃、精力充沛，而且動作敏捷。如今她玳瑁色的毛髮看來黯淡無光，望著葉掌時也兩眼無神。

「我希望妳能陪我一起去。」葉掌說道，並將她調查失蹤貓的計畫全部告訴栗尾。

讓她大為安心的是，在她解說計畫的同時，栗尾的雙眼突然一亮。「好啊，」這隻玳瑁色的戰士說道：「總比整天在營地裡好，我們出發吧。」

她穿過洞穴周圍的枝葉，兩隻貓就朝著金雀花叢隧道前進。

葉掌循著灰紋和鼠毛的氣味回到兩腳獸在裡頭橫衝直撞、傷痕累累的森林裡。幾天前，她和栗尾親眼見到怪獸將樹木連根拔起時，也曾經過這裡；不過兩腳獸居然能在這麼短的時間裡，對樹林造成更多的破壞，這讓葉掌震驚極了。大地被攪成爛泥，怪獸們不是蹲在地上，就是大聲咆哮地慢慢行走，好像在躡手躡腳地搜尋獵物。

這裡也有兩腳獸的巢穴，不過大多是木頭的，不是像兩腳獸地盤那裡堅硬的紅石頭。有貓蹲伏在其中一間巢穴裡，盯著來回行走的兩腳獸。葉掌能夠感覺到栗尾現在直發抖，恐懼的氣息如浪一般從她身上往外發散；對自己看到的一切，葉掌也是驚嚇萬分，但她現在說什麼也不能退縮，尤其在她即將發現雲尾和亮心失蹤真相之際。

「那是什麼？」她低聲地問栗尾。

她用尾巴指著一個看起來像是兩腳獸巢穴的模型。這個小巢穴是用木頭造的，其中一邊是打開的，就擺在幾棵僥倖存活的樹下。不過那裡面太小，兩腳獸不可能擠得進去。

栗尾聳聳肩。「不知道。總之是兩腳獸的東西。」

「我要去看看。」

葉掌小心翼翼地左右張望，免得有兩腳獸伺機抓她；接著她壓低身子，越過空地。她聽見後方的栗尾喊道：「小心點！」

葉掌一走近，就聞到食物的氣味從巢穴中傳來。儘管這個食物氣味很陌生，不像她平時聞慣的獵物氣味，葉掌還是忍不住口水直流。她需要非常堅定地克制自己、不要衝進去大吃特吃。她知道無論那些食物是什麼，既然是兩腳獸放的，就表示一定有危險。

在小巢穴外頭，另一股氣味也飄了過來。葉掌好奇地眨眨眼。這是貓的氣味，雖然很熟悉，卻不是很新、很清晰。起初她認不出這是誰的氣味，不過葉掌肯定那絕對不是雷族的；然後她終於想起是哪隻貓兒了，興奮得爪子也陣陣刺痛。**是霧足！河族副族長也來過這裡**。她緊張恐懼地瞄了巢穴一眼，發現裡頭除了裝食物的白色器皿之外，什麼也沒有。霧足現在不在這裡，而巢穴裡也沒有透露她去向的東西。

巢穴裡食物的氣味變得更濃了，葉掌躡手躡腳地爬進那個小洞。白色器皿裡的棕色小丸子看起來像野兔的糞便，但聞上去卻混合著食物和兩腳獸的怪味道。葉掌想，這搞不好就是火星所說的寵物貓食。將寵物貓食吃進肚子裡，應該沒什麼關係吧？她吃了一口。當一粒粒的貓食滾進空肚子裡時，葉掌忍不住打了個寒顫。葉掌在想，有沒有辦法能將這些貓食帶回去給霜毛。

「葉掌！快出來！」

一陣喧嘩同時在葉掌耳邊響起，包括栗尾的聲音，但還有其他好多葉掌不認得的聲音，斑葉則是裡頭叫得最大聲的一個。

口裡的貓丸子噎得她講不出話來。葉掌轉過頭，發現栗尾正驚慌地盯著她；接著，小洞敞開的那一頭突然應聲關閉，葉掌陷入一片黑暗。

尾聲

鼠掌被困在一個搖個不停、陰暗的狹小空間裡。她一時頭暈目眩，還吞了一口從肚裡湧出的膽汁；她瘋狂地伸出爪子在某個平滑堅固的東西上亂扒，然後發出一聲可怕的尖叫：「葉掌！」她猛地睜開雙眼，發現自己正在地上的一個小坑裡裡倉皇亂爬。

「發生什麼事了？叫這麼大聲，會把獵物都嚇跑的。」

褐皮站在她面前，把啣在嘴裡剛抓到的肥美田鼠扔下來，才有辦法開口說話。五隻部族貓昨晚離開了山區，正在橫越空曠荒野的路上。剛剛照亮地平線的太陽，無情地指引他們必經的歸途。

鼠掌從小坑裡掙扎起身，甩掉身上的青草屑。「沒什麼，只是做了惡夢。」她舔了幾下胸前凌亂的毛髮，想要掩飾心裡的不安。她妹妹現在身處險境——她知道剛才的夢境把她帶到葉掌受困的地方，同時也讓她感受到葉掌的恐懼；不過鼠掌想，務實的褐皮一定無法理解她的恐慌。

褐皮稍感興趣地問：「是來自星族的訊息嗎？」

「不是。」鼠掌知道自己可以將夢境的某些細節與褐皮分享，但不能將與葉掌有關的事告訴她。「我……我覺得自己好像被困在一個很暗的地方。我不曉得那是哪裡，而且也逃不掉。」

褐皮笨拙地走向前，用口鼻部輕推鼠掌的身側。「我想我們每一個最近都惡夢連連，」她喵聲說道：「自從羽尾……」

鼠掌點點頭。跟其他部族貓一樣，她不敢相信自己永遠都見不到羽尾了。部落貓已經幫他們埋葬了羽尾，就在瀑布注入水池的旁邊，因為流水不斷攪起許多水花，讓那兒的泥土鬆軟好挖。

「她將長眠於此，將永遠受到我們部落的敬重，」尖石巫師當時這麼說道。「只要部落貓存在的一天，她的故事就會一直流傳下去。」

尖石巫師的話沒能安慰部族貓們。尤其是鴉掌，他完全陷入悲傷的深谷，隔天他整天都窩在羽尾的墳旁；暴毛也陪著鴉掌一起守夜，為自己救不了妹妹，以及根本沒想到羽尾才是應許之貓而自責——他們當初從瀑布後方出現時，羽尾的淺灰色毛髮被水浸溼、看起來像深黑色，所以部落貓才沒有注意到她。最後棘爪命令他們倆都進洞休息。

「我們黎明啟程，」棘爪說道，「你們需要有足夠的體力上路，我們的同胞需要我們。」

旅途再次展開。部落貓護送他們走了一段山路，不久他們就來到綠草如茵、滿是灌木樹籬的鄉間田野，一看就知道那裡一定有很多獵物；但是部族貓依舊對於能否盡快回家不抱希望，心情也還緊繃著。他們的心還跟羽尾一起留在那個滿是岩石與流水的土地上。

鼠掌很快就從可怕的夢魘中恢復過來。她打起精神，幫忙其他貓一起狩獵，這樣他們才能盡快動身，用最快的速度趕回家；雖然每隻貓都沒有食慾，他們還是強迫自己吞下獵物。有好幾次，暴毛左右張望，想問羽尾一些事情，才記起他永遠都沒辦法再跟她說話了。

連續兩天，貓兒們一刻不停地趕路，連爪子都裂開流血。那些可怕的遭遇與經歷，彷彿讓他們對每日跋涉的痛苦都麻木得沒有感覺了。當他們來到一個高崗上，太陽又已西沉。貓兒們的影子在前方晃動，指向一個鋸齒狀的小山丘。西下的落日發出有如火焰般不斷悶燒的緋紅光芒。

「快看！」褐皮疲憊粗啞地喊道。

有一段時間，沒有一隻貓開口說話。自從羽尾死後，鼠掌一直黯淡無光的綠眼，此時突然閃過一道光芒。

「是高岩山！」她驚叫，「我們快到家了！」

國家圖書館出版品預編目資料

貓戰士二部曲新預言. 二, 新月危機 / 艾琳．杭特（Erin Hunter）著；迪特．霍爾（Dieter Hörl）繪；謝雅文譯. -- 三版. -- 臺中市：晨星, 2022.10

面； 公分. --（Warriors：8）

暢銷紀念版

譯自：Warriors : The New Prophecy. 2, Moonrise

ISBN 978-626-320-058-6（平裝）

873.59 110022146

貓戰士暢銷紀念版二部曲新預言之 II

新月危機 Moonrise

作者	艾琳．杭特（Erin Hunter）
繪者	迪特．霍爾（Dieter Hörl）
譯者	謝雅文
責任編輯	陳涵紀、謝宜真
文字編輯	郭玟君、陳品蓉、陳彥琪
文字校對	曾怡菁、程研寧、蔡雅莉
封面設計	陳柔含
美術設計	張蘊方
創辦人	陳銘民
發行所	晨星出版有限公司 台中市407工業區30路1號 TEL：04-23595819 FAX：04-23550581 E-mail: service@morningstar.com.tw http://www.morningstar.com.tw 行政院新聞局局版台業字第2500號
法律顧問	陳思成律師
承製	知己圖書股份有限公司 TEL：04-23581803
初版	西元2009年04月30日
三版	西元2023年08月01日（二刷）
讀者訂購專線	TEL：（02）23672044 /（04）23595819#212
讀者傳真專線	FAX：（02）23635741 /（04）23595493
讀者專用信箱	service@morningstar.com.tw
網路書店	http://www.morningstar.com.tw
郵政劃撥	15060393（知己圖書股份有限公司）
印刷	上好印刷股份有限公司

定價250元

（缺頁或破損的書，請寄回更換）

ISBN 978-626-320-058-6

□ 我已經是會員，卡號 ____________________

□ 我不是會員，我要加入貓戰士會員

姓　名：________________ 性　別：________ 生　日：________________

e-mail：____

地　址：□□□ ______ 縣／市 ______ 鄉／鎮／市／區 ______ 路／街

______ 段 ______ 巷 ______ 弄 ______ 號 ______ 樓／室

電　話：____

□ 我要收到貓戰士最新消息

貓戰士鐵製鉛筆盒抽獎活動

將兩個貓爪和一顆蘋果一起貼在本回函並寄回，就可以獲得晨星出版獨家設計「貓戰士鐵製鉛筆盒」乙個！

貓爪在貓戰士書籍的書腰上，本書也有喔！蘋果則是在晨星出版蘋果文庫的書籍書腰上！

哪些書有蘋果？科學怪人、簡愛、法布爾昆蟲記、成語四格漫畫...更多請洽少年晨星官方Line ID：@api6044d

點數黏貼處

請填妥後對折裝訂，再貼妥郵票寄出

請黏貼
8 元郵票

407

台中市工業區30路1號

晨星出版有限公司

TEL：（04）23595820　FAX：（04）23550581
e-mail：service@morningstar.com.tw
http://www.morningstar.com.tw

請沿虛線摺下裝訂，謝謝！

加入貓戰士俱樂部

【貓戰士會員優惠】

憑卡號在晨星出版社購書可享優惠、擁有限定商品、還能獲得最新消息等會員福利。

【三方法擇一，加入貓戰士會員】

1. 填妥本張回函，並寄回此回函。
拍照本回函資料，加入官方Line@，再以Line傳送。
描後方「線上填寫」QR Code，立即填寫會員資料。

Line ID：api6044d

「線上填寫」QR Code

因郵寄與處理時間，需2～3週。